Sakaguchi Ango

坂口安吾

安吾人生谈

Sakaguchi Ango's Guide to Life

梁国玉——译

浙江文艺出版社
Zhejiang Literature & Art Publishing House

译者序

坂口安吾（1906—1955），本名炳五，出身于新潟县乡绅家庭。父仁一郎（1859—1923），众议院议员，以笔名“阪口五峰”活跃于汉诗诗坛。坂口家人丁兴旺，安吾上有十一个兄姊，下有一妹，身为幺子却不得父母宠爱。在自传体小说《石头的思绪》中，安吾回忆童年：

除了磨墨，父子俩再无任何交集，出了书房，甚至一年到头难得碰面……母亲披患有严重的歇斯底里，而她的怒火全部撒在了我的头上。

淡漠的童年培养出乖僻的性格，少年时期的安吾逃学、打架，同时对文学产生了浓厚的兴趣。在东洋大学就读期间，安吾读书废寝忘食，并熟练掌握了法语；毕业后，与朋友创办同人杂志，发表翻译作品。二十五岁时，凭借短篇小说《风博士》获得牧野信一（1896—1936）赏识，登上文坛。

安吾登上文坛后，十五年间勤奋创作，持续发表作品，但未能受到充分关注，有时甚至青黄不接，须向朋友借钱维持生计。1946 年，发表《堕落论》及短篇小说《白痴》，一跃成为流行作家，与太宰治（1909—1948）、织田作之助（1913—1947）等一道被称作“新戏作派”，又称“无赖派”。

安吾作品内容驳杂，不仅创作纯文学，亦涉足历史小说、推理小说领域。中篇历史小说《二流之人》以黑田官兵卫（1546—1604）为主人公，笔调轻快，鲜明刻画了一幅日本战国群像图。长篇推理小说《不连续杀人事件》，获第二届日本推理作家协会奖（时称“侦探作家俱乐部奖”）。安吾身为纯文学作家，对通俗小说不持偏见，甚至创作评论文章，在《关于推理小说》一文中，安吾提到：

> 我热爱侦探小说，将其看作解谜游戏，并不代表我主张“侦探小说只能是解谜游戏”……侦探小说不能端起架子来画地自限，解谜的游戏、艺术的芬芳、恐怖、幽默，任何风格都可以兼容并包。读者阅读侦探小说时，一定也是怀着娱乐的心理，所以轻松、有趣的核心精神必不可少。

小说以外，安吾还留下了大量的随笔、评论。本书从中选择了其代表作品《我的人生观》和《安吾人生谈》，以飨读者。

《我的人生观》，1950 年 5 月至次年 1 月连载于杂志《新潮》，共八篇。安吾由自身经历及身边大小事件生发感想，或深入剖析，或尖锐批评，观点一针见血，行文幽默风趣，充分展现出文学家安吾在生活中的可爱与苦恼。

《安吾人生谈》，1951 年 4 月至 12 月连载于杂志《ALL 读物》，共八篇。与《我的人生观》不同，安吾在《安吾人生谈》中就当时的社会热点，展开了鞭辟入里的分析评论。在代表作《堕落论》中，其展现出把握社会现实的敏锐目光，猛烈抨击笼罩战后日本的传统思想；《安吾人生谈》连载时，日本仍然陷在战后的泥沼中，固有价值观分崩离析，整个社会在思想上陷入混乱，不同阶层的人们，在旧观念的禁锢与新思潮的冲击下，演绎着一出出光怪陆离的百态人生。《安吾人生谈》摘取当事人手记，嬉笑怒骂，直言不讳，其中表现出的诸多观点，可以认为是《堕落论》思想更为具体、更加贴近现实的一种延续。

《安吾人生谈》所论多属当时日本家喻户晓的热点话题，由于文章多未叙述事件背景，为今天的读者增添了不少阅读障碍。本书中凡遇相关背景中不为今日所熟知者，则加译注，以期为读者阅读提供些许帮助。

对于坂口安吾这样一位个性鲜明、风格多样的作家，国内的关注程度仍显不足。鄙人才疏学浅，译文难免差错，敬请方家不吝指教。

梁国玉

二〇一八年十月

目录

我的人生观

Sakaguchi Ango

安吾人生谈

一、前往判官巷

前言

由于工作原因，我时常四处旅行，在外期间往往读不到报纸。回到家里，面对一摊旧报，又懒得逐一翻阅，有时错过了重大新闻，自己却浑然不知。

此次《ALL 读物》[1] 编辑部带来三份手记；三起事件之中，有两起恰巧发生在旅行期间，我都不得而知。其中一起据

① 《ALL 读物》，日本文艺春秋出版社刊行的文学类杂志，内容以通俗小说为主，亦间有随笔、专栏等。1951 年 5 月至 12 月，《安吾人生谈》于《ALL 读物》连载。

说曾在《社会之窗》① 播出，既然电台采访过，先前应该也上过报纸。

编辑部最初的意思，是要连载时事评论，主要依据罪犯的手记，在当月热点中挑几件有代表性的来谈。可我将这几篇手记读完，却感到一片茫然，不知如何处理。确实，手记是当事人的记录；每个当事人固然有其独一无二的特质，但当事人的手记却未必如此。任何人做下的事情，自然带有其本人的个性因素，但未必能在手记中体现出来。手记不能体现个性，那便毫无意义。至于这几篇手记，对当事人的心理活动，算是记录了一星半点；不同当事人的性格轮廓、家庭轮廓，从中或许也能推测一二。但我总感觉，一味分析轮廓没什么意义，工作做得很辛苦，提不起干劲。一旦丧失了动笔的欲望，每天只有无所事事，望着截稿日徒然兴叹，倍感重任在肩，浑浑噩噩，苦不堪言。

之所以出现这种情况，根本问题是选错了素材。我若要理出头绪，必须得了解更多信息；信息不足也无妨，至少得让我感受到当事人的内在本质，就算只有一处也好。当事人讲述自

---

① 全名《Information hour · 社会之窗》，1948 年至 1960 年 NHK 广播电台的一档新闻类广播节目。

己的故事，当然超不出自身的知识水平。我所能做的，也仅仅是从我的角度出发，对故事形成一种新的理解。问题是，当事人的由衷之言我接触不到，因此实在难以下笔。比如说那个杀了人妖的少年，假如我和他见面，亲耳听他讲述，就算口述的内容与手记一致，从中得到的信息量也会大有不同。现如今只有一篇手记，不可能听到真实的声音。甚至连手记本身的真实性，也未必能够确定。犯人遭到逮捕之际，或许是审讯案情的最佳时机，却未必适合自述心境。拿这篇杀死人妖的手记来说，假如对作案事实的描述更加细致具体，同时对离家出走前的争吵也详加记叙，那么我就能够从中把握少年的个性。每个当事人都有其独特的个性，可惜手记不过是流水账，我也只能凭空推测了。如此一来，不管案件本身多么光怪陆离，只要描述仅限于心理轮廓，手记再多也不过是纸上加纸。当初欣然接下这份工作，是敝人考虑不周。

综合上述诸多因素，从下个月起，我就不用罪犯的手记了。税务局员工殴打妇女的那篇倒还有点意思，可惜只是一面之词，颇伤脑筋。这种情况，不仅当事双方的手记，连证人的手记也必不可少。毕竟犯罪内容不好处理，下个月起，我准备搞一点简单的题材：比如个人或团体之间产生纠纷，各执一词，我兼听双方说辞，然后就其中的时代特性、社会百态及人心偏向，独具一格地加以指摘，展开批判。近来佐藤春夫①、河盛好藏②两位先生文坛鏖战（《文学界》③ 二、三月号），两位之手记皆非易得，不想此时竟一并置于案上。此事作为素材，原本再合适不过，可惜大作太长，篇幅上不允许；况且我也不敢私自登载，否则两位的笔锋，下次便要朝向我了；至于去掉手记，那便破坏了一贯体例，因此也不可行。可见人生之事，十有八九难如意。两位先生的手记大作，自然算得上独一无二，而社会上一般的手记，则难有此种水准。更何况所谓国家、政党、公司的说辞，往往朦胧隐晦，神鬼莫测；下个月评论“团体”之纠纷，说不定是个更加考虑不周的决定，愈要陷入麻烦了。我决定：麻烦的事件一概不取，专挑软柿子捏。另外，所谓“听取纠纷，展开批判”，话是这么说，但我无意为人启蒙。本文说到底，不过是茶余饭后的一项消遣，能为您展示一种观点，供您打发时间，那便足矣。至于私人生活、闲言碎语之类，则恕敬谢不敏。

---

① 佐藤春夫（1892—1964），诗人、小说家。有门下弟子三千之称，井伏鳟二、太宰治、檀一雄等著名作家都曾入佐藤门下。

② 河盛好藏（1902—2000），法语文学研究者、文艺评论家。

③《文学界》，日本文艺春秋出版社刊行的文学类杂志，与《ALL 读物》相对，内容以纯文学为主。

少年杀死人妖的故事

佐藤幸三（十六岁）的手记

我杀了那个男的。他是个混蛋，说自己是女人，把我彻底蒙在鼓里。一开始我也觉得有点不对劲，但当时头脑发热，没能冷静下来看个清楚。

我跟他去了公寓，看见房间里挂着男式西装，就感觉有些蹊跷，但还是没反应过来，直到和他上了床……现在想来真是太蠢了。所以当我认清他的真面目时，猛地一下火气就上头了。他可收了我一千日元，我哪能咽下这口气。

但我当时并不是真的要杀他，只是气昏了头，这才假装上厕所，去走廊打开折叠刀，一下子捅在了他身上。刀刃入肉的感觉从手上传来，那人尖声怪叫，呻吟着倒在了地上。我抱起房间里的上衣和裤子，翻窗就跑，跑着跑着，才发现裤子拿错了。

又跑了一会儿，我突然想起来，裤子口袋里有一枚奖牌，刻着我的名字。完了！留下了证据，跑也是白搭。于是，我下定决心去投案自首。

那天晚上，其实我离家出走了。我在家里一直很孤独。六口人过日子：父母、二哥、二嫂、三哥和我，大哥在战争中去世了。

曾经有这样一件事。战争期间，我家被疏散到神奈川县高座郡，我在那里认识了一个同龄女孩，和她很要好。我对她一片真心，回到东京后也时常想念；去年八月，我瞒着家人去找她，却发现她全家已经搬走了。从那以后，我做什么都无精打采。母亲有些担心，就对我说："虽然你年纪还小，但看你那么喜欢，还是找到她，成全了你俩吧。"

但是我三哥却说："我还没结婚呢，他才十六。"那时他快二十岁了。然后父亲也跟着反对。

不只是这件事，我和家人吵架是常态。真正关心我的只有母亲。离家出走的那天早晨，我也和父亲为一点小事吵了起来，于是就给母亲留了遗书。我很久之前就考虑过出走，那天终于下定决心付诸实践。反正到哪儿都能活，死了也没关系。

我带上了当月学费和过年零花钱两千五百日元，把去年年底买的防身用折叠刀也装进了口袋里，下午三点左右，离开了家。途中我在新宿下车，心想反正是临死之人，就去看了场电影，题目叫《女贼与判官》①。出了电

①《女贼与判官》，1951 年上映的日本电影，导演为牧野雅弘、萩原辽。

影院，我买了一包和平①，味道不好。

我在新宿站西口附近发呆闲逛，有个青年过来搭话道："我这儿有好姑娘，来玩玩不？"

我想在死前尝一尝女人的滋味儿，结果他带来的，就是那个男人。

这篇手记的情节，或许能扩充为一则童话。少年以嫖娼作为黄泉路上的饯行礼，还有人妖登场，作为童话虽有失污秽，但似乎也带点斯特林堡②的气质。

十六岁的少年，避难时曾与一个村里的女孩结为玩伴，那时两人大概都不到十岁。后来少年忘不了女孩，重回故地，却发现对方早已搬走，故而失望至极。

直到此处，都可以称为至纯的精神世界，好似塞根先生的山羊③怀着《青梅竹马》④ 的恋情。母亲见少年失望煎熬，心想不如成全了两人，却遭到年已二十的兄长反对，父亲也站在

---

① 和平，香烟品牌，1946 年开始销售。

② 奥古斯特·斯特林堡（1849—1912），瑞典剧作家、小说家。

③《塞根先生的山羊》，法国民间童话。描述了塞根先生饲养的一只山羊离开羊圈，享受自由，却意外遭遇大野狼的故事。最终山羊在重回羊圈与死于狼口之间选择了后者。

④《青梅竹马》，日本女作家樋口一叶的代表作，描写了一对少年男女青涩懵懂的爱情故事。

兄长一边。

十六岁结婚有些操之过急，可谓是大众常识；父亲按常识行事，实属合理。然而母亲却视常识为无物，所谓“既然煎熬，不如成全”云云，正是身为人母盲目溺爱的真情流露，再加上双亲之间的分歧、争论，足以上演一出净琉璃[1]的重头戏。

童话与净琉璃中的少年与家人争吵一番，离家出走，剧情便陡转直下，出现了污秽的嫖娼，一气进入了现代风格。出走也好，自杀也罢，总之是一场惨淡的旅程，带一把防身用的折叠刀，也并非无法理解。自杀却要带刀防身，听起来似乎有些矛盾，但此时自杀他杀已别无二致。在此万事惨淡，伤痛欲绝之际，悲凄之情难以自抑，自杀的想法、出走的念头，在脑海中与剪径山贼、妖魔鬼怪混为一体，再难析离。人心一旦被悲伤占据，就无暇一一分辨不安、苦痛等负面情绪。十六岁少年的心理，也绝非简单的白纸一张。

有一点很奇怪：少年虽表现出自杀的念头，却不强调刀具是自杀所用，只说是防身用品。这或许出于孩子的率真诚实，当然也有其他解释：比如他害怕被怀疑有意携刀杀人，而自杀

---

① 净琉璃，日本传统说唱表演艺术，通常使用三味线伴奏。

的性质又与杀人近似，便索性说是防身用品；又比如近年来Adorm① 才是自杀的代名词，当下的年轻人或许想不到，折叠刀也能用来自杀。随后剧情便发展到了被皮条客搭话一节。此处虽属污秽，却仍然若隐若现着童话色彩，多多少少有些风花雪月的诗意。

从前，女孩子离家出走，车站前边、大街两侧，总是候着一批心术不正之徒，花言巧语上前搭话，最后把女孩拐卖掉；至于皮条客招呼男孩子，却是鲜有耳闻。现如今，那类场所早已没有大人小孩之分。且不说主动踏访花街柳巷的情况，小孩子只是正常地走在闹市，也会被皮条客叫住。这批现代派的皮条客与流莺，拉客只认钱袋子，可谓深具务实精神。更何况流莺之中，不到十六岁的也不乏其人。

如今的少年，只在家里是少年，一旦来到街上，成人之门便会向他打开，门后的一切完全属于成人。父亲只知公司、家里两点一线，孩子却会看看电影，喝喝茶，走在父亲所不知道的繁华闹市，或许更有机会亲身见识到那扇成人之门。不过，

① Adorm，巴比妥类安眠药，在战后日本社会十分流行。安吾由于失眠及抑郁症的影响，自1948年起大量服用该药并产生依赖性，被迫住院治疗。此外，许多人自杀时亦选择服用Adorm，渐成不良风气，致使该药物臭名昭著，最终于1973年遭到取缔。

少年亦有少年情怀，其自成体系的道德观念中，本就有一份洁身自好；就算可疑人物站在旁边招手，也不会贸然踏入成人之门。杀死人妖的这一个，那天迈入大门似乎也是头一次。为人父母有一点切须谨记：孩子比你们想象的更加稳重。喝醉了酒，就去了一趟闹市街，便着了可疑人物的道儿，以致遗患无穷，后悔莫及——此类惨剧，在父母身上极易上演；孩子却要意志坚定得多。

对孩子不够信任，过度怀疑，只能起到反效果。孩子会逐渐产生逆反心理："既然你怀疑我，我就偏偏做给你看。"这是一种借口，有了借口，距离行动也就不远了。原因很简单，孩子身上具备洁身自好的自制力，同时也存在性欲与旺盛的好奇心。他们必然随时渴望挣脱自制的桎梏，但又不想背负罪恶感。如果此时受到父母的冤枉，随即吵起架来，进而自暴自弃，离家出走，那正是挣脱桎梏的最佳时机。毕竟，来自父母的压力是最强劲的缰绳。少年们的愿望被缰绳束缚着，静静地等待着一个光明正大的借口，借此自然地——或是看似自然地——挣脱缰绳，转嫁过错。少年男女的情感心理，父母若不理解，只会更快地把孩子逼上歧路。下一篇的女孩就属于这种情况。孩子将过错转嫁到父母身上，父母则倚仗一句"棍棒底下出孝子"，将自己缺乏理解、愚蠢无能的事实转嫁社会大众的道德观念上。孩子找寻借口，转嫁过错，实际上自己仍为罪恶感所苦；父母却倚仗着社会公认的修身教诲，既免于世人非难，又得以逃避自责。

言归正传。少年跟着男人去了公寓，先是注意到房间里挂着男式上衣，心生疑窦；而后上了床，发现对方是男人，感到咽不下这口气，假装去厕所且在走廊上打开折叠刀，捅在了男娼身上。伴随着刀刃入肉的手感，男娼发出尖声怪叫，想要逃跑，随即又被刺了一刀，终于呻吟着倒在了地上。少年抱起上衣与裤子，越窗而逃。这一段观察与回忆的角度，电影感很强。也许他在应对不幸的犯罪时，只能回忆起电影里的手法。总而言之，唯有此处电影感极强，很显实（山际①语）。今时今日，教育界的第一能手、最大功臣，非电影而谁？

遗憾的是，我从未登门拜访过人妖，说来也是丢了巷谈师的脸面。不过有一次，我深夜寻访上野原始丛林②，暗暗瞻仰过一群人妖的尊容。总体而言，人妖的诡异之处视觉为浅，听

① 山际，指日大抢劫案中的劫匪山际启之，此处“显实”原文为“リアリス的”，属于山际不学无术而自创的错误用词。详见《我的人生观·日大劫匪团伙》。

② 上野原始丛林，指当时夜晚的东京新宿站及上野不忍池附近地带，由于充斥着醉汉、流氓、妓女、人妖等怪异人士而得名。《安吾巷谈》中有《东京原始丛林探险》一文。

觉为深。一眼看上去，或许认不出是男人；一旦声音入耳，便似让那污臭的脏水浇透了全身，叫人汗毛直立。人妖之诡异，声音为先，而少年却单凭视觉来观察、判断其性别。“注意到房间里挂着男式上衣，心生疑窦”，这一节也极具电影感，好像少年是以看电影的形式旁观、构建自己的现实，此外再不知其他方法。毕竟，一般电影中，不会出于声音怀疑对方的性别；电影中的角色感到怀疑，多从对话的内容入手。

因屋里挂着男式上衣而起疑，上了床才认清是男人；真要细究是何种情况下如何认清，着实是污秽不堪。《青梅竹马》《塞根先生的山羊》与净琉璃的重头戏正在上演，突然转入这样一幅明暗交织的怪诞画面，其情节融合了最为纯洁的童真与成人亦不忍直视的污秽，太过非现实、超脱常理，要我来说便是童话色彩。不过，与仙女、安达原鬼婆①一起造就了这个少年的，并不是弗兰肯斯坦之流，而是现实日本的一部分。此类事情，真真切切地存在于现代日本少年男女的生存现状中。他们或许无心地走在街上，那扇门却随时在他们面前打开。

被骗是女人，结果发现是男人，为此发火合情合理；假如此时默然不语，一笑置之，反倒令人脊背发凉。不过发火归发

① 安达原鬼婆，日本传说故事《黑冢》中登场的女鬼。

火，一怒之下拔刀捅人，却不是普通人的所作所为。即便心情悲凄激动，带着点自杀的念头离家出走，大多数人仍然做不出此等事来。

幼儿得知自己被骗，或许会立即拿起武器，意图报复；一旦上了小学，罪恶意识萌芽，绝大多数孩子都会选择自我控制；至于成年之后，认识到刑罚机制，就更不会做傻事了。会像儿童一样动辄诉诸武力的，只有“国家”这一团体。那些儿童之间相互报复的幼稚理由，在国家手里却是冠冕堂皇的宣战借口。所谓国家，实在蛮不讲理，既是一个任性撒泼的孩子，又是一伙我行我素的匪徒。

男人扮作女人，往重了说是欺骗，但在成人看来不值得发火。人妖走不上人生的阳关道，甚至连独木桥也过不了，只能躺在不妨碍他人的路旁道隅，虽云诡异，实则不过是荒诞。如果说人妖是一伙可笑的小丑，那放眼政界、官场、商界、教育界、宗教界、文坛、学界，处处都是妖异的猛虎长蛇。与人妖不同，他们对社会有着实际的危害，但你拿出千万把折刀也无济于事。比如政界有一种怪物，长了三五条舌头，实际上在那群怪物中还算小辈。少年长到十六岁，想来一定也与这类远胜人妖的怪物打过交道。他注意到了人妖，却没有注意到怪物，足见他并不聪明。

孩子对成人的世界一无所知，社会倾向于将此视为天真无邪。但无论何事，“无知”都不值得赞赏。知与行原本就是两回事。聪明人求知欲旺盛，如果又具备判断善恶的能力，且有意避免行恶，那或许是一种优点；假如只是对善恶一无所知，故而不曾行恶，那不过是头脑愚钝而已。随着孩子年龄的增长，纯真变质，还不知变得何等老奸巨猾。纯真不可能恒久，不过是个时间早晚问题，而且其中还含有种种不确定因素。家长如果认识不到，麻痹大意，一旦孩子长大，遽然化身怪物，那也只能束手无策了。

十六岁这个年纪，理解力该赶上成人了，这个少年对人生的理解却极其肤浅，甚至有些蠢笨，似乎是千辛万苦才从电影中学到了一点人生的皮毛。举个例子，手记中有一段描写格外突兀：少年怀着灰暗的心情从电影院出来，买了一包和平，味道不好。这也是个电影式场面，使人想象到：主人公出于失恋或是什么原因，心情阴郁，吸了一口香烟，觉得烟也味道不好，便随手扔在地上。手记中必须交代的重要事情很多，他却将那些一笔带过，专注于场景描写与画面感的营造。换句话说，这个少年回顾人生的唯一形式，就是电影了。

少年虽因蠢笨而捅了人，但随着理解力、判断力与自制力不断提升，日后倒也未必会大奸大恶。他不被家人理解，从而感到悲伤孤独；遭人欺骗而发怒，却不想要欺骗他人。他是智力低下，而非心术不正。就连捅人一事本身，或许也是蠢笨所致；毕竟他只知盲目模仿，不会区分电影与现实。

不过，人类是感伤的动物：头脑蠢笨如斯，依然能体味到孤独，仍会为孤独而悲戚。少年其实享有充足的母爱，这不是人人皆有的福分，只是他身在福中不知福。不过，母亲的关爱本身，他总算认识得到，与那些误解、无视关爱的情况相比，少年还没那么扭曲；他只是更在意父亲、兄嫂等人不理解自己，进而对一切愤愤不平，撒娇使性。母亲的溺爱在少年身上表现得淋漓尽致。总而言之，少年虽然低能，却不是由于性格扭曲，核心问题在于溺爱与娇惯。不过话说回来，少年不被理解的那份伤痛，想必发自肺腑。不管幼稚，或是蠢笨，他的伤痛都会渗入每个人的心里，无所差别。或许越年轻，痛得越深切也未可知。一颗心灵若对伤痛格外敏感，称不上幸福，却也不算扭曲，可以说是诗人之心。少年杀人，只是由于蠢笨的头脑，而非出自奸邪的心灵。

至于杀人，也分各种情况。有一等人，自视正义，暗杀高官，以弘扬正道、惩奸除恶自许：这也是一种蠢笨，只是同为蠢笨的凶徒却也有不同之处。既然自居英雄，暗杀高官，说到底应是出于对政治理念的判断；此人具备成人理智，甚至有能力对理念做出判断，却选择了杀人，其蠢笨的背后，隐藏着粗暴野蛮、奸邪恶毒的本质。少年的情况则简单明了，被骗了一千日元，谈不上什么理由，其蠢笨仅仅出于年幼罢了。等他的智力再稍稍提升些，蠢笨的情况有所改善，大概就不会做出此等事了。两种人同样都好善疾恶。自居英雄者自以为是，对政见之善恶指点江山，最终靠杀人解决问题，却不顾杀人本身便是大恶，甚至自我陶醉于豪杰义举；这是地道的野蛮人，与文明人界限分明。少年憎恨的邪恶，既朴素又直接；所爱好的良善，同样质朴平常，带有市井色彩，并非野蛮人的装神弄鬼、自私自利那一套。少年的蠢笨尚有得救，只需再成长一些就好；有些人冷静地考虑杀人，甚至将杀人视为崇高，那才是真正蠢得没救。如果说自许正义算是疯狗，那想来发动战争之徒，与疯狗也必是一丘之貉。少年再长大些，智力正常发育，估计也不会再遵循幼儿理论，拿起武器伤人。我对少年寄有希望：愿你不失疾恶之心，早日长大成人。成人个个是怪物，你日后也恐难例外；只是要成为猛虎长蛇，貌似你没那份潜质。

女孩金蝉脱壳①的故事

山口公子（二十岁）的手记

我是在酒店上班时认识了吉米。当时他自称是外籍日裔，很直白地表示喜欢我，待我也很好。

二十年来，我生活得无忧无虑，在父母的宠溺下长大，甚至自己都能感到娇生惯养。可是，一到了恋爱结婚的年龄，父母就开始神经质起来，对我的行为唠唠叨叨、横加干涉。我之所以说服他们，到酒店上班，也是因为受不了家里沉闷的空气，想到自由的社会上去闯一闯。

我对吉米没什么爱意，但与他交往，我感觉自己终于解脱了出来。这一切都很开心。

我不会跳舞，所以两人一起玩时，也不过是在银座散散步、看场电影、吃个饭之类。

不过每晚，我都必须准时回家。家在镰仓。父亲规定了门禁时间，晚上八点。此前我一直注意遵守，但自从和吉米交往后，就开始常常晚归了。每次晚归，父亲都会狠狠骂我。我对此很不服气：即使只是看场电影，从东京回

① 金蝉脱壳，日本诈骗手段之一。常见形式为：诈骗犯假扮作他人，于建筑物正门处接收财物，再从后门溜走。

镰仓，肯定也要超过八点了。

离家出走是在九月的某日。那天晚上，我也和吉米在一起玩，想起要回家时，早就超过八点了。我当时觉得反正免不了挨骂，索性就和吉米又玩了一会儿。

到家时是十点。门虽然紧闭，但是灯亮着。我不断叫门，父母就是不给我开门。一气之下，我又回到车站上了车。至于目的地，当然只有吉米下榻的酒店了。

当晚，在酒店里，我把自己的第一次给了吉米。毕竟是那种情况下，或许也算是对父母的反抗。况且，他一直待我很好。

那之后我就没回过家。吉米之前说他是外籍日裔商人；和他同居之后，我才知道，他本名叫新佛典仪，父母在广岛居住。不过吉米很有钱，那段时间真的非常开心。想买什么就买，随时能看电影，住在酒店，一个电铃可万事无忧——简直就像美国电影。不过一月初，我们搬到雅叙园后，吉米也开始手头拮据了。

后来酒店频繁催账，于是吉米找我商量：做一回钟表商，弄点钱花花。听了他的计划，我觉得有戏，而且也确实想要钱。感觉当时的我，满脑子只有一个念头：不想抛弃之前的幸福生活。

我按照吉米的吩咐，二十三日那天，在八洲酒店与都商会的人见了面，拿到了六十六万日元。从酒店后门逃脱时，我的心怦怦直跳。吉米等在那里，一见到我就说："去买件新衣服，然后到太阳酒店先躲几天，避避风头。"我照他说的做了，去酒店把钱藏了起来，躲在房间里一整天没敢出来。当时我特别胆怯、心慌，想早点见到吉米；结果来的不是吉米，而是警察。一开始我还虚张声势，对警察态度很强硬；可是冷静下来，就发现确实是自己做了错事。不管父母会怎么骂我，现在我就是想回家。今后我打算重新做人，找份英语家庭教师之类的工作。只是吉米，我感觉自己可能离不开他了……

这个故事可概括为：女儿离家出走，愚昧父母推波助澜却不自知。女儿在东京工作，让她保证每晚八点回镰仓，那不现实。真有那么担心，最好给女儿脖子上拴一条铁链，牵在身边养。看个电影，那是人之常情；而且女儿既然已经自立，当然会谈恋爱，父母要心中有数，为女儿的幸福恋爱保驾护航，才是上策。即便保驾护航，孩子仍然难免犯错；此时父母若能疏导其罪恶感，使其不致重蹈覆辙，那便是孩子成长的一大进步，也算好事一桩。正如上一篇文中所讲，就算成人之门矗立在眼前，少男少女也不会贸然迈入。孩子心中自有一副洁身自好的缰绳，许多父母似乎视而不见，只知自满于严格家教，可谓自私而粗暴；直到叛逆的孩子惹出事端，他们仍坚信尽到了家长的义务，意识不到自己才是推波助澜的帮凶。

手记中的这对父母，蠢笨得难以置信。把十点回家的女儿关在门外，任凭怎么敲门就是不开——推波助澜，至此“功德圆满”。两人社会地位也不低，肚里总该有点墨水吧，真不知道都学了些什么。就算读几本分析心理的小说，也不至于对孩子的心理一无所知，况且那又花不了多少时间。那些没受过教育的工人，也能从自我反思与身边现实中学到教训，对人的心理大体有所把握；至于一些身处管理层的人物，头衔带个“长”字，手下一批员工，很难想象居然蠢笨到这步境地。

女孩子爱看电影，喜欢跳舞，热衷银座逛街，希望有人请客；这些都无可指责。也有女孩讨厌这些娱乐，喜欢做做家务，或是读书向学；不过两者相比，并无道德上的高下之分，仅仅是个人爱好的问题。如果要我选老婆，我会选爱玩儿的女人，她们在我眼里更有魅力。这事儿同样属于个人爱好，不必多加议论。

女孩多多少少渴望自由，合情合理；反倒是定下八点门禁、为叛逆推波助澜的父母，蠢笨得不可理喻。孩子一旦找到借口，得以转嫁罪恶感，心中的野马便会挣脱向善的缰绳，向着好奇心驰驱奔腾。孩子的逻辑像赌气，其中最常见的形式是："既然你怀疑我，我就偏让怀疑变成现实！"每个人的心中都有善恶两种念头，常常处于对峙的平衡状态；要打破平衡，使恶念战胜善念，并非易事，当事人也需要下定决心。不过，一旦父母过度怀疑，孩子赌气破罐破摔，平衡就瞬间被打破了。手记中的女孩也有不对的地方：即使在破罐破摔、脱了缰绳的女孩当中，仍然是悬崖勒马的情况多，坠入深渊的情况少。当然，女孩的过错与父母的蠢笨相比，还是小巫见大巫了。

女孩决心成为脱缰野马，剩下的全看男方了。如果男方爱她，又有能力提供比家里更快乐的生活，女孩就会与他同化。女孩一旦跟定了谁，这些都不足为奇。明知男方是诈骗惯犯，但因为他舍得花钱，宠爱自己，所以甘心被他同化——这也不能说明女孩本性邪恶，是个坏人。普通女性只能如此：嫁鸡随鸡，嫁狗随狗。最该受千夫所指的，是那对愚昧无能、推波助澜的父母。同化之后，性格也随之改变，或暴戾恣睢，或贤淑温雅，全看男方的所作所为。手记中的男子是个诈骗犯，表面过着奢华的生活，背后却被酒店催账，于是谋划铤而走险、绝处逢生；女孩跟了他，当然会朝着他的方向变化。我在报上看到，女孩被捕后若无其事地说："我还钱总行了吧？"习惯了天上掉钱的无本买卖，这一嘴伶牙俐齿不自觉地就会暴露出来。社会上许多普通女性，天生并没有伶牙俐齿，却具备与她相近的潜质；一旦走入同一条歧路，想必同样会长出伶牙俐齿来。若是换作真正狡猾之人，此时反倒会假装纯良；这不是什么难学的本领，连中学生也能驾轻就熟。

手记的结尾写道：

只是吉米，我感觉自己可能离不开他了……

女孩浅薄、愚蠢的本质暴露无遗。让她感到快乐的并不是吉米本人，而是吉米通过其“手段”带来的奢侈生活。吉米被捕了，就算日后出狱，也找不到合适的工作，钱当然没有，诈骗也没法再搞，因此不可能再带给她快乐的生活。参照当下，思索未来，是人类固有的能力；换作智力水平正常之人，一定会思索一番：被捕后的吉米，还能像过去那样挥金如土吗？可惜她没有这份智力，又不爱动脑思索，所以我说她浅薄透顶。前些日子佐文①被保释了，有一张照片，拍摄了她与母

① 佐文，指日大抢劫事件中，劫匪的女协助者藤本佐文。佐文之父藤次郎于案发后辞去日大教授，就职于天理大学，全家亦移居奈良县天理市。佐文与本案中女孩经历相似，详见《我的人生观·日大劫匪团伙》。

亲一起，敲击天理教[1]太鼓祈祷的画面。佐文实在蠢不堪言，这份信仰估计也坚持不了多久；至于手记中的女孩与佐文相比，傻气亦不遑多让。她是否具备吃一堑长一智、重新扬帆起航的能力？我持怀疑态度。如果偶然碰见了好男人，也许可以搭上他的航船；要说凭自己的本身重新扬帆，恐怕不太可能。其实，只要她不去重蹈覆辙，不再转嫁罪恶感、走上歧路，那就是万幸了。当然，假如她重蹈覆辙却不后悔，那再走上一遍歧路也未尝不可。有些女子嫁为人妇，才发现遇人不淑，生活度日如年，却走投无路、束手无策，只得整日以泪洗面；至少与她们相比，这个女孩一辈子也算无怨无悔。如此看来，此类命运问题，也没有一个固定的标准答案。面临悬崖是否勒马，或许此正是命运的分岔口。也许你具备某些潜质，但未必都会开花结果。不过，就算是这个女孩，她的蠢笨仍然开拓了命运，也唤醒了与其智力程度相符的潜质。总而言之，变聪明很重要。每个人都有自己聪明的极限，同时也有勉强达到极限的潜质。

---

① 天理教，日本新兴宗教，由教祖中山美伎于 1838 年创立。天理大学是天理教创办的私立大学。

税务局员工殴打妇女的故事

竹内须惠（四十四岁）的手记

我住在东京新宿区，家有四个孩子，老大十八了，丈夫是装裱师。

说起缴税，可能每家每户都一样头疼吧；不过我家对此，别有一番辛酸的经历。昭和二十四年（1949）的所得申报，我家是六万日元，税金分作两期，分别缴纳了一千三百八十九日元。结果税务局那边又通知说，所得额其实是十八万日元。我家实际收入根本没有那么多，所以就申请重新核实，最后他们做出了修正，但还是有十五万多。这样一来，就出现了两万七千日元的滞纳金，于是去年九月初，他们查封了我家的火盆、小饭桌和屏风作为抵押。

那之后过了大约一个月，十月十三日，那天丈夫正好不在，四谷税务局派来一个年轻人，二十二三岁，还带着三个民工，开着卡车，一看就是要回收抵押品了。

那人的态度有多蛮横，简直没法描述。我家之前的门太破旧了，所以向亲戚借钱，置办了一套新玻璃门；结果那人直勾勾地盯着门看，刚进屋就来一句："你好……赚了不少嘛。"就是那么个语气。他们很快就开始搬了，我也帮着把小饭桌搬到了门口。

但是火盆太重，我真的搬不动，只能拜托他们。由于税务局那人的态度实在太粗鲁了，我明知失礼也顾不得许多，向他们说道："火盆确实是押给你们了，该不会连盆里的灰和炭火也要收走吧？我们穷人买个灰也不容易，还请你们把灰倒在土间①上。"税务局的人倒是照办了，却弄得四周尘土飞扬，我只能拿着块布，在门口不停拍打。

接着，那人在调查报告上添了一项"玻璃门四扇"，然后让我"拿印章来"。我回答道："丈夫不在，我不能把印章给您。而且那四扇玻璃门如果拆掉，外面一眼就能看到家里，更没法防贼了。您若势必要拆，也请等我丈夫在家时再来。"最终没有把印章交给他。

那之后我进了一趟里屋，再出来时，发现他们已经拆掉了一扇玻璃门，正准备拆第二扇。我光着脚冲出去，拼命恳求他们："这门您可千万不能拆呀！"正说着，右眼下面冷不防地重重挨了一拳。那一拳打得我头晕目眩，之后的事情已经没什么印象了。据目击者说，我挨了那一记

① 土间，指日本住宅中不铺地板、维持地面高度的一部分空间，一般位于房门附近。旧式住宅通常利用土间进行作业及烹饪，现代住宅中退化为专供换鞋的场所。

老拳后，还被打了五六个耳光。

目击者之中，有几个是住在附近的邻居。还有一个姓村田的年轻人，当时偶然经过，因看不下去税务局的暴行，跑到附近的派出所报了案，又回来告诉我警察很快就会赶到；不过那时税务局的卡车早已扬长而去。好歹玻璃门最后是保住了。

丈夫听到孩子们的报信，大吃一惊，连忙赶回来，又立即去警局讲了详细情况；但事情仍然没有得到解决。

当晚，四谷税务局的一个课长和另一个人，带着当事人上门来道歉了。课长连番表示歉意："此次是我们的工作失误，实在惭愧不已。小伙子也是农村出身，现如今这世道，要是丢了饭碗，他就真没活路了。还请您宽宏大量，放他一马。"

当时与他们交涉的是丈夫，他说："总而言之，我们现在也在气头上，你们改日再来吧。"就请税务局的几个人回去了。结果那之后过了十多天，税务局再也没了动静。于是十月二十三日那天，丈夫与大约三十个邻居一起，找上门去讨个说法。税务局局长接见了丈夫和四名代表，却当场反口称："本人的部下没有过错。那天晚上派去的三人，也不是去道歉，而是为了调查实情。我还想说你们妨碍执行公务呢。”回来的路上，丈夫就决定要起诉了。

有问题的恐怕不止那个打人的员工。周围邻居都经常抱怨：税务局派下来的员工多数是年轻人，常有些言行举止蛮横无理，实在看不过眼。

因此，我一定要提出抗议：身为人民公仆，本该和颜悦色，现如今做出此等事来，究竟是何道理？

这起案件，目前法院正在审理之中，据说手记的作者既是原告，又是被告。因此，这篇手记的性质就与罪犯手记不同，我们不能把它视作一个独立的对象来加以评论。不巧的是，我手头只有这个挨打妇女的手记，既不清楚打人者的说法，也没听过证人的证词。在这种情况下，偏信这一篇手记其实并不公平；不过我写本文，原本就不是为了打一场纸上官司，所谓的法律意识，我是半点儿没有。

认定“打人”是不是事实，进而判断孰是孰非——这些都不是我的工作。不过法律这个玩意儿，原本就不可靠：只要你善于钻空子，表面上功夫做足，想要不踩红线轻而易举。收音机里播过一个相关采访，但我不听收音机，详情是向别人打听得来。据那人讲，税务局一方大体主张称：我们没打人，是那个妇女先失去了理性，结果步伐不稳，踉踉跄跄，自个儿撞了上来。我又向那人询问证词的情况，结果对方记不清楚了。所以这事儿法律最后怎么判，我是一点儿头绪都没有。妇女称自己脸上受了重伤，连续两个星期没法出门，但这无法成为证据——因为伤已经好了，而且她也没看过医生。至于目击者的证词，在事实认定过程中多大程度上能够视为证据？毕竟除了口头证词之外，似乎没有什么其他铁证，凭我这个外行人，实在推断不出法律的天平会倾向于何种结论。

不过有一点毋庸置疑：本案的起因，在于一名税务局员工为非作歹。把外门的玻璃纳入抵押品名单，还当真动手去拆——此等做派委实让人心惊肉跳。仗势欺人，性质之恶劣远在打人之上。户主没了玻璃门，一得担心入室盗窃，二得忍受隆冬寒风；既增加心理负担，又影响身体健康。这一伙人，扣押物品如同风卷残云，却似乎只当家常便饭，丝毫不知悔改，真可谓丧尽天良，人面兽心。至于法律是否能够处罚他们？这已经不是法律的问题了。

有一等人，基于个人立场张牙舞爪，那倒姑且不论；公职人员高举着权力大旗，胡作非为，飞扬跋扈，可就成问题了。全国百姓每天的生活，要是都跟这伙人打交道，受这伙人的管理，那怎么受得了。依我看，日本人好像不适合担任公职。一名公职人员，还是普通人时未必人面兽心；一旦挂上了公职，立刻就想着作威作福，最终要在弱者面前化作虎豹豺狼，必加蹂躏而后已。军人也好，政客也罢，只要特权在手，必会性情大变。说来也是丢人，我们今天必须得认清现实：只要台上的人还握有特权，让谁上台都没用。

也许有人会想：总不至于所有税务局员工都干得出拆玻璃门的事儿。想法本身倒是合理，但未必符合实情。比如打人与否的问题，毕竟打人犯法，所以他们还知道登门道个歉。当然了，税务局后来又声称“不是去道歉”，不过无论真实情况如何，至少有一点可以确定——拆玻璃门在他们看来根本不是问题。从这一点来看，似乎只能认为：拆玻璃门不过是他们的正常流程、一般措施。

“不是去道歉，而是为了调查实情”，这个说法有点意思。调查的是哪方面的实情呢？就手记的叙述来看，挨打妇女一家当天并没有上门抗议。出来与三人交涉的丈夫，也说自己正在气头上，让他们改日再来；所以那天他当然不会自己跑到税务局去。

当然了，手记里还写道：丈夫把详情告诉了警察，但事情仍未得到解决。那么说，也有可能是警方给税务局打过电话。不过若是如此，应该由警方来“调查实情”，怎么会由当事双方之一前来调查呢？警方自己袖手旁观，反倒打一通电话给当事人，委任他们自行调查——岂非滑天下之大稽。

税务局究竟从何处得到消息，又来调查什么实情，着实波谲云诡，难以捉摸。

“我们没有过错，反倒是你们妨碍执行公务”，这话同样值得玩味。既然对方犯了“妨碍执行公务”这等大罪，而且“实情”也调查完毕，那么岂非应当立即查办？但从税务局的处理态度来看，这项罪行轻缓得很，只有对方找上门来，才会顺带提上一提。另外，我最为好奇的是：那个妇女究竟在哪一点上妨碍了执行公务？

打了人，还是没打，那不是关键问题。即便真如税务局所说，那个妇女先失去了理性，踉踉跄跄自己撞了上去，这才受伤；那也没什么。她失去理性再正常不过。一个妇女单独在家，突然税务局人冲进来，开始拆玻璃门——难道还不能失去理性？他们若是猛扑上去，掐住那妇女的脖子，撬她的金牙，也许还多少有点幽默；又或者冷静地拿出剃刀，三下五除二地把她剃成光头，头发卖到假发店，搞不好也能抵上四扇玻璃门的价钱。从前的平安时代，有一个农民，办婚礼买不起酒，便找庙里的和尚借了两斗；结果没来得及还，便得了病，一命归西了。和尚来到他的床前，说道：“你这厮，欠我东西没还上，想死可不成。你要是死，就变成牛吧。到我庙里来，替我干上四年活，债就当一笔勾销了。”农民无奈，只得哭着转世投胎，变成了牛，干满四年，好不容易得以超度。平安时代，和尚也是特权阶级。扯着那农民的双臂，把他押回庙里，他也未必能每天好好耕地。和尚让他转世为牛，四年里肆意使唤，债也算讨了回来，实在是有一手。

话说回来，如果实际上打了人，却硬要说没打，那被这些公职人员占领的日本已经没救了。还是把日本打个粉碎吧。

二、大冈越前守[1]

男子无法获得抚慰金的故事

因婚姻契约不履行要求抚慰金一案的诉状

原告羽山留吉，寄住于中央区京桥八丁堀吉野广吉处，从事洗涤行业，于昭和二十三年（1948）六月八日由新堀仲之助介绍与被告中山志津相亲；又经新堀、吉野两

① 大冈越前守，大冈忠相（1677—1752），江户时代的幕臣、大名，曾任越前守。在日本以善于断案闻名。

氏夫妇做媒，同年八月十九日于三越总店会场举办婚礼，婚姻契约事实上已然成立。

志津之姊丈加藤律治于衫并经营洗衣店，志津亦居于同处。由于此层原因，女方请求羽山暂居衫并与志津同住，同时帮忙打理生意。羽山听从其请求，并与长年老主顾解除合作。

婚礼当夜，羽山夫妻曾同房一次；翌日起，未知何故，志津不再与羽山对话。又经三晚，志津于地板间铺地毯，分床独寝，羽山为此感到极大侮辱。羽山苦于无法了解志津之本意，但仍秉持诚心，甚至时而现出媚态，想方设法向志津搭话。志津只缄口沉默，拒不应答。

羽山无计可施，只得另作打算，向加藤律治坦白事情经由。不久，志津却公开称："最开始我就不喜欢羽山，只是旁人怂恿，这才结婚，分床睡是为了防止怀上孩子。"此举可视为志津毁弃与羽山之婚姻，拒绝履行婚姻契约。

羽山寄居于志津之处，失去众多老主顾，其损失实为巨大。此外，与志津同房致使男子一生之童贞遭到破坏，此等精神之打击更不可名状。

据此，被告应向原告支付经济损失十万日元、精神损失二十万日元或与之相抵之财物。

中山志津之姊丈——洗涤业者加藤律治的证言

志津是内人的妹妹。关于婚后的住房问题，我向羽山建议，在社会情势稳定下来之前，先留在志津这里做事。毕竟现在是个住房困难的时代，志津又总是一个人看店。

不过，结婚前交往的时候，两人曾同去东剧①看戏，当时原告没戴帽子，身着夏威夷衫，志津对此表示了些许反感。

八月末，羽山染上了急性痢疾，志津似乎是为了避免传染，铺了地毯分床睡。我问志津小两口关系怎么样，她回答"就是平常过日子，这些不是你该问的事儿"。志津有些神经质，不高兴的时候连看见我都觉得烦。

羽山不在我家居住后，曾与吉野一同上门。吉野骂我是个混蛋，让我拿出三十万来。

羽山留吉（当时三十岁）的供述

我们只在结婚当日，进行过一次房事。当时志津似乎没有男女之事的经验，对夫妻的交合也未表露出不同意的

① 东剧，指东京剧场，位于东京都中央区，既播放电影，也有歌舞伎等舞台演出。

态度。虽然此前我也没有与异性发生过关系，但还是顺利完成了房事。

第二天，志津说自己身体不舒服，分了床。我提出进行房事，被告回避了我的要求。（中略）我的父亲已故，母亲尚在。

我家没什么财产，倒是中山家颇有资产，我记得是有一片山林。志津如果来我这里，我随时都可以接纳。

中山志津（当时二十九岁）的供述

相亲的时候，我想着毕竟是同行，虽然他家徒四壁，但结婚也没什么。

婚礼当天，我们去了羽山的大舅子家，对方有些醉了，居然说什么：

“蠢汉多娇妻，女人生活上靠着男人，得把丈夫伺候好了。”“嫁鸡随鸡，嫁狗随狗，这意思你明白吧?”让我寒心的是，羽山眼见着我受到这样的侮辱，却没为我说一句话。

新婚第一天，我们进行了房事。第二天虽然睡在一起，但我身体不舒服，就拒绝了。当时出血很严重，我本以为是初次房事的原因，但出血持续了五天，我才明白是月事来了。我在此之前没有男女之事的经验。我们分屋睡大概是从第五天开始，那是因为羽山当时感染了痢疾。（中略）有一次媒人新堀夫人来家里，问我到底喜不喜欢羽山，我回答说这种状态下无法保有爱情。我不再打算与羽山重归于好了。

判决

［主文］

被告赔偿原告三万日元及利息年百分之五，自昭和二十三年十月二十日起计算。原告之其余要求予以驳回。诉讼费用一分为十，其一由被告负担，其余由原告负担。

［理由］

（前略）本案中原告拥有解除契约的正当权利，且原告有权向被告请求损害赔偿。上述损害认定金额以三万日元为宜。

盖据原告本人之供述，每月洗涤业务之收入约为三万日元，纯利润为五成，本案中原告因婚姻契约停工约两月，本院认定该金额足以支持原告复归原业。

原告虽另行要求抚慰金二十万日元，然此类抚慰金唯女子可得要求，男子则不可。女子丧失贞操，即丧失其纯洁，与男子丧失童贞相比，两者之社会评价大有不同。基于此一事实，本院认为将两者一概而论于法律上未为妥当。

综上，本院认定，原告之本诉要求中三万日元之损害赔偿部分具有法律依据，予以承认；其余部分及抚慰金之要求于法失当，予以驳回。（东京地方法院民事第一部法官　安武东一郎）

针对判决结果，报纸上登载过反对的只言片语，我有点印象。有人从女性立场出发，认为该判决违背了男女平权的理念：承认男性的贞操并支付抚慰金，才算真正实现了男女平权。这一意见愤懑地表示：只强调女性的贞操可不行，男性也得有贞操概念；如果男性要求抚慰金，那就爽快付钱，然后将他扫地出门。此志可嘉，但我想薪水同样可嘉的女性不会太多。抚慰金打算怎么筹集呢？可别眼睁睁地吃下哑巴亏呢。

本案的判决，在我看来不失妥当。所谓审判，不应以理想为原则，而应以现实为基础。拿男女平权来讲，假如我们基于这一精神，无视现实情况而按理想行事，想必是可以做出诸般大快人心的判决。但大快人心之后，恐怕很难收场：男子必将争先恐后地索要抚慰金，而女子却付不起这份钱。

从日本的现实情况看，大致上可以承认，男性的贞操没有什么价值。是否患有性病，或许会对婚姻造成影响；至于是否保有童贞——甚至还没有鉴定办法。不过呢，在此倒不妨假设有一户人家，上下老小都颇有志气，那男子平日里断茶戒酒，读书学艺，日夜祈拜稻荷大神，一心只求天赐良缘，使自己配得上豪门大户的千金小姐。后来终于如愿以偿，入赘了千金小姐之家，但可悲的是过于紧张，翌晨便感染上痢疾，不仅惨遭小姐嫌恶，还被拒绝再度同床共枕。于是事情演变成离婚诉讼，但男子的户籍已不再白璧无瑕，因而无法再次入赘豪门大户，这才为失去的童贞申请赔偿。如果是上述情况，那童贞的确算得上一个问题，或许大有价值也不一定。

也许有人要说："混账东西！堂堂男子汉不自食其力，毕生心愿还是入赘有钱人家，像什么话！"如此指责，便过分了。并不存在一条规定指出：身为男性就不可盼望入赘有钱人家。圣贤的规诫之中倒是多少有些类似的意味，但如果圣贤规诫真能约束俗人的生活，天下也就不需要什么法律了。

假如原告干洗工先生如此申诉，"敝人以入赘有钱人家为毕生心愿，因童贞之纯洁遭玷污，不得再为良家之婿，据此，请求判与赔偿金"，大概审判官也会多少感到为难，不能再以一句"此类抚慰金唯女子可得要求，男子则不可"简单了事。

当然了，我倒不清楚什么《六法全书》① 里边，是否存在此类规定。《六法全书》之流从来就没在我的书架上出现过，我对此一无所知；这类如宪法般根本性、原始性的规定，想来也不会存在。尽管干洗工氏无法申请抚慰金，其他男性在其他情况下未必就不可以。也就是说，审判官氏的措辞不够精确。应该采用“本案中干洗工氏的情况……”这类表述，而不是“男子则……”这类普遍性的概括。

所谓审判，本就应当根据个体情况做出判断。诸如“女子则……”“所有男子皆……”这类普遍性的结论属于哲学家之辈，不是法官的分内之责。深谙论战要领之人，绝不会先假设出一条普遍公理，然后从中推导出结论：某一干洗工氏应当如何如何。对手只须攻击他假设的公理，不断抛出问题：“这种情况如何呢?”“那种情况又如何呢?”只要一句答不上来，整个基盘就会崩塌。只有论战新手才认识不到其中的危险，贸然采用此种方法。审判其实不必多讲闲话，仅仅针对此一干洗工氏的情况做出判断即可。真要说个人的看法，我也同意干洗工氏不太应该以丧失童贞为由捞取一笔抚慰金。但轻易断言日本

① 《六法全书》，日本、韩国及中国台湾地区常用的法律工具书，主要内容由常用的六类法律组成。日本的“六法”为宪法、民法、商法、刑法、民事诉讼法、刑事诉讼法。

所有男子无论因何种特殊理由都不能索取抚慰金，我认为同样不可取。

说到底，如果能轻易得出一条天下万事无不通用的结论，那法庭审判也就不必存在了。列出一条公式，将案子一一套进去，“此事不可”“此事可行”，裁决流畅，如同指挥交通，岂不美哉。

如果法院判决，“原告干洗工氏因如此云云，驳回其索取抚慰金之请求”，那倒是无妨；但是称“唯女子可得要求，男子则不可”，不容分说地将全部男子包括在内，那就难免引起社会上一片哗然。审理一名干洗工的案子，顺便给所有的男子下一纸判书，这当然有点儿令人不快。毕竟男子也各有各的情况。

所谓法官，正应该以不知发生何种不可预知的纠纷为前提，时时以眼下的事物为对象进行判断。每一起纠纷都各有其特性，公式先行恐怕很难行得通。

干洗工氏住进了女方亲戚家，帮忙那边的业务，平日里孤立无援，又加上确实是妻子对他产生了嫌恶，其情况与被赶出家门的女婿也没什么两样。干洗工氏大概是咀嚼着自己的心境，最终考虑到了抚慰金的问题。就心境而言，值得同情。至于说对丧失的童贞进行赔偿，干洗工氏的情况确实不太好讲；

但如果说抚慰金是抚慰其平日里惨痛的心境，先不说这能否换算成金钱，至少人们对他那悲惨的婚姻生活怀有同情。与那个嫌恶他的夫人相比，与那个环绕着亲朋好友的夫人相比，更使人同情的当然是干洗工氏的心境。

夫人似乎稍微有些歇斯底里，人生观偏执到了僵化的程度，无法灵活地理解幽默风趣与市井人情。她也不曾试图去打破硬壳、理解他人，好像有些固执得停止了成长。

基本上可以说，女士们一结婚，就容易受到婆家风气的影响，变得生硬固执起来。一旦如此，她们就会进入发育停滞的状态。这在社会上当然行不通；但只要在婆家行得通，对婆家来讲就没关系。

可是这个夫人呢，还没结婚就早早长出硬壳，呈现出停止成长的僵化状态。干洗工氏与这样一个夫人结婚，又住进对方家里，其每日的艰辛不难想象。

干洗工氏的大舅子在喝了点儿酒后，对夫人说："蠢汉多娇妻，女人生活上靠着男人，得把丈夫伺候好了。""嫁鸡随鸡，嫁狗随狗，这意思你明白吧?"夫人表示，面对此等侮辱，干洗工氏没有为自己说一句话，让人心寒。我反倒认为：真正让人心寒的，是夫人那僵化的理解能力。

大舅子的这番话，更多的是在表达感情，"侮辱"二字从何谈起？市井之人在弟弟或妹夫的婚礼上，往往以此种形式向新娘献上祝福；一旦酒酣耳热，那更是常态。说到底，所谓市井之人的醉相、醉话，无不大同小异，醉汉式的感情，街头巷尾也随处可见。又不是小姑娘了，二十九岁的成熟女性面对如此普通的市井人情，居然不知道、不理解，还真是让人心寒。

根据其姐夫的证言来看，这个夫人有些神经质，不高兴的时候甚至连姐夫都不愿意见，是个不好交往的女人。

据说结婚后没过几天，干洗工氏就开始闹肚子，妻子担心自己被传染，就在地板间打了地铺。彻底贯彻卫生观念倒是值得赞赏，但丈夫患上传染病时，真正在身边体贴照料的难道不是妻子吗？当然，这既不是规定也不是法律，只不过是单纯的市井人情；而丈夫面对一个如此纯粹理性的太太，对风俗人情完全免疫，他又何以应对呢？就算是那位伊曼努尔·康德先生，能够以哲学思维对待纯粹理性，面对这个太太，怕也只能束手无策。那可悲的干洗工氏，已是无计可施，却又日夜绞尽脑汁。“女人究竟是什么！”或许他最终会触及如此重大的命题，进而沉浸于诸多不存在答案的思索之中。

可怜的干洗工氏哟！尊驾成婚前，不知对手是如此纯粹理性的存在，真是太过轻率，太过乐天，竟连帽子也不戴，只着一件夏威夷衫，便与那可怖的理性存在一起去东剧看戏。时值昭和二十三年盛夏，夏威夷衫在当时真算得上流行。穿夏威夷衫的并不都是市场里那些流里流气的小哥。审判官、大臣、文士这类人物虽然不穿，但对市井中的年轻人来讲，流行才是第一等的美。老人时常怀念着他们年轻时的流行，而对现实中的流行投以埋怨与痛斥；但健康的年轻人将独自承担起只属于他们的流行与美，只要人类的历史持续下去，市井中的年轻人就始终如此。至于夏威夷衫本身美与不美，那又完全是另一个问题了。

干洗工氏穿一身夏威夷衫，确实可以说是太过轻率，太过乐天了，但他与那些市场里的夏威夷衫小哥有一点不同——不如小哥们了解女人。别说了解女人了，看起来他连《金瓶梅》和《查泰莱夫人的情人》都没有通读过，新婚初夜面对新娘，一切技巧亦十分生疏。

女方中山志津之答辩状云：

“不知为何，羽山不行夫妻之事，确切地讲，是不使夫妻之事成为新婚之乐趣。志津身为处女，对于夫妻之事本为何物、如何进行，皆一无所知，更不知自行提出要求。此等事体，本应由身为男子之羽山积极加以指导爱抚，此亦是不争之公认事实。原告无视于此，有意不予指导，甚至不曾加以温柔之拥抱，可谓秉持木石之态度对待新娘，以此侵犯处女之身。”

真可堪称名文。好一个不争之公认事实，说得在理。这事儿让人怎么争呢？瞧你取缔整顿卖淫女！瞧你起诉《查泰莱夫人的情人》！这才让老大不小还穿一身什么夏威夷衫的男人新婚之夜蠢得像块石头！“以此侵犯处女之身”？受教了。这可不是低级杂志的广告语，而是庄严肃穆的诉讼答辩状。用“侵犯处女”来描述新婚初夜之事，除了低级杂志可都有些不太合适吧。不过硬要讲道理的话，初夜本来就该侵犯处女，为此惨遭一顿痛骂，反倒是闻所未闻的怪事了。

依我看，被告之所以采用这种世间罕有的奇文进行答辩，总体来说原因在于：用以反驳对手的事实本身，并不具备反驳的力量。请注意，是总体来说。假如答辩书的内容是“原告‘夏威夷衫’，经验太过丰富，手段太过老练，使身为处女的被告于初夜陷入混乱与懊恼，以至于不再为神经质且有洁癖之被告所信赖”，那就丝毫算不上奇文了，内容本身便蕴含着真实的力量。

夏威夷衫氏云“时而现出媚态，想方设法向志津答话”，哈哈哈哈。不过夏威夷衫氏的苦心倒是不难充分体察。被要求分床，还睡在地板间，新婚生活的日日夜夜充满了不可理喻之事，简直就要神经衰弱了。对于他希望得到抚慰金的心情，人们自然会产生同情。

不过呢，正如审判官所说，夏威夷衫氏的童贞的确不值什么价钱。他要求被告针对自己丧失的童贞——或谓童贞丧失所造成的精神损失——进行赔偿，但丧失了一件本不值钱的东西，怕也得不到什么赔偿。假如换一个角度，不是针对童真丧失，而是其他方面的精神损失，事情又该如何判断呢？从上文简单描述的事实中也能看出，处于受害者立场的是夏威夷衫氏。我当然明白，婚姻一旦破裂，夫妻任何一方都同样感到烦恼与痛苦，但我仍认为夏威夷衫氏应被视为受害者。针对夏威夷衫氏的精神损失，是否应当判与抚慰金，这是个问题，但我对现行法律的判例一无所知，因此无法做出任何法理上的判断。

根据判决，诉讼费用一分为十，女方负担一成，其余九成皆由男方支付。但我认为，原告已在精神上处于受害者立场，就算拿不到抚慰金，至少也该让女方全额负担诉讼费用，以作补偿。夏威夷衫氏负担十分之九，是否有些残酷了呢？我承认，相比纯粹理性存在的被告，原告夏威夷衫氏更值得深加同情。

不管是在市井，还是在农村，这类不合适的婚姻都不少见；其中有许多男男女女，连打官司也不懂，只能强忍着泪水度日。与这类形形色色的案例相比，夏威夷衫氏并没有对妻子拳脚相向，也没有拿着利刃到处挥舞，况且自身还有独立的经济能力，工作勤勤恳恳，甚至能独当一面负担起老婆的生计；虽然存在哀其不争的软弱之处，但绝不算是劣迹斑斑的无耻之徒。忍气吞声过日子的一方，明显是夏威夷衫氏。

如果让我来判决：诉讼费用由纯粹理性存在的被告负担，且须赔偿两个月间的精神损失费计三万日元；此外，夏威夷衫氏抚养老婆两个月，产生伙食费若干，虽属小额，亦应返还，以对受害者晦气的新婚生活之辛苦做一点小小的补偿。

那么最后，问题只剩下那篇奇文了：新婚初夜，男子不当以木石之态度侵犯处女，此乃不争之公认事实。这事儿法律解决不了。如果大冈越前守或是别的哪个风流男子在旁，偷偷地向原告口袋里塞一本《查泰莱夫人的情人》，或许倒是个不错的办法；但接下来，不知哪里会冒出一位检察官，以“散布猥亵文书罪”为由将越前守逮捕。① 上天保佑，上天保佑。

---

① 1950 年 6 月，日本作家伊藤整因翻译《查泰莱夫人的情人》遭到起诉，罪名为“散布猥亵文书罪”。经两次审判，译者与出版社皆被判罚款。坂口对此案极为关注，多次撰文抗议审判结果。

一晚能否喝掉七万四千日元的故事

遭新兴酒馆[1]欺诈的男子杉山博保（三十一岁）的说法

哎呀，让我支付七万四千七百日元的时候，简直要吓死了。翻来覆去看了好几遍账单，怎么都觉得应该是七千四百七十日元吧，感觉最多也就开了二十瓶酒。人一喝醉，往往就变得忘乎所以，我也确实很起劲儿地点了一些东西，但账单上居然是——

日本酒六十六瓶，啤酒七十八瓶，小菜六十三份，伊势大虾五碟，章鱼二十八份，金枪鱼刺身二十五份，水果五碟，香槟一瓶，寿司十份，另加服务费百分之二十。

没有办法，我还是付了这个钱，毕竟现金我是带了。但付完款后，酒劲一下子醒了：我不过是个一穷二白的旧衣商人，那现金是客人的钱，我只是代为保管。一想到怎么把这笔钱还上，我就心情低沉，烦躁得不能自已，最后找到车站前的派出所，向警察一五一十地讲述了事情原委。我并不是自愿进了那家店——对，我是在涩谷站前被

---

① 新兴酒馆，指提供女招待陪酒服务的酒馆，昭和前期流行于日本。

强行拉了进去。

涩谷宇田川町“沙龙之春”经理的说法

敲诈什么的，简直荒唐。况且那人一副寒酸相，看起来就不像我们这类店的客人。我们的女招待啊，也不会做什么强拉的事情，对那种客人连理都不想理。当时是那人自己上来搭话，说什么“陪大爷玩玩”，还拍着胸脯喊什么“咱身上可有三十万”，不过怎么看都不可信，我们上菜的时候，那叫一个提心吊胆呢。结果呢，还是被当作非法拉客。再说跑到街头去招徕客人，本来就不可行的。

账单可是一清二楚，在公安委员会①那里，客人自己也承认了。结果一出门，他那双脚就往派出所奔去。这客人还真够卑鄙，想想都让人难受。

最近这种品性恶劣的客人可是越来越多了。上来先胡吃海喝一通，然后摆出一副“你这是非法拉客吧，要不警察局走一趟”的样子，我们才是弱势群体呢。目前这行情，不出去招呼两声，生意根本做不下去。不过女招待们素质都很好：三成是有夫之妇；两成守寡；剩下的虽然是

① 公安委员会，日本的地方自治事务机关，为保证警察机关符合民主及政治中立而设立。

单身，但大多也要赡养父母，或是供兄弟上学，让人敬佩。谁不是为了过日子呢。当然也有些过火的事情，我不是没听说过，但那都是实在迫不得已的情况。

而且话说回来，客人在新兴酒馆接受着女孩子的服务，却想用普通小店的消费来了事，这才是不知好歹吧。我们吃了这番苦头，也算长了记性，以后这类客人还是免了吧。

这个故事，我在报纸上读到过，当时登载在一块近似于杂讯栏的小栏目里。说来也奇怪，不知是不是神佛保佑，每逢这种稀奇古怪的故事，我总是不会错过。《ALL 读物》的记者也同样发现了这则故事，为我带来了精心整理过的手记。

这则故事真有切肤之感。不只是我，但凡是酒鬼，一读之下想必都会如临其境，凛然一惊，然后咧着嘴笑出声来。《ALL 读物》的记者想必也感同身受，这才将手记带来。对此，我明白得很。

这类事情我也做过不少。酒劲上来，人也变得忘乎所以，坐进酒馆，傻里傻气地大吵："来来，都吃！都喝！"但我从不会一个人去，总有两三个人跟着一起，或许是其中某人喝得不省人事，这才让我逃过一劫也说不定。反正这类天价账单我是没有遇到过。

至于一个人去嘛，可不太妙。我在茶屋①有过类似的经历。九段②有一家黑心茶屋，天价账单精准得很，每次都只给客人留出坐车的钱，好像趁客人洗澡时把口袋、提包仔细数过了一样。我有不少朋友也在这家店吃过亏，对天价账单大为光火，但客人们只要选择去别家店就好。渐渐地，这家茶屋就无人光顾了。与客人不同，同一片土地的同行们对此却无法忍受。据说其他茶屋曾与艺伎联合起来，浩浩荡荡地谴责声讨："你们一家茶屋搞敲诈，害得整个九段都蒙受了恶评，流失了客人！"可见其敲诈的性质何等恶劣。

有些地方存在三业③组合，茶屋、艺妓会毅然决然地联合起来，共同声讨一家黑店，以此谋求地域上的自我约束。这是因为茶屋也好，艺伎也好，甚至客人也好，都与这片土地血肉相连；土地的繁荣，与全体业者息息相关。人们害怕因为一家黑店而使整片土地的客人流失。

至于咖啡店、新兴酒馆，以及所谓的女招待，可不是这么一回事儿。女招待与她们所在的土地、店面都不存在什么纽带

---

① 茶屋，为客人提供饮食、娱乐的场所。
② 九段，地名，位于东京都千代田区。
③ 三业，指餐饮业、艺伎业、茶屋业。

关系，随时可以辗转去其他地方生存。因此一家店无论如何搞敲诈，其他店也没有必要联合起来去声讨它。更何况不根植于此土地的店面之间，本来就不可能联合起来。

至于银座的酒吧嘛，客人、经营者、女招待基本不怎么流动，还算说得过去。

街头揽客行为本身，已经触犯了法律，但有些店不强拉客人就赚不回本儿，所以偏要铤而走险。客人被这些店强拉进去，可想而知，免不了要被狠狠宰一刀。但人喝醉了往往就刹不住车，此次的天价账单事件，想必多数醉鬼朋友们也经历过吧。

现在是什么情况我不太清楚；至少到去年为止，凡是穿着打扮还不错的路人，就算没钱也会被强拉进店里。结账时，店里会把外套、上衣和手表等留作抵押，然后将客人赶出店去。

这种土匪式的生意经当然不值得赞赏，但明知土匪出没还偏偏走夜道的人同样有问题。酒鬼也有错，或者可以说：咎由自取。

尽管是自作自受，这个旧衣商人的天价账单，还是太惊人了。要知大小荒唐痛饮，我早已是百战之身；而死不悔改这点，又从来不甘人后。只要一醉，可谓是酒多人胆大，醉后种种行径，决非普通醉鬼可比，盛名自然也传遍了四面八方。但即使荒唐如我，也从未收到过如此荒唐的天价账单。

在浅草那群游手好闲的能人儿中间，流传着一个词叫作“付账魔”。鄙人不才，正是其中的领军人物。酒劲儿一起，高喊一声“伙计们，跟我来”，当场带上在座的男男女女，痛痛快快地豪饮，痛痛快快地付账。第二天早晨的事情嘛，不说为妙，总之当时是够痛快啦。一个劲儿地吃喝，一个劲儿地付账，不给别人付账的机会，这种狂热的人物就叫作“付账魔”。浅草群众还真是会形容。正是在这类落后区域，才会有这种自己一贫如洗还不让别人付账的怪人四处栖息；那些有钱人的聚居区，可不见这类怪人的身影呢。

但是，不管我再怎么愚不可及、死不悔改，带上十个伙计去纵情豪饮，一晚上也绝对不可能花掉七万四千七百日元。除非是九段那家茶屋，或许还能接近这个数字。

至于这个新兴酒馆的经理，可谓快人快语。如此痛快地倾吐一番，想必心情也大为舒畅。今时今日，如果还有客人会提出“陪大爷玩玩”，那无数女招待也不必熙熙攘攘，林立街头了。“况且那人一副寒酸相”，实在是痛快淋漓。一个素未谋面的寒酸客人，进门却点了七万四千七百日元的菜，经理提心吊胆地上菜，等于是提心吊胆地变出了七万四千七百日元；简直就是魔术师嘛。如今这艰难世道，善良的魔术师居然还能客串几天餐饮店经理，不可思议，不可思议。

经理这番快人快语，我甚为反感；而女招待去街头揽客，显然也不会眼睁睁地放过冤大头。不只是这一家店，凡是搞揽客的店铺无不深谙此种土匪生意经，只不过一些懂得适可而止，另一些不懂而已。

明知山有匪，最好远远躲着；要是偏向匪山行，那就得做好心理准备，被宰也只能认栽。

从前的某些评书，不也常有这种故事嘛。一男子为主人收债，归途中赌了一把，或是被什么女人缠上，结果丢了小命。出发之前，主人或者父母也都叮嘱过他："你平常也算稳重，就是怕醉，一醉就忘乎所以，闯出祸来。主人家的钱揣在身上，千万要记住滴酒不沾。"一番忠告，最终还是白搭。

就在这两天，还发生了一起柑橘园收债人失踪案件，就在我居住的静冈县。那个收债人出发之前，也有人嘱咐他："你这伙计吧，酒一下肚就像变了个人儿，保管人家巨款的时候，可一滴也别喝啊。"当天傍晚他出现在横滨的目的地时，已经满脸通红，像是喝了不少，拍着自己的皮包，说什么"这里面可有一百好几十万呢"，朝周围大肆夸耀了一番后，又说"赶不上车就麻烦了"，于是匆忙离开。那之后就再也没人见过他。目前警方正在进行大规模的搜查行动，初步怀疑此人已经遇害。

说到底，喝得酩酊大醉，就不该往土匪的地盘去，咎由自取的酒鬼本人确有责任。不过，就算酒鬼咎由自取，土匪生意经也不该因此合理化。从当前警方的管制情况来看，似乎存在一种倾向：过分强调酒鬼咎由自取，反而以土匪生意经为合理。酩酊大醉之人确有其咎由自取之处，但在管制醉鬼之前，难道不该先管制土匪的生意经吗？

日本的闹市区处处是土匪。有恶棍流氓，还有流氓头子，甚至有人筑起山寨，发展起兜售酒水的生意经来。

我明白自己常做些蠢事，也明白什么是咎由自取，但我仍然不思悔改；如果因此遭了殃，那也没什么好说。但有些人，平常善良无害，做些收债之类的活计，他们不过是爱喝酒，杯酒下肚忘乎所以，才做出反常举动：真正可怜的是这一群人。的确，他们同样是咎由自取，但通过整顿闹市区，或许能减少几分他们咎由自取的痛苦，这些善良的普通人一个月，不，一年甚至一生犯下一次的错误，也可以由此减少几分。像我这样的醉乡常客就罢了，真正值得怜悯的是那些偶尔失去理性的人。醉乡常客往往不会深入土匪的世界，恰恰是偶尔失去理性的善良之人，才会沦为土匪们的待宰羔羊。

现学现卖《安吾巷谈》被罚千元的故事

谨启。这封信本想呈给坂口先生，但很不巧，我不知道坂口先生的住址。在《安吾巷谈》中，时常见到尊名，不知能否劳烦尊驾，为我转递此信。不情之请，深感厚颜冒昧，望海涵。

这是一场农村发生的喜剧，却让人无法发笑。我只因现学现卖了“安吾巷谈”的观点，竟被罚了一千日元。

大概是去年这个时候，地方办事处的社会教育委员来到当地，召集村里的青年组织和志愿者，开办了一场座谈会。会间，村里一个志愿者发表了一通言论，大意是“只有青年人发挥牺牲精神，村子才能发展”云云。大家对此都表示赞成，但我却说：“一直以来为国家牺牲，为天皇牺牲，这次轮到为村子牺牲了吗？什么牺牲！我们青年人真是受够了。”此言一出，全场哗然，好几个天皇拥护者指着我的鼻子，说什么：“天皇陛下从来没有要求国民牺牲！你说什么浑话，给我收回！”于是我就把坂口先生的《野坂中尉与中西下士》中关于天皇制的观点现学现卖了一番，顺便将话题拓展开来，从甘地的非暴力主义争辩到了再军备反对论。

争论结束后，我就回家了，结果第二天发现，这事儿已经在村子里传播开了，而且经过了一番添油加醋。“小山田骂天皇陛下是个笨蛋，我老早之前就觉得他不正常了，这小子肯定是激进派，应该把他赶出村子去！”此类责难之声不绝于耳。他们还去劝阻那些每晚来玩的青年、初高中生们，说什么“别去了，去找那种货色玩，你们也会变成反天皇分子”；甚至找上了公司，请求给我调任，真让人瞠目结舌。

他们的责难虽然是无理取闹，但我不可能同样无理地回应他们。我当时想着，反正公司和工会都知道我的为人，这些无聊的流言早晚会不攻自破，于是就没把它当回事儿，依然从容地过我的日子。但我实在低估了乡下人纠缠不休的本事。他们一直在等待陷害我的机会，趁着电产赤色整肃①，抓准时机搞了一番阴谋，不过当然没有得逞。后来他们好像又盯上了我的多血症，有一天对我说：“明天县里面修公路，要出义务劳动力，你要是不能来，就给大家买些茶水点心去。”义务劳动这类事情，在我来到这里之前大约每月都要有一回，我早就联合青年组织进

① 赤色整肃，指1950年日本在驻日盟军总司令麦克阿瑟指示下展开的，对社会各领域共产党员进行清洗的政治运动。电产，指日本电器产业劳动组合。

行抵制，从去年开始已经废除掉了。于是，我找到村子里管事儿的，和他大吵了一架，却被对方踢了一脚；我一下子火上心头，就还了他两拳，把他的鼻子打出血了。对方好像等的就是这个，结果就是我遭到了起诉，被判了伤害罪，交了罚金一千日元。

在这个村子里，酩酊大醉的片警可以身穿浴衣拿着手枪，冲进盂兰盆集会见谁揍谁；中学的教师也可以随便殴打学生，只要不是大人物家的孩子；被我打出鼻血的那个管事儿的，也曾在某次例行使用义务劳力的工程中，认为一个老人效率低下而对他拳脚相加，下手之狠令人侧目。面对这些，村民向来无动于衷，却只对我的事情耿耿于怀。可能因为我是外地人，或是因为别的什么，不太清楚；但我想最大的原因在于照搬了坂口先生的话——“天皇或许是个好人，但不是个聪明人”。

此类乡野琐事，各位或许没有什么兴趣，但我感觉写下来能够平复自己难以言说的愤怒，因此试着将它们付诸笔端。

同时，我也期望聆听坂口先生对此事的感想，但想必先生也是百事繁忙吧。

对文人而言，素未谋面的读者寄来各式各样的信件，早已是家常便饭；不过读到这封信，我还是吃了一惊。以前也有过三四封天真可爱的来信，说拿了我的《安吾巷谈》《日本文化之我见》《堕落论》等现学现卖，让论敌哑口无言。而这些所谓的论敌，多半就是激进派。看来要驳倒激进派，我的区区《安吾巷谈》也管用得很。于是呢，大量带有威胁意味的信也从乡下的激进派文学青年那里飘来，说不定都怪他们的论敌照搬我的学说，驳倒了他们。

而这封信，却让我受教良多。住在东京周边的人们，无法真正了解乡下的生活。

从都市青年的身上，我们能够看出极其强烈的反战气质。但如果深入剖析日本人的内心，进而探讨好战论、反战论何者的气质更盛，我反倒认为是好战气质的人更多一些。

要探究好战气质的原因，为什么有人摩拳擦掌地等待战争来临，主要还是出于这样一种心理：

再来一次战争，老子一定赚个大的给你们瞧瞧！上次让那些老滑头抢了先，没赚到钱，这次老子可摸着窍门了。他妈的！这次老子要当日本第一暴发户！来啊，打啊，开战啊！

正在钢铁、纺织行业吃饭的人自不必说，被流放的前任将军等待战争也在情理之中，但什么和尚啊、女招待啊、小学老师啊、谁家的小老婆啊、农民啊、妓女啊、打鱼的、做生意的、开饭店的、衙门当差的、搞黑市的，所有的人都为战争的到来做着准备。“这次可摸着窍门了，战争一开始，嘿，老子就先捞他一大把！”大家打着同样的如意算盘，全部精神抖擞地等待战争打响。

你的如意算盘，真能打得响吗？摸着窍门的可绝不止你一个。人人都懂的窍门，就等于没有；况且所有的生意经，就算是发战争财这种肮脏手段，也只有引领新风的天才人物才能大赚一笔。精神抖擞地展望未来？那你已然落榜。高材生们早就开始闷头赚钱了。

不过，要说农村盼望着战争的乌云，也不是没有他们的理由：

战争来了，粮食不足了，哟，现在农民才是日本头号的绅士淑女啦！什么东京，什么大阪，这儿那儿大大小小的城市，都烧起来了吧。啊哈哈哈！听说银座也烧起来了，嗯？也不全是，俺们村子里也有银座哩。三井家的姑娘昨儿个来买米，这妮子真是越长越像个不要脸的丫鬟。城里人都是这么些不检点的货色吗？那衣服穿了像没穿似的。她倒是满脸堆笑对俺低声下气，可三双尼龙袜子怎么能给你换五合①土豆哩！你说俺想要什么？咳咳，现在家里有三台钢琴，俺有俩闺女，再加上一个外孙女也还够使，要是再来一个外孙女可就不够了哪。西服？那个不要。什么晨礼服、长外衣，统统不要，不要。啊，对了，要是有礼帽的话倒是可以拿来，正月里俺好戴一戴哩。啊哈哈哈！

战争说是打仗，其实太平得很哩。要不是打起仗来，人们哪里晓得节约大米蔬菜。仗一打完，过个三年、四年，还算是太平；第五年开始，可就不行了。城里的家伙穿上夏威夷衫还好说，要是连华达呢②也穿上了那还了得。城里人一搞排场，日本就得完蛋。要是不打一仗，换换世道，天下就太平不了哩。

这种期盼发战争财的理论，与纺织、钢铁行业的在职绅士们是一路的，与那些瞄准了战乱打算从中牟利的市井之徒也没有什么两样。

不过，都市好战者曾经是战争的受害者，他们被战火烧掉了房屋与家产，怀有一些复仇的情绪，所以他们尽管出于环境

① 日本容量单位，一合为十分之一升。

② 华达呢（Gabardine），布料名，又译为“毛卡其”“轧别丁”等，质地结实，有一定的防水性和透气性。

因素期盼战争，本质上却多半不是好战论者。残酷的战争虽然已经远去，带来的痛苦仍然刻骨铭心。

农村好战者却不然。他们刻骨铭心的只是战时的好景气，战争中惨不忍睹的一幕幕与他们毫无关系，空袭警报只当耳边风，轰炸云云更是事不关己。

自然而然，他们对战时的遗留制度抱有最深沉的怀念，而对战后的万事万物加以咒骂。尤其是天皇制，对他们而言更是至高无上。其实在战争开始以前，农村有相当数量的群众对天皇持蔑视态度。当时他们具有一种否定一切的气质，对都市及看似附属于都市的一切权威表示抗拒。

现如今则大不相同了。他们通过战争发现了天皇，也发现了天皇制并不属于城市，而属于他们自己。甚至可以说，正是战争之后，天皇才在他们心中变得至高无上起来。

我原本以为，农村也多多少少有农村的正常世界观；但从来信的内容看，这座村子里是不存在什么世界观的。而且，读了这封信，使我不得不认识到，愚昧之无药可医，社会之自私自利，许许多多的村子仍在上演着同样的事情。唯有一点，青年所在的公司无视流言蜚语，没有将青年开除，这算是来信中唯一使人感到慰藉的了。

最为贻害无穷的，是“损人利己”这一思想。俗话说

“己所不欲，勿施于人”，如果人们以此作为大众伦理——就算是形式上也好——整个社会都会为之一变，充满和睦。

谁认为有必要再开始军备，谁才最应该一马当先地前去参军，身先士卒地冲往第一线。村子要发展，也不必指望青年发挥牺牲精神，谁以牺牲精神为必要，谁请先去充当牺牲品，鞠躬尽瘁，在余一人。二宫尊德①先生也如此认为：如果奉献确有必要，那么终将有人追随而至。没有人追随，那也无可奈何。相信牺牲确有必要之人，自己请先去实行。强迫他人劳动，是纳霍德卡②那边的战俘才有的事情。

健全的社会，应该树立起一种观念：认真工作能够受到他人尊敬，并会获得相应的回报。

而在日本，这种回报仅仅突出表现在语言方面，五花八门，蔚为大观。其实这类词语，保留一个“谢谢”就可以了，真正需要的是与劳动对等的实际报酬。擦个鞋子就要给小工一百日元，旅店就要给掌柜塞一千日元，这些谈不上什么对等，不过是个笑话。

万事万物都有其对应的价值，劳动力自然也不例外。秉持

① 二宫尊德（1787—1856），又称二宫金次郎。日本江户时代后期的农政家、思想家。

② 纳霍德卡，俄罗斯港口城市，临近日本海。20世纪50年代，苏联政府曾利用日本战俘建设铁路及港口设施。归国的日本战俘也多由此地离开苏联。

所谓轻物质、重精神的精神主义，在今天无法构筑起合理的社会秩序。通过劳动，获得报酬，这是人们生活的基础，因此如果不在劳动报酬方面确立起一种稳定且适当的秩序，那么其他秩序、礼节统统无从谈起。有的人偷懒耍滑磨洋工，那相应地给他们少量报酬就足够了；有的人一丝不苟肯出力，获得与之相符的更多回报也是理所当然。报酬不能因世事人情而有所偏颇，应当始终追随公正的评判标准。当今的社会秩序，正应当以此为基本原则。只要确立起这一秩序，工作的责任也将明确起来，与责任相应的物质赏罚同样将一清二楚。

比如返还失物的报酬，应该是一成还是两成呢？这个问题永远也没有一个标准合理的答案。因此姑且定作一成吧，总之确立下报酬的规定是第一位的。谢绝这一报酬并不是什么佳话——恰恰相反，对于物质的秩序不懂得明确处理之人，说到底也缺乏公正公开的精神，无法真正理解精神的价值。

有一种错误的观点，认为物质、金钱都是低俗之物。他们会说："捡到东西还给俺，那不是应该的吗？让俺拿出一成当谢礼？乡巴佬。"那什么事儿不应该呢？工作是应该的，帮助他人是应该的，好心好意也是应该的；那么为这些应该的事情付出报酬，当然也是应该的。

只有确立起一种秩序，明确规定辛勤劳动所应得的报酬，那么所谓“村子的发展要靠年轻人的牺牲奉献”这类看似冠冕堂皇实则污秽不堪的利己主义诡辩，也就再也行不通了。人们自然会得出这样一个结论：谁认为奉献是必需的，谁就应该先去奉献，先去默默发挥牺牲精神。

社会上习惯于以丰富的词语来感谢、回报并美化他人的劳动，久而久之，不再有人真心为他人牺牲，取而代之的是一些阴谋诡计：比如利用他人的牺牲为自己捞好处，或者利用花言巧语哄骗他人牺牲。这一切的结果就是出现了所谓大东亚圣战之类这些异想天开、不明所以的行动，而人民却被迫一而再、再而三地为此做出牺牲。

至于所谓“村子的发展全指望着青年发挥牺牲精神”云云，说到底不过是中老年人的絮叨而已；如果真的需要牺牲，那么首先应当佝偻着腰，挨着鞭子去实行的正是他们。牺牲本应是自发的行为，不应从他人身上索取。强迫之下的牺牲根本称不上牺牲，那是奴役。用语言来回报、美化人们的劳动，归根到底仍然是奴隶时代、封建时代的遗风。而贬斥物质、抬高精神的所谓理论，也不过是为了无偿地剥削奴役他人而产生的诡辩而已。

其实，只要确立起完善的秩序，用物质手段来处理物质层面的事情，那么现实生活中也一定会清晰地展现出真正的道德伦理。举例来说，假如勤劳多受益已经取得人们的共识，那么面对“村子发展需要修路，然资金匮乏，若无仁人义士慨然奉献，村子将无从发展”这类困境时，那些真正心系村子之人，比如村长或者别的大人物，自然会率先加入修路工程，为村子默默奉献。因此自然而然地，他们就变成了仁人义士。村子的发展，正应该依靠这种义士政治。所以说，勤劳多受益这一秩序，反而恰恰是仁人义士产生的土壤。

至于什么“修路要出义务劳力，不然就去买茶水点心”，今天的农村居然还存在着这种暴力政治。这个青年的反抗可谓合情合理。村子的政治充满了黑暗与暴力，那些真心爱着日本，希望日本更加美好宜居的人们，除了反抗这种政治，还能做什么呢。不须高唱理想，动辄论及国家天下；与自己身边的无道之举展开抗争，为矫正自己村子的民主政治做出努力，这便够了。

可怜的青年！你的村子竟是如此黑暗，如此愚昧，实在可悲！不要向那些愚昧与暴力屈服，不要向村子的大人物妥协。你的同伴，你的朋友，一定不止我一人。

日本的农村太蛮不讲理了，其农民正是第一等的自私自利、狡猾诡辩之徒。有一种说辞称：淳朴的农村住着淳朴的农民，农民才是真正的爱国之人，正因为爱国，所以才热爱天皇。相信这番说辞，只会让日本再度失去理智，走向军国主义，最终沦为愚昧而不可救药的野蛮国家。

所幸，公司无视了村子的阴谋，没有解雇你；此事尚能带来些许宽慰。但愿你能从容不迫地贯彻正义的信念，认真做好公司的工作。又遇上什么麻烦的话，再给我来信吧。

三、精神病诊断书

丈夫忘记妻子的故事

山口静江（二十四岁）的手记

在三鹰町井之头医院的病房，我终于见到了失踪三个月的丈夫，正要上前抱住他，他却抛出一句话来：

“这是我爱人吗？不对吧？”

眼神冷冰冰地打量着我，像是要推开我的拥抱。丈夫失忆了，很可怜，这些我都明白；但听到这话，我还是抑制不住伤心，哇的一声哭倒在地，而怀里抱着的五个月大的长女千惠子还在天真无邪地笑着。四月二十三日那天，我随手翻阅某晚报时，偶然看到了一则三栏报道①：《日本版〈鸳梦重温〉②，测谎仪讲述犯罪与女人的故事——突然失忆的男人》。报道讲了一名失忆男子苦苦找寻记忆的事情，还登出了男子的照片。我一看，这不就是我那日思夜想的丈夫吗！据报道描述：四月十四日那天，银座西八丁目的护城河畔，有个流浪汉在围着篝火取暖；突然走来了一个二十五六岁的青年，肤色白皙，穿着整洁，披着一身银灰色的雨衣。流浪汉向青年搭话，却发现他神情可疑，就把他带到了筑地警察局。接受警察询问时，青年说："唉，我什么都记不起来了，好像自己在这世上突然出现一样。"警察继续询问详情，青年称自己在附近的公用电话亭里突然意识恍惚，直到一个年轻女性打开电话亭门，惊叫了一声，这才使他恢复意识；但此前的记忆全部忘得一干二净，甚至连姓名、住址、年龄也记不起来了，只得在银座附近四处徘徊。于是警察就把他送到了井之头医院精神科，经过几个医生的诊断，发现他对电话亭之后

① 三栏报道，指报纸上篇幅较长，分作三栏的新闻报道。
②《鸳梦重温》(*Random Harvest*)，1942 年上映的美国电影，讲述了一个失忆男子的爱情故事。

的事情记得很清楚，与常人无异，能写文章，还会讲英语，因此判定他属于标准的逆行性失忆症。医生还给他打了一种叫作阿米妥的麻醉剂，让他进入半麻醉状态并与之交谈，得知他父亲去世、母亲健在、三个兄长中两人战死、有姐妹已经出嫁，这些情况与我丈夫完全一致。我看完报道后十分惊讶，连忙去了丈夫的哥哥家（横须贺市浦乡五二二山口万福），大伯正好也在看那篇报道，说“这人像我弟弟”。我丈夫叫山口袈裟寿，二十五岁，从神田的市立工业高中毕业，进入横须贺的航空技术所，随后入伍参加海军。大伯在神奈川县县厅地下室开了一家钟表店，战争结束后丈夫在那里帮忙，一直到去年八月。去年十一月，我们的长女出生，所以他就搬到了我娘家（横须贺市）一起生活。今年一月份，他说要去找工作，结果出门之后便音信全无，真把我急坏了。还好现在知道了丈夫住在井之头医院，失去了所有的记忆；二十四日那天，我就和大伯、大姑（丈夫的姐姐静子，二十九岁）一起，抱着女儿，火急火燎地赶到了医院。主治医师曾根博士向我们听取了大致情况，告诉我们：“他的领带背面有‘小高’、保暖裤上有‘德泽’的字样，不过应该就是他没错。”曾根博士让大姑和我少安毋躁，不一会儿，来了五个护士小姐，但她们穿的是不同颜色的便装，没穿护士服。我和大姑混在这五个护士中间，没多久，医生推来了一个男子，戴着呼吸曲线测定器。毫无疑问，这名男子就是我的丈夫。博士让丈夫盯着我们的脸，一个一个地仔细观察，但丈夫的表情没有任何变化，呼吸也没有紊乱。博士遗憾地摇了摇头。大姑实在忍不住了，喊道："袈裟寿！"丈夫仍然一脸平静，好像叫的是别人的名字。我也说道："还没有想起来吗？你是我的丈夫呀！"于是就出现了那句残忍的回答——"这是我爱人吗？不对吧？"丈夫一直坚信自己是单身，听博士详细说明了情况之后，才不情愿地承认："从理论上说，有可能是我的妻子和姐姐。如果是外人，应该也不会特地来看我才对……"

失踪的两个半月，丈夫到底经历了什么？丈夫在注射阿米妥后，说自己曾在横滨的占领军那里工作过，但其他仍然是一片空白。另外为什么会患上失忆症呢？听大夫说，不是因为外部刺激，而是所谓的心因性，也就是心理冲击所导致。据说这种病通过电击治疗，再多加休养，就能逐渐恢复；而且丈夫本人也希望治疗，所以我们只能先给他办下住院手续，垂头丧气地离开了。使用测谎仪测试时，与性和犯罪相关的反应很多，但我相信丈夫绝不会有那方面的事情。

哎呀呀，这可真是不好办。单凭这样一篇手记，就让我发挥一番，实在是太难为我了。虽说手记的作者是病人的妻子，但她并没有与病人长期共同生活，所记录的也不是对病人的观察，只是一次时间极短的会面罢了。医生给病人看病，都需要长期的观察与实验；何况我又不是医生，谈不了什么医学问题，只能以文学工作者的身份，从人性角度入手了。毕竟这也是文学工作者的天职之一嘛，只好勉为其难。编辑对我说："您在医疗行当也算是元老了（不是诊疗的元老，而是接受诊疗的元老），多结合您自身的丰富经历，肯定很有话说。希望您能畅所欲言，哈哈哈哈。"笑声中充满了空虚，这名编辑已经精神失常了。为了掩饰自己的不安，故意拿我开涮，这是典型的精神分裂。他很快就要住院了，撑不了多长时间。

言归正传。手记里讲，这个山口先生被确诊为逆行性失忆症；不过这一种病，据说一般是由外部刺激引起，比如狠狠撞到了脑袋。山口先生的情况属于神经性，或者可以说是解离性失忆吧；手记用的是"心因性"这个词。好像也有学派称之为"漫游"。漫游也就是逃避：抛弃现实，逃避于忘却之中，想必任何人都有过这种念头。人类还真是可悲呢。

山口先生在公用电话亭里突然意识模糊。我想到某晚报上曾登载过另一个案例：一名女患者走在路上时，感觉自己的眼镜丢了，到处找的时候突然记忆模糊。与山口先生不同的是，这名女患者在接受电击治疗后，回忆起了失忆时的情况。看来同为失忆情况也是大不相同的。

我总感觉，就算是健健康康的正常人，应该也都有过瞬时失忆的经历。比方说，如厕后刚刚站起身的瞬间、推开厕所门的瞬间，或者就是在厕所里的时候。又比如另一种常见的情况：在自己房间站起来，打开门刚刚迈出去，却忘了要出门做什么，好几秒钟想不起来。反正我是常有这种经历。还有的时候，我有事叫家人过来，结果家人到我面前，问“什么事呀”，我却突然想不起来了。

山口先生的情况是在公用电话亭里，不知道做什么的时候失去了意识；那名女患者的情况是感觉眼镜丢了，在口袋、手提包里找眼镜的时候意识开始模糊。两者有一个共同点，即失忆发生时都与我们平时经历过的失忆状态大体（甚至是完全）相同，只不过他们的失忆持续时间更长，最终以另一个人的身份生活了起来。这一点虽是巨大的区别，但意识丧失伊始的情况极其相似，换位思考一下，心里总不是太舒服。

山口先生在丧失意识之后，似乎还从事着某种职业。当然，失忆之后以他人的身份生活几十天，甚至几年的案例并不少见；但山口先生不仅清楚记得失忆的瞬间，还在努力回想原本的记忆，这一点很有意思。不过也不奇怪，既然知道自己有段想不起来的记忆，那肯定会好奇得不得了，非要想起来不可。单就这一点而言，山口先生除了想不起过去的事儿，基本是一个正常人，也有生活自理能力。

至于那名女患者，失忆之后重返了童年（她当时二十五岁），据说表现如同幼儿园小孩，有时折折纸，或是唱唱童谣。这一种情况是不是叫幼稚性呢，反正终归是解离性神经病变的一种，医学上的定义我也不太清楚。

在其他许多案例中，患者的记忆是回到了某个特定时间点。比如回到了二十年前，当时他还是个学生，正准备考东京的大学；于是就变得一心想到东京去。

这事儿并非事不关己。你说自己是个健康的普通人，但也不能就此安心。正如前面所说，我们在日常生活中会突然失去意识，那一瞬间我们的意识回到某个过去，有时甚至也想把那段过去延续下去。只不过我们正常人在想要延续的瞬间，就会感到不对，随即意识便会恢复；而病人则是长期延续了下去。我们与病人之间，所不同的只有时间长短而已。想到这一点真是很不舒服，这个话题就到此为止吧。

我们的可能性似乎都产生在梦中。比如过去的事情怎么也想不起来，这种感觉在梦里就时常能体验到。不仅如此，我们在梦里还会回到童年，甚至许多经历要比精神分裂更加不可思议。

梦实在是千奇百怪，弗洛伊德对梦的解释太过牵强附会了。梦是一头彻头彻尾的怪物，没那么简单就能解释清楚。

我们可以回忆起好友的面容，但那并不是以视觉形式呈现。我们只是感觉自己回忆起来了，实际上只是个模模糊糊的印象，凭这印象绝对画不出速写来。当然，有的人是绘画天才；不过我觉得，即便是绘画天才，只要他没有精神失常，就不可能呈现视觉性的回忆。

但梦就不一样了，在梦里，我们能够与好友面对面，栩栩如生。所以说，印象或者记忆，其实在身体中的某处鲜活地保存着；但我们只有在梦里或幻觉之中，才能以视觉形式重现他们。问题是梦也好，幻觉也罢，都非意志所能控制。人类的本事，想想也真是小得可怜。身体具备的显像能力，明明比照相机更加精确；自己拍摄录制的有声胶片，却被藏在脑海深处小屋的抽屉里，加上一把锁，无法凭自己的意志打开抽屉欣赏。只有在极其偶然的情况下，身处梦境或是癫狂幻觉之中，才能有缘一睹。

精神失常的狂人似乎能够打开自己脑海中的抽屉，欣赏自己拍过的照片，面对面地接触过去。在他们看来，这些都极其平常，并不是什么神奇的能力；只是正常人不具备这种理所当然的能力而已。形象点说，狂人脑海中有一块大屏幕，能够投影、显像，如同身在梦境；正常人则没有这块屏幕。

健全的人恐怕只是半成品，既没有大屏幕，也没有录音机，这些在狂人那里却是标准配备。搞不好狂人其实过的是文明生活。身体健全的反倒是野蛮人，精神失常的才是文明人——真像是芥川笔下的河童之流①所说的话。不过，狂人也不可能随心所欲地与过去面对面接触。过去的事情或人物会自行出现在大屏幕上，有时每天很有规律，有时则是贸然出现。

总而言之，人类身体内部存在一种能力，能够像大屏幕一样做到投影。但只要我们还在过着健全、清醒的生活，就不可能真正以视觉捕捉到记忆的投影。人类健全的精神机能其实不过如此，到处是毛病，根本不可靠。只要明白这一点，结论也就呼之欲出了——所谓健全的精神，并没有那么值得信赖。但问题是我们除了信赖自己的精神，也没什么别的可信。毕竟很

---

①《河童》，芥川龙之介于1927年发表的小说，同年芥川自杀身亡。小说以一个精神病患者的自述形式，讲述了其在“河童国”的种种经历，借河童之口对当时的日本社会进行了尖锐辛辣的讽刺。

难承认河童比我们更加高级。

且不说做梦，睡眠本身就很神奇，神奇得有些玄妙，却真真切切地存在于生活之中。我们每天每隔一段时间，就会迎来这样几个小时：了无痕迹，留不下任何记忆。也许所谓健全的人类，本身就足够神奇。

像山口先生这种情况，过去的事情回忆不起来，看似不可思议，但实际上好像也没那么难以理解。我们形容一个人精神失常，常常会说“这人发条坏掉了”。这个比喻的确巧妙，但个人感觉稍稍有点夸张。一台收音机没了响儿，说不定只是小小一个零件出了故障；丧失全部记忆确实是个严重的结果，但究其原因，或许也只是精神出了一点小小的问题。

弹珠机出了故障，老板会去“哐哐”拍两下，立马恢复正常。人类的精神出了毛病，那么就来电击，或是胰岛素——说白了和“哐哐”拍打机箱没太大区别。弹珠机老板未必清楚机械的内部构造，但他清楚只要“哐哐”拍两下，就能恢复正常。精神科医生好像也差不多，导致精神问题的原因不是特别清楚，但他明白只要通过电击或胰岛素进行休克治疗，就能使人体内的某种东西恢复正常。这话说得不太中听，不好意思。我无意诽谤攻击精神科医生，只是为了说明精神的作用多么神奇，神经的构造多么复杂，人体的发条多么难以理解。

不过有一点我很看不惯：最近流行通过所谓的“潜意识”，信口论断人类的心理。把人类心理还原成潜意识，那倒真是简单纯粹了。俗话也说：“人间万事，财色二字。”这财和色，就是人性中的欲望嘛。此外，什么荣誉呀、力量呀、才华呀，都绕着“财色”二字打转儿。潜意识理论也是同样的逻辑：围绕着潜意识，人与人之间产生摩擦。潜意识就是个一目了然的公式，放之四海而皆准，只要根据当事人的生活经历、环境等，变一下组合，添一点枝叶就行；作为根本的公式，其本身一成不变。

于是，近来某个学派的医生诊断时，总要挖掘病人的潜意识，把病人的生活经历、周边环境、人际关系调查一遍，然后轻描淡写地断定病因。

当然了，硬要说的话，潜意识也不是一点儿道理都没有。比如有的人就是所谓“操心的命”，明知操心不好，还是每天忧心忡忡，结果患上神经衰弱；还有的人明知暴饮暴食引发胃病，仍改不了暴饮暴食的习惯，最终真的患上了胃病。这两种情况很有相似之处。不过，我却不信弗洛伊德那一套：挖掘病人的潜意识，让病人自己讲述问题，或是由医生给他指出，通过对潜意识的解放治疗疾病。潜意识这个玩意儿，现代人大多已经能意识到了，解放了它也没法达到治病的效果。我们是一边知道自己潜意识在怎么想，一边患上了疾病。

所谓的潜意识，也就是指“真心话”吧。围绕着真心话，生活中每天上演着光怪陆离、悲欢离合的现实。但真心话牵扯的总是人生中最根本的问题，所以一旦失去戒备心，就会讲出来。比如“酒后吐真言”，阿米妥测试也会让你讲述潜意识。医生照本宣科、按部就班，或许是希望以学术式的方法挖掘潜意识，进而探寻病因所在；但问题在于，潜意识或者真心话，未必就是病因。潜意识人人都有，给精神病患者做的阿米妥测试，也可以在正常人身上试试看，保准出现一样的结果。从测试结果上看，所有的人都是狂人。无论怎么把弄潜意识，也不可能解开精神病之谜。

某些精神病患者，由于“操心的命”，渐渐滑入精神衰弱的泥潭。这种情况，通过挖掘潜意识，的确可以搞清楚发病的原因。但是说到底，这也只不过是精神病的导火索而已；假如发展到幻视、幻听那样严重，必然存在生理性的问题。换句话说，除非机器的发条坏掉了，否则不至于如此。只是解放潜意识，而不去修复机器故障，无法真正治好疾病。

但问题在于，人体这台大型机器，究竟是什么部位出了故障，才导致了精神分裂，或是逆行性失忆症呢？我们目前还弄不清楚。梦究竟是什么构造？同样一无所知。甚至就连睡眠本身，也仍然存在着诸多未解之谜。搞不明白幻视、幻听的运作方式，也就没什么奇怪了。记忆的抽屉究竟在哪里？人为什么会遗忘？是什么生理机制出了问题？我们面对人体，仍然所知甚少。

我把医生比作弹珠机老板，也正是这个道理。医生搞不清楚人体的毛病出在哪里，只是知道如何使病人暂时恢复正常，那就是电击和胰岛素；于是出现了休克疗法。不过，这恐怕不是医生的错。弹珠机老板稍微用点功，还有可能掌握弹珠机的构造；医生无论倾注多少心血，至少目前这个阶段，他们没有任何可能勘破人体的奥妙、发现疾病的原理。怪只能怪病魔是个太过可怕的对手。也许精神科医生对未来持乐观态度，我却认为人类永远无法解开精神病之谜，永远。也就是说，人类恐怕永远无法随心所欲地做梦，也永无可能控制身体的发条、掌握精神的钥匙。如果不明白精神的构造，何谈发条和钥匙；如果明白了精神的构造，弄懂了其中的原理，那人类就会灭亡——被人造人所取代。丧失了一切奥秘的人类已不再是人类，而是机器了。

简而言之，无论到什么时候，精神病治疗永远都走不出摸索猜测的范畴。我们能做到的，只不过是发明各种疗法，进行大量实验，努力提高治愈率而已。

总结起来，我们可以这样说：解放潜意识，对治疗疾病毫无帮助。不仅没有帮助，如果过度拘泥于潜意识，反而会对治疗造成阻碍。原因很简单：一旦从潜意识出发解释行为，人类精神的一切都变成了彻头彻尾的必然。因此，精神病学尤其容易陷入一个误区：完全否认人类拥有自由意志。精神科大夫好像很讨厌拥有自由意志的人。

每个人都怀有烦恼，但并不是每个人都沦为狂人。防止我们沦为狂人的究竟是什么？说到底还是意志。如果说本能的、潜意识的、原始的力量带有必然性，那么意志就是与其抗衡的力量。要防止自己沦为狂人，最可靠的还是意志。我对此深信不疑。

我虽然没有试过电击和胰岛素，但曾经接受过“持续睡眠疗法”。这种疗法大约一个月的疗程，使用强效安眠药，让病人睡得昏天黑地。每天只有吃饭或是医生来查房的时候，能起床吃点儿东西，说上两句话。当然也有人真正地不间断昏睡，每天的活动就只是打鼾；据说这些人得靠护士喂饭。我还没那么严重，能够起床吃饭、与医生交谈，但事后却一点儿印象也没有。阿米妥测试不是治疗，所以不可能让病人长时间昏睡；但它与持续睡眠疗法有一个共同点，那就是先把病人催眠，再与病人交谈。人类即使在安眠药的作用下进入睡眠状态，也能像平常一样进行对话和简单的生活；但不会在醒来后留下任何记忆。疗程结束后我醒过来，以为只不过睡了一天，结果发现报纸上的日期已经过了一个月，还以为自己看到了假报纸。还好我知道住院和睡眠疗法的事情，这才好不容易接受事实。以前 Adorm 中毒的时候我不知道，以为也就眯了两三个小时，一睁眼发现过了三五天。当时我说什么都不信，一口咬定报纸和邮戳的日期都是假的，是大家一起挖空心思伪造报纸捉弄我。另外，昏睡时会做梦，梦里面会发生各种各样的事儿，极其真实。醒来之后，根本意识不到那是梦境，总觉得是入睡那天早晨或是前一天发生的事情，因为每个梦都十分贴近生活。比如找朋友商量借钱；或者是以为老婆①得了重病（在梦里面，老婆说她得病了，我醒了之后一直坚信她真说过，足足持续了两年），去找熟悉的医生诊治；或者是去还钱。任何一个梦都无比贴近生活，现实得无可置疑。等我拿着梦境当真事儿跟别人讨论起来，发现驴唇不对马嘴，就会特别上火，感觉对方又在骗我。因为那些梦太真实了，我只能认为是他们在骗我，而不会去怀疑那些是梦。我这种情况，好像正好与失忆症相反——

---

① 坂口三千代（1923—1994），坂口安吾之妻。1943 年与前夫离婚，1947 年起与安吾同居，并以夫妻相称。1953 年，为安吾生下长子坂口纲男，两人正式办理结婚手续。1967 年出版《昏昏日记》，详细记叙了与安吾的恋爱、婚姻生活。

我的现实生活中多出了一份梦里的记忆，两者无法区分，最终融为一体。据说小孩子刚睡醒时，偶尔也会分不清梦境与现实。当然，这种状态不会持续太久，他们立刻就会清醒过来。

还有一种情况，曾让我很是痛苦：酩酊大醉之后睡上一宿，第二天醒来记不起醉时的事情。有一次，我喝醉了之后，溜达到了一条陌生的街道，进了一家陌生的小酒馆，里面有个女人，让我很是着迷。第二天酒醒后，我再去找那家店，却怎么也找不到了。有一家店我总觉得像，进去之后发现不是，来来回回搞错了三四次，闹了个大笑话。那一天我就放弃了，但喝醉了再出门，又自然而然地走进了那家酒馆。只要没喝酒，每次都会认错门，而且错的是同一家店；一旦烂醉如泥，自己凭着感觉走，就能找对地方。后来次数多了，不喝酒也能找到了。爱喝酒的各位，不知是否有过类似经历？

丧失某段时间的记忆，或是只有处于酩酊、蒙眬的状态才能到达某地——这些情况都与精神病状态十分近似，我们在日常生活中也会常常遇到，绝不稀奇。况且酩酊大醉，本来就属于一种精神异常的状态。

话题回到山口先生身上，他从失踪到在电话亭里丧失记忆，中间大约有四个月的时间。他失踪时以及失踪期间，分别都是什么精神状态？他在这四个月里都做了些什么，即使进行阿米妥测试也未必能够彻底弄清楚。如果把这些弄清楚了，知道他在失踪期间都与什么人接触过，参考那些人的手记，即便是外行人也能发现一点线索；现在单凭这篇手记，什么都没法断言。

但从这篇手记来看，至少有一点可以确定：他的判断力基本正常，只是失去了电话亭之前的记忆而已。

也有一些人说：

“判断力正常，单单没有记忆？我不信。装病的吧？”

其实也没那么令人难以置信。我们都是正常人，也会偶尔突然忘事儿、记忆模糊；至于回忆某件事情怎么都想不起来，更是时常有之。假如我们把日常生活中的这些状况称作冰山一角；那么患病之后的种种表现，就是整座冰山——人在精神方面的毛病，本质上都是一回事儿。不过有一点：狂人未必就思想单纯。人在癫狂的状态下，也可能机关算尽，心怀鬼胎，过着极其复杂的精神生活。如果认为狂人凭着潜意识生活，只有一条直肠子，那就大错特错了。

通过电击休克疗法，山口先生的病大有希望治好。医学书籍也许会说“失忆属于一种逃避性心理机制”云云，但逃避现实的心理人人都有，山口先生不是特例。比如有的人因为不爱老婆了，所以选择逃避；有的人情况相反，却对逃避的渴望更加强烈。比如说，虽然很爱老婆孩子，但自己赚钱太少，无法给老婆孩子提供舒适的生活，从而产生罪恶感，使他一步一步走向逃避的道路。在那些选择逃避的人当中，或许这种情况才更为多见。精神方面的基本机制，其实意外地简单。他在逃避过程中也许会接触女性，可能是事实也可能只是幻想，但这个对象通常不会是他爱的女人。他在正常的时候，不敢为了养活老婆孩子去犯罪；虽然努力找过工作，但总是找不到。于是他在逃避中犯罪，通过犯罪来养活女人，以此补偿自己没能满足老婆孩子的愧疚。换句话说，逃避过程中出现的“女人与犯罪”，本质上是对自己无力养活老婆孩子的一种自责。这种情况并不稀奇，甚至正常人也会出现这种补偿心理。当然了，也有可能没这么多弯弯绕，真的只是单纯的“性和犯罪”。毕竟因人而异，各有具体情况；山口先生的真相究竟如何，我无从得知。

不过可以总结出一点来：要治疗山口先生的这类疾病，依靠解开心结无济于事。医生可以指出病人隐藏的心理，让病人改正错误的念头；但真正的问题早已不在精神层面了。这是生理问题，是人体这台机器某处出了故障。

解释了病人的心理问题，不等同于解决了他的烦恼。只要他的愿望没有得到满足，烦恼就永远存在。当然了，没能满足愿望的人有很多，并不是人人都会精神失常；应该说会失常的才是少数。所以还是那句话：问题出在人体这台机器上。听说山口先生已经接受了电击治疗，想来很快就能恢复记忆吧。他的失忆虽然表现出某些异常状态，近似精神分裂；但我感觉在所谓的“故障”方面并不复杂。也许是我这个外行人把事情想得太过简单，总觉得像弹珠机老板那样“哐哐”拍打两下，很快就能恢复正常。

至于恢复正常之后，这个青年能否找到一份工作，拿一份可观的薪水，使妻女过上不落人后的好日子，进而平稳地度过一生呢？这些我一概无法预言。

樱木町①幸存女子的故事

沼田咲子（二十九岁）的手记

那天我和丈夫、女儿惠里（未满周岁）一起，从北镰仓出发，原本是要去京桥的娘家。中途在横滨换乘时，顺便在樱木町买了点东西。惠里本来是我在抱，但我要替丈夫拿行李，就把惠里交给他抱了。当时电车已经到了一会儿，我刚上车，门就关了起来；丈夫抱着惠里晚了一步，没赶上车。我当时觉得反正还有下一班车，就没当回事儿；事后想想，要是我抱着孩子上了那辆车……真是不寒而栗。

我坐在第一节车厢的中间位置，突然听到“哪”的一声巨响，我赶紧抬头，发现车厢顶部快速闪烁着蓝色、黄色、红色交杂在一起的光线，说不出的恐怖。接着就是怒吼声、惨叫声，车厢里顿时乱作一团。我感到情况危急，就去看窗户和车门，发现都没有开。然后我就被撞飞了，又被推了回来，压着人的身体滚了两回。这个时候我看到有人把半个身体伸出窗外，结果他上面又挤进去一个人，

① 1951年4月24日，横滨市国铁（国有铁道）樱木町站发生车内火灾，造成106人死亡、92人受伤。

两人双双被窗户卡住，进退不得，双脚乱蹬。还看到有人衣服着了火，在车厢里打滚；其他人跨过他来回跑动，好像飞起来似的。后来烟越来越浓，眼睛也看不清了，胸口被热气和臭气堵着，感觉就要晕过去。我当时觉得快不行了，身体好像在抽搐一样，这时我拼命喊了一声："惠里!"喊了好几遍，才终于恢复意识。意识刚一恢复，我就看到一双白色的脚悬在空中，于是想也没想就扑了上去。那是一个人正在跳窗，我跟着那人也跳了出来。我感觉窗格的上半部分已经烧着，玻璃应该也脱落了：因为我的头部、背部，还有抓住窗框的右手都被烫伤了。

一开始我被送到了国际医院①。因为伤口很疼，我请他们快点帮我治疗一下，结果一个国铁员工气冲冲地答道：

"你这不还能说话嘛，我们现在光死人都忙不过来了，哪有空管你。"

于是我被转到了十全医院，他们给我缠了些涂过红药水的绷带。事后我到附近的医生那里重新治疗时，医生也被他们的粗糙处理吓到了，说重度烧伤不能直接涂红药

① 指横滨市国际亲善综合医院。

水、缠绷带。当时来了个报社的人，说会开车把我送到东京，结果杂七杂八地问了一番之后自己走了，根本没有管我。来找我的人大都相差无几，只是对火灾经历露骨地表示兴趣，却对我的伤口与痛苦视而不见，丝毫感受不到他们为伤者着想的热心。有一个同样是幸存者的男士，他去找国铁员工打听事情，结果所有的员工都敷衍了事，回答各式各样，根本对不上号。这名男士很气愤，于是自己雇了一辆车，顺便把我送到了横滨站。我在横滨站，伤口疼得太厉害，坐下之后就起不来了。还好有两名热心的女学生，一左一右搀着我，把我扶了起来，还帮我买了票，这才好歹坐上电车。这两名学生好像都住在蒲田站附近，她们的帮助是那天唯一一件让我感到温暖的事情。

回到家之后，还有几个报社记者上门。我头上有烧伤，不想多说话，他们还是纠缠着问个不停，然后又一哄而散。国铁那边没有任何表示。到了第二天（三十日）中午，好不容易来了一个人，自称是公安委员会的，说："今天先是调查情况，上门慰问大概安排在明天。"之后，东铁①的人来到北镰仓，上门送了慰问金，当时我正在住

① 指东京铁路管理局，属国铁管辖，相当于今日的JR东日本东京分社。

院；听丈夫说，他把我的住院地址告诉过东铁的人，但没有一个人来看望过。丈夫还责问他们为什么让我一个伤员自己回家，结果对方斩钉截铁地说“每个伤员都派车送了回去”。据说后来家里还来过一批人，请丈夫去确认遗物；因为我的行李里面有户籍誊本，他们以为我死了，还请丈夫去认领尸体。

这次事故太惨烈了。三鹰事件①那时候也是，真让人不忍直视。无辜的人们在眼前被电车碾轧，那些激进派党员却只知发表煽动演说，根本没打算上前救助。实在是毫无人性，惨不忍睹。做出此种毫无人性的举动，他们不仅没有半点儿批评的意思，反而就其斗志大唱赞歌。不忍直视。这次的事故也是，在场众人个个都蠢若木鸡。从现场照片来看，着火电车的旁边有不少工人，就站在两三间②开外的位置，围观看戏。司机的脑袋也不灵光，驾驶台与乘客车厢之间有扇通道门，他竟然忘了打开。不过最搞不懂的还是那些站着发呆的工人，两三间之外有人正活生生地被烧死，他们怎么能就只是无动于衷地围

① 1949年7月15日，东京都北多摩郡三鹰町一辆无人列车突然从车库蹿出，造成6人死亡、20人受伤。日本政府认定此案与当时的罢工潮有关，并逮捕了9名激进派党员，但最终9人全部无罪释放。

② 间，日本长度单位。1间约等于1.82米。

观呢？

有人说他们当时失去理智了，这话不是没有道理。不过，间不容发之际，也有许多人不顾自身安危、为他人挺身而出。比如明明不谙水性，却去救助溺水者，结果自己淹死了；这种事情时有发生，实际上属于另一种意义上的失去理智。着火电车的附近那么多围观者，其中如果能有三五个人失去理智，也未尝不是件好事；可惜的是一个都没有。就说那个司机，他只要在电车着火之前把门打开，也就尽到他开门的责任了。真能敷衍了事。这么些愚不可及的货色，偏偏都凑到了一块儿，也是时运不济。那么多旁观者就在附近，要是处理得当，也许能救出三分之一的人来。奇怪的是，这些旁观者不仅丝毫没有应变能力，更看不出一星半点儿的良知。最可怕的就是这个，这种人无药可救。既然作为人，总得有点儿反应能力，有点儿良知和常识，这些都是最普通、最基本的东西，他们却丝毫不具备。就连战场上双方兵刃相向，还时常有些心意相通的案例；此次事件中大众的反应，很让人心凉。那么加贺山总裁①又作何反应呢？他一接到报告，先是跑到 GHQ②，接着又去了宫内

① 加贺山之雄（1902—1970），日本国铁第二任总裁。1949 年接替离奇死亡的下山定则就任总裁，1951 年因樱木町事故引咎辞职。

② GHQ（General Headquarters），日本对驻日盟军总司令部的简称。

省。惊慌失措了吧。向天皇谢罪又能怎样呢？可笑。这些古怪的家伙，一个个对惨剧视若无睹、置若罔闻，就这么让满车厢的乘客活生生烧死。出了事故，别的都不管，先跑到天皇那里谢罪。从上到下，没有一个像样的人。此次事故，也真够古怪了。

这名女士死里逃生，实属不易。此种危急情况，任谁也没把握一定能生还。捡回一命，可说是偶然加幸运，难以骆驼穿针眼儿①；像我这种胖子，首先就穿不过车厢的三段窗。我这辈子，还从没试过钻窗口上下车。不过我这人小心谨慎，居安思危，从不进那种钢铁车厢中间夹着的木制车厢。对任何事情，只要没喝醉，我都会多少留一点心。但这次樱木町事故，实在是没有办法。

一名化险为夷的女士，原本为自己的幸运额手称庆，想着平复一下心情；谁承想事有不巧，偏遇上几个刻薄之徒，闹得后话不太愉快。如果换作是桑丘·潘沙，肯定会想出一句谚语来形容，比如“虎头蛇尾，有始无终”。事事若都像桑丘一样看得开，也就不难发现人生的美好了。

我也曾被报社记者烦得不轻。这群人是第一等的猛士，面对精神病院的铁栅栏也要无畏冲锋。社会版记者的心脏构造不

① 《新约·马太福音》：“我再告诉你们：骆驼穿过针眼，比富有的人进入神的国更容易呢！”

一般，无礼如暴徒，粗野似土匪，实在是不好对付。不过报社记者也有一点值得同情：他们的宿命就是在别人不幸的时候出现，因此最容易讨人嫌。像咱们这种普通人，要不是碰上了什么倒霉事儿——比如电车着火，受了烧伤——记者根本不会上门。您逢新婚之庆、添丁之喜，记者就不来了；因为他们不靠喜事儿赚钱。只有鹰司夫妻①那个档次的婚事，他们才会叩门求见。不过人总是很难知足，明明身份地位如此之高，高到连报社记者都要叩门请求采访婚礼，却仍要气愤地说上一句“报社记者就是讨厌”。记者真是可怜。他们注定是反派角色，专挑别人半死不活的时候来一句“请问您现在的心情”，那也是职业宿命；您毕竟也化险为夷了，不妨就宽宏大量一次如何。他们冲破铁栅栏那次，我也发火了。不过仔细想想，人这一辈子，不识趣的家伙谁没碰见过几个；这次赶上自己碰见了，也纯属正常。当时我确实特别上火，差一点把那个记者揍一顿。不过说句实在话，您这篇忍着脸伤、满含委屈地诅咒报社记者的报道，我是读得津津有味。您也别见怪，毕竟您和大家也都读过《狂人安吾——恼羞成怒大放厥词》之类的报道嘛。那

① 鹰司夫妻，指昭和天皇第三女孝宫和子内亲王（1929—1989）与其夫鹰司平通（1923—1966），两人于 1950 年成婚。此桩婚姻是《皇室典范》制定以来，天皇之女首次下嫁非皇室男性，故得到社会的广泛关注。

些报道虽让我不舒服，却能逗得您捧腹开怀。这次的事儿您就看开些吧。

不过那个声称要开车把您送到东京的记者，实在是过分了。要是您在银座再遇到他，请向路过的先生借一只打火机，给那伙计的西服点上火，演他一出咔嚓咔嚓山①。等他好不容易扑灭了火，半死不活的时候，您就舔着铅笔尖儿跟他说：

“请谈一谈您现在的心情，随便说两句就行。我用卡车把您送回社里。”

那伙计不敢跟您发火动手。报社记者这种动物，只有工作和醉酒时才够凶猛，平时都窝囊得很。您肯定比他强。

国铁方面称伤员都派车送了回去，而您却没坐上他们的车。是不是可以这么理解：对方安排好车辆之前，您已经自行离开了。那这件事情上，您就不该生气了。毕竟是大型事故刚发生不久，产生混乱也纯属正常。如果只凭主观想象，那就有生不完的气、发不完的火了；所以桑丘・潘沙会用谚语来化解怒火。可惜我不如桑丘博学，想不出什么贴切的谚语；但我相信，您一定会想出更合适的来。

---

① 日本著名童话，讲了一只兔子为老人报仇，杀死狸猫的故事。其中有一段狸猫背着柴火，兔子将其点燃的情节。“咔嚓咔嚓山”来自兔子使用打火石点火时，发出的咔嚓咔嚓声。

四、玩偶之家

女子怀抱玩偶的故事

高木贵与子（三十四岁）的手记

是要说女礼（六岁）的事情吗？这个嘛……也谈不上什么动机呢。人们可能会想象：一个女子经历丧子之痛或失恋之苦，满腔伤情无所排遣，只得寄托于玩偶身上。不过我并没有类似的特殊缘由。战争刚结束时，我拜在玩偶界权威有坂东太郎①先生门下，学习制作玩偶；过了半

---

① 有坂东太郎，疑手记原文有误，当作“有坂与太郎”。有坂与太郎（1896—1961），日本乡土玩具研究者、收藏家。

年左右，有个熟人的女儿去世了，于是把收藏了二十年的女礼人偶送给了我。从那时起，我就感觉女礼不是一只单纯的人偶，她是为我而生的，来到我身边是上天的恩赐。《源氏物语》里曾有描述，当时的人们为禳除灾祸，将人偶或置于川上随波而逝，或祀于神社接受祭拜。从这些宗教性质的举动来看，人们对玩偶的感情不仅仅是慈爱，还有尊崇的意味。

在我很小的时候，父母就去世了，是祖父母把我和弟弟抚养长大。不知是不是生活经历的原因，我的性格有点儿怪，不爱与人接触，总是孤零零地摆弄人偶玩儿。走上社会后，也没什么特别感兴趣的事情。我当初是个文学青年，想写小说，所以在某作家手下工作过一段时间；战争结束前还在杂志社上过班。

人偶毕竟是人偶，表情不可能发生变化，但我仿佛能看到她的喜与悲，还会担心她有没有受凉感冒。我要出门时，她就会露出一副悲伤的表情，豆大的泪珠落下来，好像在说“带我去嘛”。每次买点心，我都不敢耽搁太久，急急忙忙地赶回去。因为她和常人一样，也有三餐、入浴和大小解。当然，她不可能真的吞咽，我只是让她享用香气，食物由我来吃掉。晚上睡觉时，我会给她的眼睛蒙上纱布，多少能遮一点光线。

最近，女礼又多了七个弟弟妹妹；有阿红、美月、英子她们陪着，女礼终于不再怕生，会在我出门时乖乖看家了。以前出门可不行，总要带着她一起。刚开始当然很难为情，把她放在购物车里还好，每次抱起来，就会凑过来一些女学生，笑话我是个疯子。可是我转念一想，自己那么关心宠爱女礼她们，这些人嘲笑我的真心，才最可笑。于是就不把别人的讥笑当回事儿了。就算上报纸，也没什么大不了。我每天的日记里，满满的都是这些孩子的点点滴滴。

当前这世道，谁的日子都不好过；我自从与人偶结缘后，日子过得尤其艰难。不过，无论再艰难，我也没有转行的打算。我的生活忙碌而充实，既要制作人偶维持生计，又要拿小人书、玩具陪他们玩儿。我认为人偶也有灵魂，所以绝不能粗制滥造。和人偶一起相处，烦恼的事情不知不觉便会烟消云散，我感觉最幸福的时刻莫过于此。人类的爱太肮脏了；我对这些孩子的爱，更能让自己得到满足。

一直以来，也有许多人劝我结婚。但是说到底，男人的本质就是自私自利，不可能理解我对人偶的感情。对异性的爱与对人偶的爱，不能等同视之……不过，如果有人愿意包容这些孩子，包容我的一切，或许我也会欣然投向他的怀抱。

我在《Sun写真新闻》[1] 看到这名女士给人偶喂饭——准确地说不是饭，是乌冬面——的照片，女士用筷子夹着乌冬面，往人偶嘴边送；当然，人偶不可能吞得下，面条就沾在它的下巴处，悬在胸前。我当时特别在意一点：这些乌冬面最后是怎么处理的呢？

读过这篇手记，我才恍然大悟：哦，原来是自己吃掉了。对此，我很是佩服，但同时又稍稍有点上当的感觉，心头涌上一股莫名的空虚。一个与人偶共同生活的梦幻故事，却配上了如此现实的结局，真让人心里不是滋味。写的虽是人偶，仍然免不了浓重的人间烟火气，实在令人难过。

那么喂乌冬面的具体流程又是怎样呢？先夹一筷子送到人偶嘴边，然后自己吃掉；接着再夹一筷子，如此重复进行？又或者是，先把人偶嘴边沾上的面条夹回碗里，再重新夹一筷子喂给人偶？假如是后一种情况，重新夹的一筷子之中，可能混

---

① 《Sun写真新闻》，1946年创刊的晚报，1960年停刊。与一般报纸相比，报道中照片的比重更大。

有一根人偶已经“吃掉”的面条，难道她不会感到不协调吗？

也许还有一种可能性：再添一只碗。比如拿两只碗，一只自己用，一只人偶用。人偶“吃掉”的面条，就夹回自己的碗里；给人偶喂新的面条，都从人偶的碗里夹。毕竟是给不会吃饭的人偶喂食，这些细节实在让人无比在意。

这些归根到底只是一个问题：她是如何说服自己，使自己相信人偶真的吃掉了乌冬面呢？

日本有一种旧习俗，会给神灵和祖先供奉食物。当然，纯属旧俗。我老婆就会在我母亲忌日那天，准备一些她生前爱吃的肉包子、家乡菜之类，供在灵位的照片前面。老婆当时找我商量过，问是不是应该上供；我记得自己说了一句：“行啊。”其实就算我回答她“没意义”，那也是大实话；假如非要论证上供多么有意义，那才是胡搅蛮缠。母亲照片前面还摆了一个花瓶，里面总是插着几枝叫不上名字的花。那个花瓶挡住了我的抽屉，每次要用抽屉之前，都得费一遍事把它搬走。还好那抽屉不会频繁用到，但我每次用的时候，仍然会嫌弃花瓶碍事，忍不住咂咂嘴。

不过，在母亲的灵前供花也好，摆上食物也罢，都是我老婆真心实意的表现，而且她还会因此感到开心。我本人固然没这个意思，但既然她遵从习俗，希望如此，遂了她的心意又有何不可呢。摆脱习俗绝非易事。今天仍有许多人，明知过去的某些行为纯属迷信，但还是害怕不吉利，不敢放弃那些行为。有些事情确实是迷信，是毫无意义的形式主义；但具体到每一个迷信的人身上，往往各自有各自的苦衷，难以一概而论。个人有个人的生活习惯，只要没影响到别人生活，就不必多加干涉。

那么言归正传，这名女士虽然与人偶共同生活，但说到底没有影响到旁人；因此旁人也不该拿着“没意义”来指责或是劝阻她。不过反过来讲，人们会对她产生好奇，或许会指指点点，甚至嘲笑她是疯子——这些同样无可厚非。因为她的所作所为的确太过异常，人们关注到她，搬弄两句唇舌，实属合情合理。所幸当事人女士生性不畏人言，能够遁入自己的生活之中，对闲言碎语充耳不闻。无论从何种角度评论，这名女士顶多有些滑稽，决非危害社会之人。

不过，这名女士虽没有危害，却存在不自然之处。俗话说“家有敝帚，享之千金”“情人眼里出西施”，讲的是同样一个道理：人各有所好，别人喜欢什么，你无法强求。不过喜欢什么都好，居然还有人喜欢蛇，养一堆蛇，喂它们食物、陪它们玩儿，这就很怪异了。当然，要说理解也能理解：毕竟感到怪异的是我，饲主肯定是觉得可爱才养，不会感到有什么怪异。

而且，感到怪异是个感情上的问题，一旦克服了，估计就会觉得养蛇跟养狗没什么两样了。

至于人偶——我们很难把养人偶与养狗等量齐观。从自然感情出发，总有些地方难以接受。比如刚才也提到过：喂乌冬面的时候，她如何使自己相信人偶真的吃掉了面呢？

这名女士也清楚，人偶没法吃东西。不过我特别能够理解她的心情：总想让对方吃点好的，每天都在寻思，今晚吃这个怎样，明天吃那个如何。然而现实是一堵冰冷的墙：人偶不吃东西。当满腔热情遽然撞上冰冷的现实时，难道她不会痛哭流涕？我很为她捏一把汗。最关键的是，她真的做出了喂食的举动。这一举动太让人难过了，更勾起了我的好奇。

做了美味的饭菜，夹一筷子，递到人偶的嘴边；下一个步骤，究竟要怎么做，我实在好奇得难以自抑。饭菜不会凭空消失，真亏她仍然没有疯掉。难道她不会觉得难过、痛苦吗？人偶可是不会吃饭的呀。

五六岁的女孩子，经常玩这种人偶游戏。有时扮演做客，有时扮演待客，请人偶吃美食，给人偶洗澡等。我们知道，小孩子这样玩儿就满足了。因为她们仅仅是在过家家而已。

然而，这名女士也同样只是过家家，除此之外什么都不是。人偶与女士之间的关系、生活状态，与小孩子的过家家游戏毫无二致，并没有任何更为深层的联系。

小孩子过家家，看上去就知道是玩闹，所以无伤大雅。比如请人偶吃饭，那些玩具砧板上的所谓美食，要么人类根本不吃；要么勉强能吃，也绝非什么美味的东西。洗澡也只是走个形式，不会真的往人偶身上倒热水。所以小孩子虽然也要面临“人偶没法真正吃饭”的现实，但没人会把它放在心上。

女士的情况就完全不同了。她端出来的是真正的食物，与她自己吃的同样美味可口。用筷子夹起食物，递到人偶的嘴边，但人偶不会真的吃掉，所以食物就在那里停住了。比方以乌冬面来说好了。乌冬面沾上了人偶的下巴，耷拉在它的胸前；此时此刻，此情此景，她如果不会流泪，那实在难以想象。食物停在人偶的嘴边，最终要怎么处理呢？无论如何处理，都无法差强人意。此等无奈，此等悲伤，她如果不会发疯，那实在不可思议。

成人世界里的“爱”，绝没有这么简单。一个“爱”字里面，倾注的是整个生命。小孩子过家家，不过只是浅薄的依葫芦画瓢，两者之间，何啻霄壤。

把食物递到人偶嘴边，幻想人偶已经吃下去了，然后由自己来吃掉；难道这么处理，心里就舒坦了吗？我也明白，日复一日地重复下来，可能“人偶不吃饭”的现实渐渐变得没那么残酷了；但"自己吃掉了"的现实依然没变，依然丑陋不堪，难道她就不会发疯吗？进食行为本身当然并不丑陋，但自己所爱之人不再进食，自己却吃了个饱——我认为不仅足够丑陋，而且令人难过。就连蛐蛐儿那种小虫，雌雄双方有一方不再进食时，另一方也会不吃东西，让人感觉像要绝食一样。当然了，只是让人感觉而已，它们并不会绝食自尽；据说雌虫还会吃掉雄虫哩。对于这些，我也很能理解。丰岛与志雄①先生爱猫成性，众所周知，长年与众猫共同生活。然而，当别人问到他最想吃什么时，回答却是最想吃猫，而且还是自家养的爱猫。真正的爱，就是想把对方吃掉——何等壮烈的食欲式爱情。虽然这只是丰岛先生的一家之言，但我也不是不能理解。我的胃不好，总是食欲不振，所以对美食并无特别的渴望，也没有欣喜期盼过口腹的满足。由于没什么格外喜爱的食物，我从未以食欲的角度来感受过爱情；但那些美食家与老饕们想要吃掉所爱之物的心情，我并非不能体会。食欲式的爱情还昭示了一点：真正的爱当中，也存在着动物性的一面。

食欲是个实实在在的玩意儿。心爱的人偶根本不吃东西，她还非要把食物递到它嘴边；我无法理解：撞上了现实的墙壁

① 丰岛与志雄（1890—1955），日本小说家、翻译家。

后，她为什么能够淡然自若地转身就走。人偶根本不吃东西，现实中只有她一个人吃个不停；我无法理解：她为什么还没有精神崩溃。总结来说，她只是在傻兮兮地过家家罢了，根本不是在生活。生活需要的是倾注灵魂的爱。

手记里面记述了一些生活细节，比如晚上睡觉给人偶戴上纱布遮光、担心人偶受寒着凉等。不过小孩子过家家同样不缺细节；假如说过家家比照现实是依葫芦画瓢，那她们画得惟妙惟肖。看医生、敷冰袋、打针注射，甚至还会把尿。所以说：这名女士的过家家，并没有比小孩子的过家家倾注更多心血。小孩子过家家还有得救；这名女士走的却是真实路线，夹着真正的食物递到人偶嘴边，然后再加上把尿——我感觉恐怕是没救了。

我想，世上一定存在着真正喜欢人偶、与人偶共同生活的人。他们在生活中根本不搞这些家家酒，而是与人偶进行灵魂上的交流。成熟的人偶之爱，永远与灵魂相关。这名女士只是单纯的小孩子过家家，没有任何更深层次的东西。

不过话又说回来，玩上一辈子过家家酒，又有何不可呢。

妻子做了艺妓的故事

河口耕三（三十八岁）的手记

您在文中说：“妻子擅自离家，从事艺妓行业，一切都是出自她‘个人的自由意志’，因此法律也无能为力。”这样一来，实际上就等于是说：不单是艺妓的问题，不管妻子做出什么行为，丈夫只能乖乖地袖手旁观。

最后，我们将迎来这样一种结局：妻子只顾追求生活中的某种满足感；丈夫要求她反省，希望她三思，只被当作马耳东风，唯有打碎牙齿和血吞，眼睁睁地看着她为所欲为。那么，在这个处处标榜自由民主的现代社会中，道德又将如何维系？莫非只有战后派那一套——自私冷漠，事不关己——才是如今的社会常态？如果法律对此都无能为力，那这世道岂非要无法无天。难道就没有什么制裁的手段吗？说句题外话：按上述情况推论，就算丈夫爱上别的女人，在外面又组建了家庭，只要是出自“个人的自由意志”，那就谁也管不着，妻子要求离婚也没用。法律对此究竟有没有制裁手段呢？

另外，有些父母生活难以自理，子女却拒绝赡养；既然要尊重“个人的自由意志”，那么拿他们也没什么办法吧。您意下如何？

本次的手记呢，据说来自某报纸的生活咨询栏。之前其实还有两篇，分别是读者的咨询投稿和咨询师的答复；这份愤愤不平的手记，则是第三篇——读者对答复的回应。我准备就这篇手记谈一点看法，不过无论我怎么谈，估计他都不会满意。

我虽然住在乡下，但对东京的报纸嘛，基本没落下过。不过要说其中的生活咨询栏目，倒真是两三年没看过了。在我看来，报纸大大小小的栏目中，最空虚无谓的就是生活咨询。然而我现在恰恰要做这件无谓之事，看来我也是空虚人士中的一支标杆了。

生活咨询为什么空虚无谓？这份投稿就是最好的证明。咨询师的答复并不是特别精彩，但这也不能怪他，面对这种投稿只能如此作答。不过，此类答复根本不能解决问题，无法为投稿者推开新生活的大门。因为实际生活中的人际关系问题，很多时候并不符合逻辑。且看这名投稿男子，他对男女平权、人权、自由等基本常识毫无概念，只是一味地发火：妻子不守妇道也没法制裁她，妻子凭自由意志做了艺妓，我就只能打碎牙齿和血吞；如果民主社会就是这副德行，我想要全家自杀也没有什么奇怪的。

所以说，凡是生活咨询师，无论逻辑头脑多么发达，都不可能通过符合逻辑的结论使当事人信服。当事人夫妻双方，各自有各自的逻辑出发点，与咨询师的逻辑存在本质上的不同；因此通过一篇报纸小短文来给出答复，实属有百害而无一利。我读到所谓的生活咨询栏，只把它当作是单纯的消遣，而且还是最低俗的那一类。从消遣的意义上看，它倒确实不乏存续的理由。

要解决此类现实生活纠纷，最佳手段非打官司莫属。虽说有点小题大做，但法庭毕竟是正规、简捷的调停机构。当然，简捷是指法律程序，要是调停本身从简可就麻烦了。法庭会设身处地地为夫妻双方着想：假如生活中嫌隙已生，复合无望，双方又都具备生活能力；那么法庭就会化身一名优秀的向导，引导两人和平分手，各自走上新的前程。将生活纠纷交给此类机构调停，岂非上善之选？可惜的是，要处理全部的家庭纠纷，机构的数量还远远不足；全日本的纠纷事件就算只拿出千分之一，估计也够法院忙活了。

简单来说：此类纠纷之中，不存在一种逻辑能使双方共同信服；但是，却存在正确的逻辑。换句话说，某种逻辑虽然正确，但双方决不会因为它正确就共同接受。这份咨询投稿，就是很好的例子。

就这名投稿者的情况来看，即便交给古道热肠的调停机构来处理，我也很怀疑他们夫妻是否都能接受，进而迈向各自的幸福前程。

细究事件的起因，最核心的矛盾是丈夫失业了，妻子出去工作。丈夫在手记（最初的那篇投稿）中曾提及，自己“在国外①工作时地位不低”。如果他是因为回国后找不到同样地位的工作，才产生自己“失业了”的想法，那可真是颠倒黑白了。丈夫一旦失业，妻子就要去做家政女工。按照丈夫给职业划的三六九等，家政女工无疑处于最低地位。妻子为了维持家庭生计，已经要被迫沦落到最低地位了；身为一家之主的丈夫，又岂能安于失业？只要把身段降到家政女工的水准，男人不可能没有活儿干。

丈夫失业，生活无以为继，于是妻子做了舞女、女招待；结果家庭从此永无宁日。这类故事古来便有，不足为奇。这个丈夫的观点也十分常见：服务业是最底层的职业。问题是，老婆为了赚钱糊口，已被推到了社会的最底层；丈夫如果也到最底层去，绝不会找不到工作。所以说，导致家庭分崩离析的罪魁祸首，其实是丈夫那固执的思想：老婆可以做那些底层活

① 此处的“国外”特指日本战败前所占据的海外殖民地。

计，我的工作必须得多少有点社会地位。让老婆去从事地位低下的工作（我并不认为她们的工作地位低下，持这种看法的人是你，但你自己估计意识不到），自己非得多少保持点身份，丈夫找不到饭碗的根源正在于此。于是就出现了一幅奇怪的图景：妻子用血汗钱养着丈夫，丈夫却仍对身份、地位执着不休。如此一来，丈夫那些所谓的派头和架子，在妻子眼里是何等的愚蠢滑稽、令人作呕，也就可想而知了。

你可能想说："臭婆娘，不守妇道，老子宰了你！"但说这话有前提条件，你得是个什么贵族老爷，锦衣玉食地养着妻子，像养宠物狗一样让她过得养尊处优。要是这样，你揍一揍违逆自己的老婆，也许还说得过去。不过，现如今早已是男女平权的新宪法时代；即便不说平权问题，只要让老婆出去从事那种工作，就等于没有老婆了。丈夫为了保住自己的身份地位，让妻子沦落到最底层去赚钱——这种家庭中已经失去了最基本的逻辑。若要维持家庭中最基本的逻辑，首先男方必须要有工作；不管再苦再累的活儿，就算干到遍体黝黑、衣衫褴褛、指关节凸起、满手血泡，也必须咬牙坚持下去，撑起一家人的生计。至于这名投稿者叫嚣"妻子不守妇道，丈夫却无权制裁，成何体统"，当然也是一种逻辑；不过要让它站得住脚，就不仅仅是工作问题了，你还得是贵族老爷，得像养宠物狗一样让老婆过上养尊处优的生活。我不是在谈什么法律问题，而是在讲维系家庭稳定的逻辑。这一逻辑的产生，立足于普通日本人的家庭生活，综括了旧社会的习俗、新社会的环境，全面涉及日本家庭内外的各个方面。

编辑部给我拿来的本月的报纸新闻中，有这样一桩事件：一对老夫妇结婚三十年，两个儿子都成人了，长子二十九，次子二十四。谁知父亲赚了一笔钱后，居然开始沾染女色，还养了一个情妇。儿子为母亲打抱不平，挺身指责父亲，揍了他一顿；于是父亲离家出走，去跟情妇一起生活了。儿子仍不罢休，找上门去，又揍了父亲不知是十五拳还是十六拳；最终母亲出面，在儿子们的支持下向父亲提起了离婚诉讼。据说母子一方得知了父亲正准备收个养子，害怕最后会由养子继承财产，这才提出了离婚。

这个案子里，亲生儿子对父亲大打出手，父亲脑袋上挨了十五六下，父子之间已无和解之可能；但是中间存在一个财产问题，于是双方都愿意站上法庭，获得解决之道。儿子虽然揍了亲爹十五六拳，但毕竟没有发展到全家自杀或是弑父的地步，这也是出于财产的原因。因为财产，一切爱恨情仇都获得了妥善解决的可能。

可惜的是，投稿中的事件，并不适用该种物质性解决方法。某种程度上，或许可以说那对父子是因为有钱才起了争执；而投稿的情况完全相反，正因为两人家徒四壁，才引发了种种矛盾。因此，无论是从逻辑角度，还是从物质角度，都无法让夫妻双方共同信服。无论请谁来调停，结果无非两种：要么丈夫认命，与妻子离婚；要么丈夫工作，让妻子回来。

不过问题是，丈夫在手记里声称：妻子不守妇道，既然民主国家无法予以制裁，还不如全家自杀。而且两人感情已生嫌隙，“不守妇道”的观念又在丈夫头脑中挥之不去。假如妻子辞掉艺妓工作回家，继续在丈夫的统治下生活，我很怀疑她是否能够忍受下去。丈夫对妻子是彻底的统治关系，这从手记里也可见一斑。

妻子不守妇道，法律不能制裁，所以就要考虑全家自杀；一个男人本性如此，是个女人就会离他而去。他在思想层面和感情层面，都只是把老婆当作奴隶而已。既然是奴隶，那就得蓄养；一旦主人失去了蓄养的能力，奴隶当然会出走逃亡。当然了，也有人认为：此时正当尽忠报恩时，岂可潜逃。这是贵族老爷的逻辑，更是他们津津乐道的美谈佳话。但按正常逻辑来看，主人丧失了蓄养能力，奴隶们四散逃亡，实属天经地义。

夫妻相互认同对方的人格，又从其中生发出爱情——家庭的维系本应如此，却丝毫没有表现在丈夫的手记当中。

其实也不只是这个投稿的丈夫。依我看，日本的丈夫大多都有此种倾向。法律当然有它的规定；但日本社会也有自己的习俗，日本男性在其熏陶下，培养起来了独有的思想、感情以及与之相应的逻辑体系。由于这一现状，日本男性决不能在生活困难时让老婆出去工作，否则家庭必将崩溃。当然，崩溃的根源，还是出在丈夫的思想、感情与逻辑体系之中。

日本丈夫在老婆面前永远是贵族老爷，所谓“大男子主义”。大男子的威风，表现在习俗养成的思想、感情和逻辑体系上；至于衣食住行、柴米油盐，那就两眼一抹黑了，想来倒也可笑。不过，只要丈夫还在工作，养得起老婆孩子，那凭着大男子主义的歪理邪说，也还能勉强压倒老婆的正常理论，让她无话可讲。一旦丈夫失去了经济来源，老婆出门工作，挣脱了家里歪理邪说的束缚，自然会诞生属于自己的逻辑。

所以说，在目前这个大男子主义的社会里，出于生活困难而让老婆出去工作，将会成为家庭崩溃的决定性因素。况且大男子主义中还有一派人，认为丈夫困难时，老婆就应该工作来支持丈夫。等老婆一旦进入社会，开始工作，很快就能看清家庭生活何等灰暗无趣，于是又给崩溃的家庭雪上加霜。她凭自己瘦弱的肩膀挑着所谓“家庭”的大梁，被惨痛的生活压得喘不过气，更能加倍体会到工作中的欣喜与快活。

其实这事儿一点不难理解：当今的日本家庭，生活越是穷困，男人就越是得只手撑起一片天，必须奋发图强、殊死拼搏以维持丈夫的威严，坚决不能让老婆工作补贴家计。

反倒是那些稍稍富裕的家庭，才更应该让老婆工作。当然，不是为了缓解生活压力，而是要使妻子得到发挥本领的机会——比如请她给自己做助手，或者做同一份工作，如此一来，反而能促成家庭稳定也未可知。传统观念是“男主外，女主内”，如果妻子正好属于居家性格，那自然也好；如果妻子爱好社交，有望在家庭之外发挥本领，不满足于单纯的家庭生活，那倒不如打一开始就让她大展身手，用盈余出来的钱来减少老婆的家务劳动。比如一起去饭店用餐，或是多多置办一些先进家用器具，让家务更加省时省力。建设一个明快便捷的家庭，与妻子一起工作，此等生活实在美好。越是富裕的家庭，越是应该让妻子工作。

生活困难之时，切不可让妻子工作。也许有人觉得：我这么困难，要是老婆不乖乖工作，给我减轻点生活压力，那要老婆这玩意儿还有什么用哩。其实还真就是没有用。认为老婆会在家庭困难之际派上用场，那是一厢情愿的奴隶主逻辑，是大男子主义的伦理观。现实与此恰恰相反：一旦生活真正陷入困难，丈夫此种观念只会导致家庭崩溃。困窘的丈夫希望老婆派上点用场，让她出去工作，正是家庭崩溃的决定性因素。因为老婆出门之后，将会从丈夫那一厢情愿的逻辑下，解放出自己的逻辑；更将在社会那绚烂多姿的美好中，看清楚灰暗的家庭。

老婆出去工作，从中解放出属于她自己的逻辑。日本男子面对此种惨痛的结局，首先应该痛感自己的无能，没尽到养家糊口的责任；此时反倒吆喝什么全家自杀，那是彻底没救了。别让老婆去做家政女工了，丈夫才应该放下身段，不管什么脏活累活，必须得挑起家庭的大梁来；不然，丈夫的威严往哪儿放呢。请你们承认：呜呼，吾过矣。冠冕堂皇的男女平权、法律先不要提，社会现实就是大男子主义，丈夫依仗奴隶主式的逻辑与伦理，在妻子面前作威作福；正是因为你们无法维持生计，才让蓄养的老婆出去工作，老婆逃掉了，那也只能怪你们没本事维持奴隶主地位。所以请你们承认：呜呼，吾过矣，一切罪责，皆在我等男子之身。事已至此，不必再提男女平权。丈夫既是大男子，又岂可使小女子顶罪？此时唯有一声长叹：呜呼，吾过矣！

五、众生开眼

出版业唱白脸的故事

平林泰子①

消息传来时，我惊呆了，像是胸口遭了重击，感想也讲不出来。算来我们也是二十五六年的朋友了，却总难得见面。最近在《妇人公论》② 的集会上久别重逢，倍感兴

---

① 平林泰子（1905—1972），日本女作家。

②《妇人公论》，日本女性杂志。1916 年创刊，1998 年由月刊改为半月刊，至今尚存。

奋，促膝长谈。她[1]告诉我心脏有些不舒服，虽然想去法国，但这副身体怕是去不成。后来，她频繁邀请我同去法国，我劝她在工作上别再勉强拼命了，但我知道，只要没到达生理上的极限，她不会听从我的忠告。

林女士去世的决定性因素，正是人们常说的“出版行业的高强度、高压力”。几乎一年到头熬夜工作，手头同时进行好几个连载，一个月还有三四份短篇，不管从艺术上讲，还是勤劳上讲，都不可理喻。而当今日本的出版行业，追求的恰恰是这种不可理喻的工作模式。然而，我们从旁细细审视其追求，不难看出，其本质与其说是贪婪无度的放纵恣睢，更像是面对衰败消极无助的焦躁。大型报刊姑且不论，一般的出版机构与其他产业相比，资本根基薄弱。若要推出默默无闻或是风格古怪的作家，往往不是大赚一笔就是血本无归，而一般的出版机构没有能力冒这个险，对他们而言，把宝押在那些宣传费相对不高、起伏波动又小的作家身上，就算赚不到盆满钵满，也不失为一条稳健获取利益的捷径；且除此之外，也别无他法保证资

① 她，林芙美子（1903—1951），日本女作家。1951 年 6 月 27 日心脏病发作去世。

本的安全。于是“人气作家”应运而生，他们身上集中了出版业的追求，惨遭剥削压榨。往严重一点讲，林女士之死，可以说是她在日本出版资本这一特性下，沦为了牺牲品吧。

林女士向来处身谨慎，之所以陷入出版业的旋涡，全因对身体的抗压能力过度自信。事实上，在诸多破坏性的力量面前，林女士一边与之作斗争，一边保护感性避免枯竭，并创作了不少杰作。如果说林氏前期作品思想性不足，那么战后的作品《雨》《晚菊》《浮云》等，则逐渐摆脱了这一问题。尤其是《浮云》，展露了日本人面对战败的真实心境，可以说有着传诸后世的意义。

在这篇正式感想背后，我的眼前浮现出的是她二十三岁、我二十二岁时，一身铭仙和服被泪水打湿的样子。那时我们二人常常省下车票钱，从世田谷步行前往本乡的杂志社。我们曾同衣同食，也曾为着那无果的爱情相对而泣。呜呼！斯人已逝！

（《夕刊朝日》① 六月二十九日）

---

①《夕刊朝日》，简称《朝日》，日本著名报社朝日新闻社发行的晚报，1949年创刊，1951年废刊。

宫本竹藏①

作家一旦写出拙劣的小说，就要怪在出版行业高强度头上；要是闹到了自杀，那就更是超负荷工作的错了。至于自身生活的自甘堕落、头脑的空空如也、活力的消耗殆尽，却是讳莫如深。林芙美子之死纯属心脏病，并非自杀，而照平林泰子的意思，她大约是惨遭了贪婪无度的出版行业之压榨，沦为了牺牲品。（朝日）林之前是在为《朝日》创作小说，因此在平林笔下，近在眼前的《朝日》似乎便成了所谓“贪婪无度的出版行业”之代表。现代的作家、批评家云云，此一等人吃的正是出版行业这一碗饭，一旦遭了什么不如意，却要把原因都推在出版业身上。总之白脸一定得由出版业来唱。

林一年到头持续创作长篇，每月还有三四份短篇。从艺术上讲，从勤劳上讲，听来是有些不可理喻。可是在平林口中，事情却成了出版行业一厢情愿强迫劳动。所谓无度的贪婪之性，难道只见于强人所难之辈，不见于囫囵吞枣之徒？一是木桃，一是琼瑶。如果要说有过错，那过错也只能是五五平分。一味指责对方，大概只会适得其反，

① 宫本竹藏，笔名，音同历史人物宫本武藏。

使亡者蒙羞而已。

社会上普遍存在一种迷信，认为出版行业具有某种魔力，个体的力量完全无法与之抗衡。按清水几太郎①的说法，只要两三家大报社与 NHK 串通一气，甚至可以随心所欲地创造舆论。清水认为报纸能够肆意欺骗民众，但民众实际上并不是这样的愚民。归根结底，民众不会被骗，出版行业的威力也不足以杀死一名女作家吧。

（《东京新闻》② 六月三十日）

平林泰子

“出版业的高强度工作是林芙美子之死的决定性因素”，宫本竹藏氏抓住我的这句话不放，声色俱厉地指斥“平林让出版业唱了白脸”；但就我而言，反倒是对日本出版企业的软弱与贫穷怀有同情。资本的贫弱不允许出版业冒险，要求自然会集中在少数安全性高的人气作家身上；而对这些要求一一回应，作家的肉体与精神都形成疲劳消耗，更是理所当然。林芙美子卷入出版行业的旋涡，是因为她对身体抗压能力过度自信，这一点无可否认。

---

① 清水几太郎（1907—1988），日本社会学家、评论家。
②《东京新闻》，日本报社中日新闻社发行的日报。1942 年创刊。

（谈）

《东京新闻》中的《放射线》栏目的宫本竹藏先生，大约是想表达这样一个意思：白脸不应只由出版业来唱，作家一方明知要求过分，却仍大包大揽、粗制滥造，也有过错；出版业并没有杀死女作家的能力。如果是有理有据有节地展开论说，进而得出结论，那不可否认，这种结论也可备一说。所谓的各持己见，就是要将自己的所思所想以适当的形式表现出来，以供读者批判。报纸的社论当然应该把握时代的正论，以接近正论为宗旨；但支持正论的并不是论者自身的信仰，而是读者的批判。

至于宫本竹藏先生的言论，我想诸位也一读即明，可谓无理无据无节。其论证处处充斥着感情用事的噪音，不够谨言慎行，实在缺乏教养，与坊间陋巷的拌嘴吵架别无二致。

与三大报刊相比，《东京新闻》在发行量上虽然算得上二流报纸，但其头版有一匿名社论栏《放射线》，又有一个文艺栏的小原壮助先生，其评论实在是过于粗劣，缺乏教养，近似于黑市街独有的噪音，带有极其强烈的下流小报色彩。

拙作也不时出现在这两档栏目中，承蒙几名先生的严厉斥责，但如果允许承蒙斥责的一方发表意见，我首先要说：所谓的斥责，一般是指在仔细阅读文章、正确理解意思的基础上，对论说的不妥或未至之处进行指斥；该栏目的几名先生并不如此妥帖稳重，而是粗略一扫，便从其中拈出一行文字，割裂其前后文意，吹毛求疵，甚至基于误读而投来污言秽语。

此次承蒙斥责的是平林泰子女士的文章。这篇小小的追悼文，登载在报纸文艺栏不起眼的一角，充其量只有两张稿纸的长度。然而宫本竹藏先生就连这区区八百字的短文也不假细读，错误理解了对方的着意之处，还不容分说地加以驳斥。双方的文章，我已一字不落地附在了前面，读者诸君大可自行品读玩味。区区两张稿纸的文章，都读得如此粗略，长文将被何等误读误解，想来也不必多言了。

不曾细读便加以批评，可谓是极不诚实之举。理解对方的意思，不仅是知识分子必备的基本教养，普通人日常谈话也应当谨慎对待。而这名先生却对误读毫无戒惧之心，拈出一行文字便断定为全文之主旨，盛气凌人地开始吹毛求疵，谩骂侮辱。其吹毛求疵之方法、牵强附会之形式，近似于敲诈勒索之徒；而于遣词用句、文脉格调处，也表现出了相应档次的教养。将此等匿名社论登载于头版的报纸，连三流四流也称不上，只能算是地痞无赖的下流小报罢了。《东京新闻》的前身叫作《都新闻》，是一份主打娱乐内容的报纸，那时它还相当具有格调，没有失去文艺界应有的教养和品位。当时我也写过一些匿名评论，赚两杯酒钱，但只要是我经手的文章，尽管是匿名评论，也绝不会不假细读、破口大骂、信口开河。凡是所谓的评论，不管匿名与否，都不能脱离有理有据有节的规范行事。

只要通读追悼文，我们不难发现，宫本竹藏先生明显属于误读，而平林女士的抗议实属合理。平林女士先是大致描述了出版业的高强度工作，随即又指出，出版行业之所以强迫作家过劳工作，也是出于无奈：旁人不难看出，日本的中小型出版机构，与其说是贪婪无度、放纵恣睢，更像是面对衰败消极无助，焦躁不已；它们与其他产业相比资本薄弱，不敢冒险登载无名作家或古怪作家的作品，只能依靠那群评价已经相对固定的老面孔；这种经营手段不会大赚也不会大亏，却是保证每月收入稳定的唯一办法；于是各个小出版商一致求稳，其结果就是人气作家身上集中了各社过多的约稿；林女士之死，正是日本出版业特有的现象——小资本出版的牺牲品。另外，平林女士也没有忘记特别加上一句“往严重一点讲”。然而宫本先生却说什么“在平林的笔下，近在眼前的《朝日》便成了贪婪无度的出版行业之代表”。平林女士的意思是说：大型报刊以外的出版商囿于其贫弱的资本不敢冒险，一致依赖求稳的办法，纷纷向人气作家约稿，林女士因此成了牺牲品。平林女士的论断特别点出了一个事实：大报刊以外的小资本出版特性，必然会导致流行作家疲于应付纷至沓来的约稿，牺牲了林女士的不是别的，正是具有这一特性的出版行业本身。

这正是平林女士说法的独特之处。说起出版业的高强度工作，一般来讲，人们最先想到是报纸的连载小说。而且林女士生前也确实在为《朝日》创作连载。唯独平林女士，没有将报纸连载当作林女士的死因，反而清楚地认识到：一众小出版商受制于资本规模不敢提出冒险的计划，谋求稳健经营，必然导致人气作家疲于奔命，日本出版行业的特异性使林女士沦为了牺牲品。平林女士的此番论述可谓极富特色。

其实，集中向人气作家约稿的倾向，在大型报刊身上也比较明显；单单指责小资本出版不敢冒险，将其归为人气作家疲于奔命的唯一原因，似乎不是很合适。如果要对平林说提出异议，也应该从这一点入手才对。

然而这名宫本竹藏先生，面对平林女士文中最有特色的论点，不仅未加反驳，还为否定而否定，闷头造出所谓的“平林说”，横加指责，说什么：“平林说出版业杀死了林女士，指的就是《朝日》吧。”如此一来更加暴露了他根本没有通读全文，但他对此毫无惧意，颠倒黑白地推测着“贪婪无度的出版业？是在暗示《朝日》吧”，捏造出颠倒黑白的平林说，然后吹毛求疵。吹毛求疵之前连文章都不读，此等所作所为，知识分子实应为之赧颜。这根本称不上是评论，不过是无赖流氓在挑人话柄，从头到尾没有一点知识分子应有的教养，甚至毫无反省之色，可谓厚颜无耻。黑社会敲竹杠的手段也不过如此吧。

况且，平林女士的原文对此，还有更进一步的论述。文章在点出“日本出版业的弱小资本使林女士沦为牺牲品”这一事实后接着又讲：林女士立身谨慎，之所以卷入众小出版社的竞争旋涡，是由于她对自己的抗压能力过度自信。不仅如此，文章还写道：就在去世前不久，林女士还说过有些担心心脏，那时平林女士也曾劝她不要工作太拼命，但她明明担忧心脏还是听不进去忠告，反而要在病况更严重之前继续拼命工作。也就是说，平林女士没有忘记表示，对抗压能力的过度自信也是林女士猝死的原因之一。林女士基于对抗压能力的过高判断，答应了出版商们的过分要求——文章明确地暗示了：林女士之死也有其自身的责任。

那么这名宫本竹藏先生又如何评论呢？“平林声称出版业是强迫的一方，但接受强迫的一方难道就没有过错？过错只能五五平分。一味指责对方只会适得其反，辱没亡者。”明明是自己错会了原文之意，不，根本没有通读全文就捏造出一番架空的“平林说”，然后讲什么“你这么做反而会辱没亡者”，这份耳提面命的好意还真让人不好接受。宫本竹藏先生庄重宣告谆谆训诫的同时，又不像本刊一样把平林女士的原文也附在一起，于是读者难免以为平林女士真的说了什么辱没亡者的话；至于宫本竹藏先生其实是先按自己的意思捏造出一番“平林说”，再将其贬得一文不值，然后垂以谆谆训诫，这一事实读者可就无从得知了。这种手段实在见不得人。不管报纸的规模多么小，其头版的特设栏目中竟允许这种无耻之辈不具名地发表评论，中伤他人，那么可以说报纸本身也同样地格调低下、缺乏教养、无耻厚颜了。让这种小流氓抓话柄、挑话刺一样的言论横行于世，合适吗？既可悲，又可怪。

那么平林女士的这篇追悼文呢——这话对同行前辈有些不好讲——似乎有些时间紧迫的赶工痕迹。细读之人当然可以完全把握主旨，但其他人就未必如此了。三分之一也读不完的宫本竹藏先生姑且不论，比如读者乘电车时，草草过一遍眼，也有误读之虞。

追悼文在探究林女士的死因之前，先说下了一句：林女士去世的决定性因素，正是人们常说的“出版行业的高强度、高压力”。读者需要继续读下去，才能明白：出版业的确存在强制要求，也能看出他们的贪婪无度与放纵恣睢，但这些不是最关键之处；大型报刊以外的出版业者受资本规模所限不敢冒险、一味求稳，导致流行作家疲于奔命，这一无可避免的必然结果才称得上是林女士的死因之一。也就是说，平林女士最后是为“出版行业的高强度、高压力”赋予了她个人的理解，对此确实可以产生不同的解释；但至少就她的表达方式来看，论证周密，条理清晰，语气平和，决非那种不顾是非黑白、一口咬定“就是贪婪无度的出版业杀害了林女士”的态度。

存在这样一种可能：读者一眼看到打头的一句“林女士去世的决定性因素，正是人们常说的‘出版行业的高强度、高压力’”，于是径自把它当成全文主旨；至于后文还有逻辑周密的解释、充分详细的补充，文章开头并没有草草定下结论，这些他们都不得而知了。也就是说，读者容易误将开头的话当作主旨，认为作者的大意不外乎如此，此篇追悼文的弱点正在于此。有些人扫过一眼就觉得自己懂了，后面的内容直接略过，至少对这类人来讲，产生误读的可能性确实存在。

但是话又说回来，普通读者毕竟只是在通勤电车中大略扫上一眼，而撰写评论之人原本就有细读全文的义务，两者不能相提并论。评论家读到一半就展开批评则不可原谅，况且避免误读的方法很简单——只要继续读下去就好。总而言之，文字上若干疏忽，笔法上不够精练，粗读误解的风险就难以避免了。

真凶随后浮出水面的故事

五月十二日，一个名叫沼田的少年（十八岁）来到东京丸之内警署投案自首，称“杀死茨城县守庙人的凶手就是本人”。该警署听取其自供后，认为沼田对犯罪现场描述十分详细，具有可信性，于是联系东京地方检厅，调查了守庙人被害一案，果然有了新的发现。

昭和二十三年四月二十一日，茨城县结城郡蚕饲村的一座观音庙中发生了一起凶杀案，凶手砍伤被害人头部后将其绞杀，夺走现金一千日元。被害人名叫青柳宇一郎，六十九岁，三十年前开始住在庙里，平时做一些黑市生意。案发现场附近留有一只装满大米的叫花口袋，警方以此为线索，于同月二十五日以犯罪嫌疑人身份逮捕了无固定住所的小林三郎（三十八岁），接着又于二十八日以同犯身份将无固定住所的大内末吉（三十四岁）捉拿归案。两人在警方、检察院审讯过程中，对犯罪事实供认不讳，于是遭到起诉。一审于水户地方法院下妻支部进行，由于两人均承认罪行，法院宣判各处以无期徒刑；两人随后向东京高级法院提出上诉，二审时彻底翻供，但遭到驳回，最终上诉至最高法院。小林在上诉书中如此写道：

（前略）蚕饲村老大爷（被害者）那里，我在四月十九日之前去过两三次。当时我有个朋友因为盗窃嫌疑被捕了，他的姘妇拜托我弄点钱做律师费，我和大内一商量，就去找了老大爷，想让他买下我们的一俵米，结果老大爷说："今天没钱，明天再来。"第二天我自己去了，当时那边还有两三个人，像是来买粮的。老大爷说："没问题，现在有钱了。"当晚我就和大内从吉沼村的农家拿了一俵米，在田里把米倒进口袋里，一起赤着脚去了蚕饲村。我俩在门外叫了好几遍门，但屋里没有任何回应。然后大内就一边说着"晚上好"一边打开了木板窗，往屋里一看，叫道："好像有人倒在里面。"他这么一叫我也赶紧过去，借着月光往里面一瞅，发现竟然是老大爷光着身子倒在了土间。慌乱之中大内说"好像屋里还有人"，我俩都吓坏了，掉头就跑，一口气向西跑了大约三条街，到那边的神社才停下。我俩当时觉得背着一袋子米显得很可疑，所以就在那里把袋子扔在路边了。（下略）

上诉者同时就以下四点表示了不满：

① 我请求传唤高桥的姘妇吉田照子为我做证，为什么没有传唤？

② 我们两人当晚脚上都是泥土，如果进屋，榻榻米

上应该有脚印才对。

③ 如果是大内从后面抱住对方把他勒死，那么大内的衣服将不可避免地沾有血迹。

④ 搜查主任曾对我说：“可别给我搞出什么当庭翻供的事情来。”这是为什么？

但是小林、大内二人的话里仍然存在一个难解之处：就算两人觉得这类地下交易白天不方便，与老大爷约定晚上再来，“半夜两点左右”这个时间也过于不正常了。最终，上诉遭到驳回，无期徒刑的处罚被下达，两人开始了服刑生活。

然而，沼田少年的自供不仅证实了小林、大内两人的供词出自强迫，所使用的凶器——柴刀、柴火、兜裆布（绞杀用）等交代情况也与现场一致，其中还有这样一段供述：

我杀了人后，正在屋里翻翻看有什么值钱东西，突然听到外面有脚步声，就躲到了佛龛后面。这时我看到有个貌似黑市贩子的男人往里面看，他发现尸体后吓了一跳，逃掉了。

这段供述与小林、大内二人上诉时的说法一致。于是警方基本可以确定真凶就是沼田，而另一方面，已在服刑的小林、大内二人，据说却从未向其他囚犯表示过无辜。

另外，沼田自首时并不知道小林、大内二人已经作为该案的犯人被捕且正在服刑。

导致误判的原因多种多样，而要避免误判，首先要做到：在案情尚不明朗、怀疑尚不充分之时，不去凭空打造一个犯人。问题是社会大众有社会大众的一套，抓不到犯人，他们会生气；抓到了嫌疑人，他们又歪着脑袋说这人不像有嫌疑。

就在三天前，伊东市发生了一起杀人事件，我在斟酌分析之后，断定是儿子杀死了父母，并在某杂志上登载了这一结论。伊东警方与我持相同观点，据说已经申请了逮捕令，而伊东市民大多却从人情的角度出发，认为这个受过良好教育又貌似老实的儿子不可能杀死父母，从而断定他不是真凶。该案的犯人虽然对现场做了重重伪装，但诸多情况都表明唯有此人嫌疑重大，基本无法想象他人作案的可能；一件案子，能有如此大量且有力的间接证据集于一身，也称得上罕见了。然而，面对多到罕见的确凿事实，社会大众却视若无睹，一味从人情、感伤的角度出发，不是基于理性而是基于感情做出判断。我感觉这种世俗人情的做派就像蛮不讲理的黑帮一样，让我感到恐惧，而这种恐惧逐渐强烈得无法忍受，可以说，最终我如此决绝，甚至有些不顾后果地断定本案是弑亲，其原因之一也正在于此。那么真理将置于何地呢？世俗人情否定真理，不仅不去关注事实中不合理的部分，反而将一切违背世俗人情、追求真理、遵循理性之举视为冷酷、恶行、禽兽不如；而遵从感情则是善人之举，属于善行。一旦这类世俗人情成为舆论的主流，后果将十分可怖，而从举国上下的从俗之心中，我已多少嗅到了山雨欲来的味道。要在公开审判之前先行论证“儿子杀死了父母”，对我来讲也需要极其坚定的决心，其中虽然也有些无法忍受俗情横流的意思在，但此案事实明白如此，反倒是众多对事实视若无睹之人更加不可思议。因此意外地，我并不怎么纠结担心错抓好人。当然，我也是在尽我所能地考虑了所有凶手另有其人的可能性之后，对自己的判断确信无疑，才做出了这一论断。在杀人犯被逮捕之前做出论断并公开发表，即使鲁莽如我，没有相当程度的信心与决心也绝对做不到。虽说我不是警察、法官，论断不具有定罪的效力，但我毕竟公开断定一个儿子杀死双亲；假如最终事实证明论断错误，那么我也心甘情愿就此折笔。断定有罪一定要慎之又慎：重重考虑一切可能，断定此人嫌疑确凿无误、凶手绝不可能另有其人，且在任何证据的检验下都无可置疑、毫不动摇；如果做不到这一点，可万万不能给人定罪。

伊东杀人案的情况可以说是一个特例，各方面的线索甚多，即使单凭间接证据（物证不详，当局方面未明确公开），也能证明此人有不可开脱的重大嫌疑。由于伊东案几乎一切因素都指向同一嫌疑人，因此我们不必非要等到招供，就能推断出他是凶手。

与此相反，有不少案子的情况是：除了犯人的自供以外，没有任何决定性证据。比如本次的守庙人案。战争结束前的日本，每逢缺乏其他证据时，就会抬出自供作为最大的证据，但这种将自供用于做证的制度，实际对警察系统的头脑发育有害，一直以来的狱卒习气恐怕更将积重难返。本案正是很好的一例。假如能够单凭决定性的物证断定犯人，不必在意当事人是否招供，那自然再好不过；可惜许多案子并不存在这类决定性物证。本案当中，被害人也好，嫌疑人也罢，都是些无家可归的黑市贩子、盗窃惯犯，根本找不出什么像样的物证。而且此类案子世人不怎么关心，审讯也草草了事，就算现场还留有几处疑点，只要犯人招了，他们就挑出证据中符合供词的那部分提交，直接结案。其实无论是什么案子，多多少少都会有那么一两条证据，让你觉得“靠它大概能够锁定犯人”。本案的情况，更容易让人疏忽大意地认为“应该就是流浪汉和盗窃惯犯的杀人案”，一旦产生了这种下意识的判断，就很容易觉得各个环节已经讲得通了，从而失去穿破重重迷雾抓住真相的那份敏锐感。

本案是否属于上述情况，在此不敢断定，但从本案的论证方式来看，可以认为存在这样一种现象：只把重心放在疑犯的自供上，即使存在其他疑点，也只提交符合供词的证据，其他证据皆视为多余，不予理会。

前文附载的那篇记述案件本末的文章中，不知是不是报社相关人员的个人观点，其末尾部分指出：小林、大内两人虽有洗脱嫌疑的余地，但深夜两点登门卖米的行为太不正常了，难以令人信服，这是他们的弱点所在。

此事不难解释。两人要去卖给被害人的米，是从农家那里偷来的。此二人本就居无定所，如果提前偷米，没什么地方可藏，反倒是当天偷走、直接处理才合情合理。既然要偷，当然不能大白天下手，傍晚也不够方便；另外假如到同村农家去偷，容易败露，于是两人选择了邻村的农家。我虽不清楚两村之间具体相距多远，但二人把米倒进自己的袋子里，又背着它走到被害人家里，半夜两点才到也不会令人奇怪，或者说这样才更讲得通不是吗？况且交易双方都是什么人呢？一方是无家可归的两个盗窃惯犯，另一方是明知他们身份还答应交易的黑市贩子。从普通人的常识、生活角度来看，他们约定的时间当然不正常，但我认为，那只是对他们的生活不够深入了解，他们的供述违背了社会常识，却恰恰符合自身那一套特殊做派，反而更加可信。

两人在向最高法院上诉时表达了四条不满，其中第二、第三条说明：如果两人真的以被逼招认的杀人方法作了案，那么现场情况将与事实产生矛盾。他们的说法应当被视作具有重大意义的反证：两人赤着脚走在泥土地里去造访被害人，假设真如供词所称，两人入室杀人，那么榻榻米上一定会留下泥土脚印；正因为两人没有入室，仅仅发现被害人的尸体倒在土间就逃走了，榻榻米上才没有留下脚印。另外，供词称老大爷在睡梦中被柴刀砍中脑袋，痛苦地倒在土间，此时大内从后面抱住老大爷，勒住其颈部将其杀害；如果这一供词不虚，那么大内的衣服上就必然沾有血迹。既然断定两人是凶手，首先应该解释以上两条供词与事实之间的矛盾。

案发后的第四日，小林被捕，而大内被捕是在第七日，要处理掉沾血的衣服，确实有充足的时间。不过，衣服上是否有血迹、血衣的处理情况如何，此类问题本应逮捕后立刻审讯取证，不须嫌疑人主动要求，也该在一审判决前全部搞清楚，整理出一份笔录来。

榻榻米的脚印问题也是同样。最开始现场取证时，就应该做到：调查现场是否留有脚印；如果有，则取脚样，判断足部特征。不须别人要求也必须做得巨细无遗。而本案是否做过这番巨细无遗的调查呢？不清楚。那么小林、大内又怎么证明自己当晚真的是满脚泥土呢？也有可能是他们擦掉脚印之后，再离开了屋子。如今两人就算提出反证，也没什么作用，原因正是最初的取证不力。

关于满脚泥土这一点，确实无人能够证明；但这只是无法证明“两人当晚满脚泥土”，并不能逆向证明“两人当晚一定不是满脚泥土”。假如另有证据表明两人擦掉了榻榻米上的脚印，那么逆向证明可以成立；但只是怀疑擦掉，无法解释为何不存在脚印。总之案件的结果是：被告坚称榻榻米上一开始就没有脚印，却又拿不出证据。于是法官心证愈加倾向于两人就是凶手，最终判定被告提出的反证无效。

天平的一边是被告主张“当晚满脚泥土”，另一边则是“没有证据”证明满脚泥土——两者之间原本不分高低，只要没有确实的证据表明“当晚不是满脚泥土”，那么就不会产生否定的力量。法官心证在证据的天平仍然平衡时，可不该向其中一方倾斜吧。当然，流浪汉、盗窃惯犯杀害黑市贩子，实属司空见惯，法官也是肉体凡胎，心证容易倾向于被告不利也是常事。可能人人都想说“换我可不会这样”，事实果真如此吗？不管再怎么认真自省、谨慎反思，时刻保证内心的天平不偏不倚，还是难以逃过“人情”二字。

★

我认为：小林、大内二人上诉时叙述的当夜行动之中，存在着相当关键的因素，本可以明确断定二人是不是凶手。二人称，他们当晚从农家偷出了一俵米，倒进袋子里后背着去了被害人家。后来米袋子在附近被发现，成了怀疑二人的最初线索。被盗的农家、把米装袋的地点，这些肯定都实际存在；而死者家里储藏的米呢？可有被人装袋运走的痕迹？假如警方最初现场取证时，已经巨细无遗地调查过，获得被告供词后立刻与事实进行严格对照，那么就算无法直接证明“两人不是凶手”，至少也可以确定“把偷来的米装了袋，背着去卖掉”这一供述的真伪了。

假如这一供述得到了确定，那么最核心的问题就变成了“榻榻米上是否有脚印”。“我们踏进了土间，发现被害人的尸体倒在地上，立刻就吓跑了”，这话是真是假，将直接决定两人是否是真凶。然而这件事情，直到上诉最高法院时才以被告不满的形式透露出来，是否表明逮捕之后审讯的最初阶段就存在纰漏呢。

如今凶手已经浮出水面，真相已经大白，可奇怪的是，二人既然不是凶手，被捕后最先应该极力申明“偷了一俵米，装了袋，背着去了被害人家，发现了尸体之后逃走”，而非承认子虚乌有的罪行。如果警方在逮捕后的审讯阶段，就得到了“偷米、逃走”的供词，那么必然要进行核实调查，当时不管是盗米的详情还是换袋的地点，真伪应该都能得到证实；但到了二审，就不行了。两人的供词要证明真伪，只有案发后的一点点时间，实在称得上可怜。

可以说：如果案发后立刻巨细无遗地调查现场，逮捕嫌疑人后立刻审讯取证，并将供词与现场准确周密地进行对照，那么误判的第一步就可以避免。本案的问题，就是在重要的第一步中缺乏周密的实证工作。

现如今，案子到了二审，此时才去翻一审的供，声称自己无罪，提出新的供词，而供词的真伪已经无法核实了。也有一些人带着恶意的眼光，认为他们是故意等到真伪无法核实才翻供；这类推测须当谨慎自不必说，更应该彻底追查清楚的是：为什么被告一审没有声称无罪，亦未做出任何证明其无罪的供述？假如追查结果明确地显示，两人被捕后其实作了供述，但当时取证调查不足，未能证明，时至今日，是真是伪只能付诸阙如；那么，尽管两人的证词已无法证明为真，“无法证明”作为断定凶手的证据也只是五五对开。只要不存在否定供词的事实，那么“无法证明”的责任就不在嫌疑人一方。因此，只要没有其他决定性证据证明被告作案，“不是凶手”才是最为妥当的结论。

不过，两人翻供时，上述追查如何陷入了僵局，我无从得知。当然了，纵使供词中“把米装了袋，到达被害人家是半夜两点”之前都是事实，也无法证明两人不是真凶。但至少有一点可以确定：如果供词中到这部分都是事实，那么对他们所声称的“看到尸体后立刻逃走，榻榻米上不可能有脚印”，也就有了重新调查的必要，不能简单地报以“撒谎”二字了。

两人担心自己遭到怀疑，逃跑途中把好不容易偷来的米扔掉了。要知凶手为了不留下指纹，杀人时还戴着手套，如此心思缜密之人，居然草率狼狈地把自己的叫花口袋连着米一并扔在路边，口袋作为证据可比指纹确凿多了。如此前后矛盾，从中不难看出不合情理之处。

他们根本就不是凶手，却害怕被怀疑，逃跑途中一时慌乱，把自己装满米的口袋扔掉，反而成了招致怀疑的头号线索。他们只是一味害怕被怀疑，却没有自信洗脱嫌疑，更不懂什么具体的论证方法，唯一能做的就是喊冤。正因为他们是这样的人，才会扔掉米袋，给自己招致嫌疑吧。他们这种人，面对冤情一筹莫展；服刑之后从未鸣过冤，或许是由于他们放弃了，觉得不闹出什么动静，乖乖等待恩赦减刑更加实际。那些没受过教育的人们，许多都怀有自暴自弃的态度：国家社会怎么运作，跟我没有半毛钱关系；我没文化，不管说什么都是白搭。

对这些人来讲，最不可或缺的是律师，尤其是刚刚遭到逮捕时。因为证据的保质期极短，案发后是最宝贵的时间。

赛狗的故事

辻二郎①的表态

前些日子，众议院农林委员会对赛狗法案进行审议，本人以公安委员的身份出席并发表意见，因不曾积极反对，遭到报纸猛烈抨击。其理由大约是：本人去年曾就废止竞轮②提案做出决议，赛狗同属赌博性质，本人却不加反对，于理不合。这其中存在两点误会：其一，本人曾于某犬类协会担任会长一职，该协会在本人不知情的情况下，提交了署有本人姓名的赛狗法案请愿书；其二，去年的废止竞轮提案，理由在于“妨害治安”，提案书中一无“赌博性质”字样，因此所反对者仅是竞轮，对竞彩、赛马、赛车等未曾涉及，这一点也招致了部分误解。身为公安委员，居然成了竞犬法案的请愿者，本人也愕然不已；记者们不明真相进而义愤填膺，也并非毫无道理。然而或因义愤之余，笔端不能自已，过度歪曲本人之发言，此于媒体虽属常态，于本人却甚有不便，其事本人于《东京新

① 辻二郎（1896—1968），机械工程学家，日本国家公安委员会第一届委员长。

② 竞轮，指自行车竞赛，一种带有赌博性质的公共娱乐项目。

闻》（五月三十一日）已有详述。本人身为公安委员，在国警公安委员大会上提出决议，所关注者自然只是“扰乱治安，引发青少年犯罪”。最终，废止提案在国会没有通过，竞轮比赛重新开办，但请愿似乎有其效果：去年一月到九月，共发生四十七起惊动警察的竞轮冲突事件；重开后的五个月里减至三起。来年四月的公安委员大会打算静观其变，暂不重新进行提案。

竞彩、赛马、竞轮属于公认赌博性质的娱乐，对此进行探讨既是作为公安委员的义务，更是身为一个国民的责任。支持、反对两方，都出现了不少言之有据的观点。战前的欧洲诸国，此类赌博娱乐无不盛行，其国民也大都享受着人类共有的赌博乐趣，此事笔者亦时有所睹。然而，文明国家如此如此，日本未必便要照单全收。日本去年竞轮纠纷频发，惊动警方；鲜闻欧洲竞技场如此。或许是日本经营方法不佳，过度刺激了观众的赌博神经；抑或是国民教养不足，没有资格享受此类竞技。若真是如此，那国民享受此类竞技，好比幼儿手持烟花，可谓为时尚早。无论如何，假如某种竞技具有诱使人们光天化日放火、抢劫、谋杀、伤人的性质，那遭人诟病也无可奈何，进而一切有着此类隐患的竞技项目均会遭人白眼。其中，对青少年群体的影响尤其使人忧虑。目前，禁止未成年人入场、禁售竞技券等措施也在研讨之中，今后国会应将其作为议题，积极展开讨论。

在尊重自由的民主世界中，禁令自然越少越好。但成为不令而行的优秀国民，才是尽量减少禁令的先决条件。

世间种种乐子，有总比没有强。比如这个赛狗，就挑不出一点儿坏处。不过要说它好，也只是适合作为运动会的一个余兴节目；发售赛狗券云云，目前还看不出什么前途。我可以打包票，发售赛狗券惹出来的乱子，要比假赛更夸张。要说原因也是无奈：日本适合竞犬的狗太少了。

要是牧羊犬嘛，训练得当也许还能进行比赛；日本犬完全不行。日本多的是那种不知睁眼看世界，只知自我陶醉的国粹主义者，他们把所谓的日本犬看得极高，却不知最愚蠢、最没法调教的就是日本犬了。

日本犬最能博得日本武士的赞赏，因为它们一生只亲近一个主人，不事二主。不过日本人有个问题：忠义大于天，不把愚蠢当回事儿。因此，一旦日本主人带着日本犬一起工作，情况就糟糕得很了。

只忠实于一个主人，意味着没有主人的命令就不会行动，主人不在就连正常人——不，正常犬的行为举止都做不到；到了主人身边，才算做回了正常犬，人一声令下，犬察言观色，进而行动。不过，竞犬项目是狗的赛跑，主人怕是不能跟着狗一起跑。如此一来，狗在半途与主人分开，不知如何是好，走投无路之下开始了彷徨寻主之旅，一犬彷徨，万犬彷徨，犬与犬便在彷徨之中展开群斗。就打群架而言，赛场是无可挑剔的战场，远胜胡同小巷。原本有两三只可敬之犬，认真比赛跑在前面，听到汪汪、呜呜的吠声，也一定会扭过头来，喊道："不好，吾等愚钝，顾前不顾后，实中敌人之计矣！"于是将比赛抛至脑后，奋身一跃，加入战团。

可以确定的是：只要主人和狗一起跑，那就没问题；甚至有可能不起任何冲突，平安绕赛场一周。不过，老爹和狗一起跑，那就不算狗的赛跑了，成了老爹的赛跑。毕竟老爹不可能跑得比狗快，所以客人买赛狗券之前，更应该调查老爹的脚力而不是狗的脚力。但只调查老爹的脚力也是白搭。比如鱼店小哥和他的爱犬一起奋力跑在前面，菜铺秃头的爱犬虽不是担心秃头的心脏病，可比赛对秃头毕竟很重要，于是一口咬住了鱼店小哥的小腿。如此一来人与犬乱作一团，展开目的不明的大乱斗，其场面何等混乱，不难想见。最初还能分出咬人阵营与被咬阵营，人、犬或许还清楚自己为什么战斗；但随着战斗白热化，各人的爱犬相继血气上涌，每一个人、每一只犬都不再理会所谓的目的、对象与理由，总之各人各犬都在生死相搏，眼前的就是敌人，必须为此拼命奋战。其时却有一个传助①君，带上自己的杂种狗悄然脱离战团，重回赛道，朝着终点线开始了奔跑。谁知另有一个山际兄，较传助君尚聪明几分，早已喊着“Oh，mistake”② 跑在了前面。传助君发了疯般追赶，最终在冲过终点线的同时狠狠揪住了山际兄，展开了毛头小子之间的大乱斗。看来毛头小子好勇斗狠，从狗身上学会了先发制人。不过，这还仅仅是赛场上选手一方的情况。

比赛经过如上所述，山际兄的狗与传助的狗获得连胜式一、二名，众望所归的鱼店、与之抗衡的菜店，以及其他备受瞩目的获奖候补犬无不落在后面，输了比赛；反倒是默默无名的杂种狗夺了头两名。观众可不会抛下一句“Oh，mistake”就算了，众人给惹火了，就难免闹出什么事来。

所幸日本犬没出息，主人不在身边就连打架都不敢，所以还不至于怎样；要是此类事件发生在牧羊犬比赛里，搞不好观众都性命堪忧。

---

① 传助，横山隆一同名漫画作品的主人公，在20世纪50年代的日本家喻户晓。

② 详见《我的人生观·日大劫匪团伙》。

日本犬经过适当训练，或许也有适合赛跑的一天。不过日本犬唯有一点长处：在主人的指挥下勉强成为正常犬，凭着一身蠢劲儿死心塌地看门，门看得还算不错。日本犬蠢得很，如果死命训练，固然能学会赛跑，但同时也会忘掉自己警戒心高、主人以外谁也不亲的本性，从而失去仅存的长处——看门。蠢材通过教育变得机灵，那是人类才有的现象；犬类通过训练只是学会一技傍身，本性仍然愚蠢。因此，就算把日本犬打造成赛狗用犬，也丝毫称不上犬种进化。学一样，忘一样，日本犬虽然蠢得没药医，至少还会朝着外人没头没脑地叫；它们唯一的长处正是吠叫看门，而非在赛道上乖乖跑向终点。

日本有不少牧羊犬，这种犬很机灵，把它们训练成赛犬应该不难。但牧羊犬在人类生活的许多方面都能起到作用，其能力足以胜任相当复杂的任务，只是让它们去奔跑，多少有些大材小用。

同样，我们也可以放弃将指标犬①、塞特犬②训练为猎犬，而将它们尽力培养为比赛犬，但这完全是犬种堕落，无法称为犬种进化。

简言之，举办竞犬是件好事，但不要强加什么“犬种改良

---

① 指标犬（Pointer），又称波音达犬，起源于英国的中大型猎犬。
② 塞特犬（Setter），又称蹲猎犬、雪达犬，起源于英国的中型猎犬。

进化”的美名，进口一批格雷伊犬①，打出公共赌博娱乐的旗号便是。不须遮遮掩掩，大可以公开表明：举办竞犬，一向公众提供娱乐，二抽头钱实现创收。生编硬造什么“犬类头脑之改良进化”，既属无谓之事，亦是欺世之举。

马这类动物，总体而言以奔跑为能事，评价马匹的优点，判断马匹的能力，主要着眼点在于奔跑速度；如果说赛马有利于马种进化，也不是讲不通。不过，狗的优点、能力可不表现为奔跑。丧家之犬落荒而逃姑且不论，猎犬、看门犬、牧羊犬、警犬、导盲犬、宠物犬，所有犬类的基本素质中，跑得快都不是特别重要的因素。犬类素质的优劣，由更为复杂、对头脑发育与训练程度要求更高的技能决定，脚力绝不是评价犬类素质的重要标准。

因此，听到有人真心宣称，竞犬大会优胜犬的血统会诞生出优秀的猎犬、看门犬、牧羊犬、警犬、导盲犬、宠物犬，我虽不知是哪家犬类协会的奇思妙想，但总禁不住怀疑其头脑发育程度是否近似于犬类，或有必要进行精神智力鉴定。

赛马，包括竞轮、赛车，都可以说是对马、自行车、机动

---

① 格雷伊犬（Greyhound），起源于英国的大型猎犬，19 世纪进入美国，成为竞犬比赛的主力军。

车的品种“改良进化”；毕竟人类驾驭这些动物或机器，主要目的都是快速奔跑，说改良进化也站得住脚。竞这个也好，赛那个也罢，从古到今无不如此，但这并不意味着发售赌券的竞速运动中，一切品种都能得到改良进化。

比如人类也有赛跑，搞一搞专业化比赛，发售赌券，也不是不可能。然而，就算是田径联盟会长，想必也不会宣称：赛跑冠军的血统中能够诞生出大学者、大臣、大将军、大音乐家。又比如竞轮，自行车与人合二为一进行竞速，品质改良进化了的只是自行车，绝不能说人类的品质得到了改良进化。

当初我在报上读到一则消息，称“畜犬竞技法案”正在向什么议会提交，其目的在于改良进化；当场我就想到了家里的日本犬——平日里没头没脑一心忠义，愚蠢又吃不了苦——不由得惊异于提案者十足的勇气。他们的真正意图有二：既想为大众提供犬类赛跑作消遣，又想通过抽头钱为地方财政创收；作为理由其实也算充分了。然而，如果不在两项理由之外再添上竞犬的重大意义，衙门就不给盖章通过。万事都需要大义名分，需要形式，这才是问题所在。国家走上形式主义之际，不是亡国之秋，便是革命前夜，各国历史从来不乏前车之鉴。在那靠不住的大义名分之下，输掉一场战争就够了，能别再重蹈覆辙了吗？咱就学机灵点儿，好不好。

公安委员会同意废止竞轮的理由是“有害治安”，并无一字称“不可赌博”——这也是形式主义的歪理邪说。

所谓的竞轮纠纷，指的是一部分观众因假赛之类的事情闹出乱子；不过要说假赛，赛马、赛车同样少不了。而且，也不能说赛马、赛车的观众之中，就没有混入煽风点火的好事之徒。两个因素何时会叠加在一起，引起纠纷，谁也无法保证。这只是一个可能性的问题。赛马、赛车此前平安无事，此后未必持续如此；我也可以说：竞轮此后或许同样一帆风顺。如果硬要说“此前平安无事”算是一种保证，难道“希望一帆风顺”就算不上？从可能性的角度来讲，竞轮与其他项目没有什么不同。

一旦比赛作假，又有好事之徒，就会产生纠纷；其根本原因与竞赛的赌博性脱不了干系。而且，两种危险因素何时重叠，非人力所能预知。因此，就算把危害治安归咎于赌博，进而得出禁止赌博的结论，也完全称得上合情合理。“危害治安”与“赌博”，两个词表面上含义独立，所以公安委员会声称什么“废止竞轮是因为危害治安，从未提到‘赌博’二字”。形式化的借口或许可以应付表面文章，而那恰恰就是真正的危险所在。表面文章一旦开了头，天下万事还有什么不能应付。

禁令越少越好，此言有理。如果治国就是这也不许，那也不让，把人放在笼子里养，那不管什么昏君庸主，谁都能治国了。

至于将竞轮场里的冲突称为放火、伤人、抢劫、谋杀，作为一名竞轮场的常客，我认为有些过了：这些所谓的冲突，与那种愉快的游戏氛围不过只有一纸之隔。

上个月，大阪举行了近畿地区竞轮大赛，在女子决赛阶段，发生了一件奇事，也引起了一些纠纷。那可真是一场罕见的比赛，三千米的决赛进行到最后不到一百米，选手们正要拐过最后的弯道开始直线冲刺，谁知领先的松下女选手突然车把脱落，摔倒在地，紧接着后面的选手撞在她身上，总共八名选手竟然摔倒了七个，只有最后一个幸免于难。此时距离终点仅有百米不到，眼前的对手又全部倒在地上，该选手将此状况视为大好良机，不紧不慢，不慌不忙，一个人静静地通过了终点。某竞轮杂志登载了该选手领先过线的照片，配图说明云：

> 且看愕然孤影，悠悠独过终点线——无可置疑的冠军！

记者的车券也泡了汤，行文透露着些许遗憾，但读来情景如在目前，着实是篇优秀的报道。

此事最终还是闹出了乱子。假如只有一名选手过线，连第二、第三都没有，那么比赛就无效，车券必须全额返还。于是人们作如是想：最没希望的选手反而拿了冠军，五万张车券一个中奖的都没，还好上天助我，让其他七名选手全部摔倒，这样一来比赛应该不算数了。然而，事情岂会如此顺利。这可是大赛决胜战，亚军、季军的奖金也不得了。就算是季军，奖金也比普通比赛的冠军还多。在选手姑娘眼里，五万观众握紧钱包，长吁短叹，又算得了什么。于是事态发展到了一个新的阶段：谁能先爬起来，奋不顾身地冲向终点呢？自然是最后摔倒的那人。但她既然排在第七个，实力当然也不强，所以仍然是名无人下注的选手。这里借用竞轮杂志的记述：

> 米田选手默默站了起来，但那并没有用……观众们无法平息怒火。无法平息怒火的原因是：比赛最终被认定有效。

据说当晚九点左右，还有观众在吵闹。这事儿在某些别有用心之人看来，也可以说得上是严重的暴动暴行；但大部分人看到这则消息，估计都是一笑了之。该竞轮杂志描述道：车迷们不是来看脱衣舞，所以面对七名年轻姑娘跌倒的痛苦姿态，不管她们挣扎着爬起时场面多么香艳，也丝毫高兴不起来——这是一幕凄惨的人类在神明摆布下的苦恼群像图。报道的题目叫作《丰中（竞轮场之名）骚动风波始末》。

记者与暴动应该没什么关系，但正因为他是记者，才见证了这场骚动的始末。文中称“凄惨的人类遭到神明摆布”，而他本人也没能逃脱摆布，证据就在其文章之中。只要读一读那篇报道，想必不难体会他那车券泡汤的深深遗憾、恨入骨髓又一笑了之的态度，以及望着七名姑娘痛苦挣扎的香艳场面，却丝毫高兴不起来的心情。

暴徒的暴行与记者的幽默感，只有一纸之隔；仅仅是一纸之隔，恨入骨髓又能一笑了之，人生可以如此彻悟。日常生活中，谁没有这么点幽默感呢？大阪人就更不必说了，凡是聚集着大阪劳动者的大街小巷，无不充斥着贴近现实的幽默感。所以，只要轻轻掀开这一纸之隔，找回日常生活中的精神，所谓的纠纷根本算不上什么事儿。“搞啥，这不就是脱衣舞嘛，咋看咋没劲”，说着，把手中的车券一撕两半，随手扔掉，付之一笑——大阪的观众们，日常生活中想来不乏这份宽容与大度。

我们是不是可以说，竞轮杂志的报道无心插柳却又恰如其分地将观众整体的内在幽默感描绘出来了呢。

所谓的竞轮纠纷，其本质不外乎如此，可以说越过薄薄的一纸之隔，纠纷的背面就是愉快的游戏氛围。玩竞轮的人们无不明白得很，而一个劲儿蔑称什么放火、伤人、抢劫、谋杀，反倒有些不正常。并不是别有一等名为“竞轮人种”的不逞之徒，若能明白这个道理，也就不必吵嚷着禁止什么了，人类共同生活的前路乃是一条康庄大道。

六、暗哉，东洋

奈汝何

节山居士[①]的手记

盖男女居室乃人之大伦，鳏寡孤独乃四海之穷民。[②]天下无穷民，人人各得家庭之乐，是为太平之恩泽。人生

① 盐谷温（1878—1962），号节山，日本著名汉学家，东京帝国大学（东京大学前身）教授。

②《孟子·万章上》："男女居室，人之大伦也。"《孟子·梁惠王下》："老而无妻曰鳏，老而无夫曰寡，老而无子曰独，幼而无父曰孤。此四者，天下之穷民而无告者。"

之幸福，无过于家有贤妻。前妻节子，出身佐原伊能氏，性实贞淑，于本人之成功，素多内助，更育有二男三女，一生姻缘美满。惜哉金婚之期未至，遂至殒殁；临去之际，犹亟言为我养老送终。晚香[1]来至身边，事属突然，疑是为全节子未竟之责任，本人由此亦度过一段幸福之晚年。我既将晚香视作继室，自欲与其正式结婚；只是登记之事，晚香固辞，方才作罢。晚香为人无欺无伪，待物处事亦极恭顺，近亲诸人深知其性，此一年间相处和睦，我亦大为安心。然而，此番不幸若是由未能登记所致，则说明晚香之真意，仍有不为我所知之处。

要之：我对节子，始终既爱且敬；对晚香，则唯爱而已。当初晚香于长冈名声大噪，偶为一军火暴发户纳为情妇。所谓情妇，本就破坏他人家庭，晚香不屑为之，决然与之一刀两断；随后主动追求某名门子弟，嫁为其正妻，谁料历经种种坎坷，竟遭破镜之忧。晚香遍尝世间困苦，仍不失纯真之心，可谓出淤泥而不染。（详见二十五年三

① 晚香（1914—1951），本名长谷川菊乃，花柳界名伎。1949年，年过古稀的盐谷温向菊乃求婚，两人正式开始同居。此事遭社会诸多非议，但盐谷乐在其中，作长诗《续弦行》，中有“鸾胶续弦乐且湛”等语。1951年7月，菊乃与盐谷温共同散步时神秘失踪，随后被发现死于海岸，再度引发社会关注。

月号《主妇与生活》① ）我深爱晚香之纯情，晚香亦由我始知何为真爱。此份真爱，不单源于我一人之身，亦因感动于身边诸人之意气。尾崎士郎②君有“淡于梦幻”之评语，然而此乃现实，决非梦幻。随后，晚香于小田原结成汉文素读会。此会之前身乃是一学生团体，素以本人为中心；故此会之创始者则我，促成者实晚香也。众学生对晚香追慕之情，委实感人泪下。晚香既殁，我亦无宁死于二三子之手③。（话虽如此，长子夫妇一片孝心，我亦绝无推辞之意。）

于伊东火葬场之棺木前，我已叙述过内心感受。神佛在上，概无身份地位之差别；新宪法亦承认人权之自由平等。棺木之前，唯有盐谷温与长谷川菊乃，此乃人类本来之姿。穗积博士④之脑髓作了医学优质资料，今我为俎上鱼肉，又岂敢逃匿。还请国内外学者、文人、评论家，就

① 《主妇与生活》，日本月刊女性杂志，1946 年创刊，1993 年停刊。“二十五年”指昭和二十五年，1950 年。

② 尾崎士郎（1898—1964），日本小说家。与安吾为终生好友，后为安吾主持葬仪。

③ 《论语・子罕》：“且予与其死于臣之手，无宁死于二三子之手乎？”表示愿使二三子为自己送终。

④ 穗积博士，疑指穗积重远（1883—1951），日本法学家，东京帝国大学教授。

我之人性尽情评论、畅所欲言。若战后派诸人由此得以反省，人道由此得以弘扬，则幸甚焉。有评论云："恋情当隐秘，不当公开。"又有评论云："先生之爱不过一年有半，乃是一首精练之诗歌；若加拓展，则是散文矣。"其然，岂其然乎?①呜呼，我于此事，竟为公众所非？美人薄命？抑薄命故成美人？仰而问天天默默，俯而问地地不答，菊乃菊乃奈汝何。（七月三日于小俵晚香庵记）

我有一个外甥女死于自杀，当时年仅二十岁。她是投水而死，在家门口的一条水沟里。那条水沟是自家所用，不深，小石为底，引山间清流入其中，水极澄澈。正因如此，或许比看起来要深一点；但就算是雨后水满，也不至于没过腰际。外甥女没呛到一口水，可能是思想斗争太激烈，投水之前就已经昏迷过去了。不过，她的死确属自杀无疑。当时是深夜一两点钟，她离开卧室，跳入水沟。据说在投水之前，她还去问过年幼的弟弟：

"要不要一起去死?"

给人的感觉，好像有些神经衰弱。

---

①《论语·宪问》："子问公叔文子于公明贾……子曰：'其然？岂其然乎?'"表示怀疑。

外甥女的自杀比菊乃姑娘更加扑朔迷离。她当初曾定下一个婚约，本人也很满意，但不幸患了心肺方面的病。后来病基本痊愈了，她为读东京的女校方便，搬到我家里来住。那孩子性格活泼，看起来很是个乐天派。当初她过度痴迷宝冢①，惹来我母亲的一番训斥；但她毫不畏怯，反倒巧妙地拉上母亲一起去看，久而久之，不知不觉间老人家也成了宝冢的拥趸，她再看宝冢自然就光明正大了。如果她还活着，该有多大了呢？要比菊乃姑娘年轻一些。她的故乡旧属长冈藩的邻藩，祖上似乎不是武士。②

一个人要自杀，旁人很难看出来。我在矢口渡③居住那会儿，附近有对老夫妇静悄悄地自杀了。他们小有积蓄，感情和睦，从没闹出什么动静，可谓是生活安稳的模范夫妻。两人没有子女。从社会角度来看，这对老夫妻没有任何寻死的理由；可他们就是选择了死亡。据说两人料理好一切后事，点上香，并排躺好，安安静静地走了。

盐谷先生似乎认为：凡称菊乃姑娘为自杀，皆属对逝者之

---

① 宝冢歌剧团，日本大型音乐剧表演团体，全部成员均为未婚女性，男性角色亦由女性扮演。

② 外甥女名为村山喜久（1918—1938），安吾之五姊与村山真雄之女，深得安吾疼爱。村山氏出身新潟县松之山，旧属高田藩，与越后长冈藩相邻。

③ 矢口渡，位于东京都大田区。

诋毁。(见盐谷氏本人手记《宿命——关于晚香之死》，《周刊朝日》[1] 八月十二日号。) 其实，任何人自杀都不稀奇；我也不觉得，自杀对其本人或其丈夫是一件不光彩之事。

海滩上有菊乃姑娘脱下的木屐，感觉当然是自杀的可能性更高，而非事故死亡。至于几乎没呛到水，给人的感觉像是她太过钻牛角尖，内心极度痛苦煎熬，以至于在溺水之前就已经死去了。据说盐谷先生当日偶过某佛寺，听到寺内诵经之声，便默祷了一会儿；此时寺庙的女主人出来，请先生进去喝茶。如果说此时正是菊乃姑娘的死亡时刻，是她的灵魂在引导着盐谷先生，这也未必不然。或许菊乃姑娘死后，两人仍然灵魂相通。不过，菊乃姑娘自杀的理由可多得很，没什么不可思议之处。生活看似和谐美满，背后也少不了暗藏的裂痕。听说她还有些神经衰弱，那更是自杀之说最有力的铁证了。

所谓"崇拜"的对象，正是因为高居云端，现实中接触不到，所以才有其价值，能够成为某些人的生活支柱。一旦把崇拜对象搬进现实，那可就危险得很了。无论任何人，在现实中都很难当得起别人崇拜。当然了，还有一种职业叫作教主，他们是接受崇拜的专家。不过教主与信徒之间，毕竟属于一种

---

① 《周刊朝日》，朝日新闻社发行的周刊杂志，创刊于 1922 年。

癫狂的信奉关系；或许那些普通夫妻的美满生活，本质上同样是此类信奉关系的一种变体也未可知。

所谓大诗人、大音乐家，仅仅是在诗歌、音乐领域胜于常人，其肉体凡胎未必超凡脱俗，与常人没什么不同。不，他们的肉体凡胎当然也有着各式各样的优点缺点，但这些与诗歌、音乐的才华并不存在对应关系。

菊乃姑娘在越后长冈做见习艺伎时，曾于盐谷先生之席间侍酒，得到了先生亲笔题写的一幅彩笺，自此十七年间，贴身珍藏；直至近年，又于席间与先生重逢，两人于是再续前缘。实在是个美好的故事，如果情节能持续到先生去世，那就更美好了。在如此和谐美满的生活中，不知怎么，菊乃姑娘却自杀了。不过，自杀并不意味着两人之中有一个是坏人、小人。人生就是这么回事儿，即使两人毫无恶意，一心只想支持、帮助对方，裂痕仍然难以避免。人类还真是可悲。

见习艺伎得到一幅彩笺，十七年间贴身珍藏；十七年后席间重逢，彩笺为二人再续前缘。这样一段故事，并没有什么不自然。相比于素不相识，当然还是再续前缘比较容易。但是，如果说两人结成连理之前，还有一幅彩笺促成姻缘；那么结成连理之后，两人中间就一无所有了——除了两具现实中的肉体凡胎，为了更加富足、快乐的生活而共同奋斗。

所谓的“见习艺伎得到彩笺，贴身珍藏”，看作一种缘分并无不可；如果当事人拿它作为婚姻生活的根基，那可就岌岌可危了。

这样一种缘分，更适合当作一桩韵事、一则笑谈。任谁听到此类韵事，都不会生气或是怎样，顶多说上一句，“先生也是个多情种呀”，或者“结局幸福那就好哪”。这些都属于正常情况。

不过，假如把缘分当作是绝对的宿命，那情况就不同了。好比日本神话，如果认为它不是传说，而是比事实更加严肃的天理，那么拥戴天理的军事领袖与普通百姓之间，势必会产生一道鸿沟。军事领袖异想天开，铁了心要让一亿百姓扭成一股绳；普通百姓表面上不敢反抗，只能假装鸿沟不存在，跟在领袖身后走。那么菊乃姑娘呢，是她自己放出了十七年云云的传说，所以她的处境要比战争时期的老百姓更加尴尬。诸如什么“是前妻节子引导我与菊乃相遇”，无论先生说得多么天马行空，她也只能默默听着。

况且，一名见习艺伎侍宴之际，有人写下一首不知是汉诗还是什么的送她，于是她贴身珍藏——恐怕称不上美谈。“贴身珍藏”本身已经足够古怪了。对诗歌、诗人的热爱，与护身符是两回事儿；我决不认为贴身珍藏是一种表达尊敬的正确方式。假如菊乃姑娘真的贴身珍藏了，那当然古怪；假如贴身珍藏并不是事实，但她迫于某种气氛编造了故事，那这气氛也足够古怪了。

菊乃姑娘的汉学素养有多深，我不得而知。姑且假设她素养颇深吧，那么她就算是先生作品的一名仰慕者了。三流文人如我，宴席上也不时遇到艺伎说："我是您的书迷。"当然了，"贴身珍藏"这类毛骨悚然的话我是未曾耳闻，不过"我最喜欢您的作品了，都是我的枕边书呢"之类的言论，倒不是没有过。我这人生性乖诞，听到这些话也只是无动于衷；不过太宰治的自杀，似乎就是由类似的场景而起。① 此外，还有各式各样的情况：有的师徒相恋，殉情而死；有的抛弃糟糠之妻，与新欢同居；有的家庭关系进一步破裂，闹得不可开交；当然也有终生平安美满的例子。总之情况不一。菊乃姑娘的情况，应当也是其中的一种变体。

我不了解具体情况，只能凭借想象来谈两句。先生写下的东西，艺伎为什么要十七年间贴身珍藏呢？我怀疑：假如那是本小说，她当时一定会直截了当地说"我是您的书迷"；但汉诗不能用来阅读，没法说是"书迷"，所以她换了一种表达方

① 太宰治于 1948 年 6 月 13 日投水自杀，与其共同殉情的情妇山崎富荣，最早就自称是太宰的仰慕者。

式，那就是“十七年间贴身珍藏”。其实我感觉：说成“十七年间贴身珍藏”，听起来有些陌生；如果换作“十七年间，您的作品一直是我的最爱，胜过其他任何作家”，那就耳熟得多了。

读者与读者也不尽相同。有一种读者，特别钟爱某一作者，甚至能背诵该作者的全部作品。这一类读者，其实为数不少；但我们作者见到他们，并不会产生特别的宿命感。与这类读者相比，所谓“席间获赠彩笺一封，十七年间贴身珍藏”，既称不上什么宿命，也不算真正倾心的证明。倒不如说有些古怪、奇异的感觉。真正的忠实读者，如果得到了心爱作家的字迹，虽然不至于贴身珍藏，但无疑也会妥善保管。这种情况虽不少见，但现代作家大多将其视为作家与忠实读者之间的普遍现象，不会做出什么宿命论的解释。

某些风格的作家身边，有时会出现一些女性忠实读者，她们会盲目地把作家当成自己的师父、神明，或是心上人。故事的结局不尽相同，有的相爱、结婚了，却未必顺利走到最后；也有的后来反目为仇，不欢而散，这也没什么稀奇。

我感觉菊乃姑娘不是那种程度的忠实读者。不过，不管她是不是忠实读者，关键问题在于：作为席间助兴的一桩韵事，“十七年间贴身珍藏”或许恰如其分；但除此之外，不该再作他想。也许它促成了一段婚姻；但既然婚姻已经促成，它作为机缘的任务也就宣告结束，不该留存到婚后的日子。恋爱、婚姻生活之中，只有韵事，不存在传说与神话介入的余地。传说与神话只能沦为韵事，这也说明了现实人生有多么残酷与严肃。过去，婚姻就是父母之命、媒妁之言，人们的自由意志不受承认；今天我们不再是提线木偶，心中都想谈一场属于自己的恋爱。人心难测，知人知面不知心。怀着恶意去揣测对方，在夫妻生活中当然不算好事；但为了更好地发挥奉献精神，首先一定要知心，要彻底了解对方的一切。盐谷先生没有恶意，倒不如说充满了善意与奉献精神。然而，他只是虚构了一个经过美化的女子形象，然后将菊乃姑娘生搬硬套进去，并为此感到陶醉。盐谷先生既没有从极浅近的现实之中观察她，从而发现一个陌生的菊乃姑娘；也没有去层层推敲，细究她的内心。先生盛赞她是诗中的美女佳人，殊不知诗中的美女佳人并不存在于现实之中。

现实之中的人，存在着更加渺小、更加肮脏、更加卑微的一面。这不单是指查泰莱夫人那一类肉欲问题；将菊乃姑娘压到窒息、逼上绝路的，难道不是精神方面的负担吗？被打造成诗中第一流的美女佳人，就势必要承受这种负担。任何人都有卑微、肮脏、渺小、丑陋的一面，都少不了种种缺点与弱点；

爱，必须建立在了解这一切的基础上，否则只会令人窒息，带给对方难以忍受的痛苦。

★

盐谷先生也许会宣称，自己是在彻底了解菊乃的缺点乃至一切之后，仍被她那美丽、贤良、方正的品格所吸引，这才爱上了她。我却对此持不同看法。

先生的爱是独裁者式的爱。比如一名军官，出于军队理念认为某名士兵是个好兵，因此很喜爱他。而这名士兵为了成为好兵，隐藏了自己的天性去迎合军官的喜好。迎合军官也许会使他成为一个好兵，但绝不会使他成为一个好人。他的真实愿望，其实是成为好人而非好兵；但社会是军人的天下，他也无可奈何，只能沦为提线木偶，接受独裁者的摆布，以求生存下去。

先生的情况与此相同。《周刊朝日》登载的那篇名为《宿命》的手记里，出现了一些说法，感觉只有提线木偶才能够忍受。

对于菊乃姑娘曾沦落风尘的经历，先生一直表现出极深的怜惜。不过文中却出现了这样一段话：

> 若我仍在任（指大学教授），晚香（即菊乃姑娘）仍居花柳界，那我难免沦为名教之罪人。所幸我已远离教坛，晚香亦曾嫁为人妇，现为离婚之身……

紧接着，先生还充满怜惜地补充了一句："晚香实为可怜，'艺妓从良'之名声阴魂不散，纯属旧日之陋习……"先生这两段话，暴露出一个可悲的事实：一切怜惜都不过是徒具形式而已。与同一个人结为连理，放在几年前，是一桩罪恶；放在今天，就无伤大雅。其实等于是在明晃晃地宣称："咱们身份地位有别，你得感恩。"有一次，某大名的子孙想要练习谣曲①，于是召先生前往，菊乃姑娘也随之同行。手记中如此记述道：

> 越后长冈出身之贱女，竟为旧藩主之同族——旧田边藩藩主②所邀，得以与我同行。实乃晚香无上之荣誉，必死而瞑目矣。

---

① 谣曲，指日本传统舞台艺术"能"当中的唱词、科白部分。
② 越后长冈藩藩主与丹后田边藩藩主均为牧野氏，故称同族。

读至此处，我黯然无语，甚至感到痛彻心扉。先生声称婚后生活很让菊乃姑娘满意，没有任何不足之处。这话完全信不得。只要读过此段文字，任谁都不会觉得她自杀有什么稀奇。对于这一点，先生似乎理解不了，所以无可救药。

先生认为，在职大学教授娶艺伎做老婆，乃是名教之罪人。其实，存在先生这般想法，却娶了艺伎做老婆，才是罪人。

关于两人的结合，先生称："恋爱不是游戏，而是切实的晚年生活问题。"那么，"切实的晚年生活问题"究竟指什么呢？

> 自发妻节子过世，劳烦长子夫妇之处甚多。某次卧病以来，时时切感之：无人照料，老境实忧。儿媳纵使至孝，上有夫君，下有幼子二人，加之今日再无婢女，毕竟不得顾我周全。于此困境之中，经两三人热心撮合，终与晚香结婚。（节选自《周刊朝日》登载之手记）

切实的晚年生活问题，确实是这么回事儿。老人对未来充满不安，孤独对他而言，必定是一种不堪忍受的恐惧。我虽然未至老境，也不难想象得到，同时能够体会到它的"切实”性。

先生想与菊乃姑娘正式登记，但她却拒绝了。先生的意思很明白：给菊乃姑娘一个正妻的名分，这样她就会照顾自己养老送终，先生得以安心，生活也得以安稳。

这些全都很好。如果我身边有一位类似的老人，或许我也会劝他再婚。

从这句“切实的晚年生活问题”中，我感到先生更需要的不是什么正妻、伴侣，而是侍女——忠心的侍女。当然，这也没什么不合适。人到晚年，出于切实的生活困难，切实地想要个忠心的侍女，这很好理解。甚至可以说，越是到晚年，越是更需要侍女，而非正妻。不难想象，老人的实际想法，很容易倾向于找个侍女照顾自己。

永井荷风先生的情况也与此类似。如果荷风先生要选定一个伴侣，恐怕不会说什么正妻、老婆之类的大话空话，找一个侍女才是他的真实心境。

盐谷先生的情况却又不同。他的心境虽然也是想要侍女，但得到菊乃姑娘之后却发现，她不但是个好侍女，还能充当正妻，简直是为自己量身打造的心上人。当然，这也是件美事。即使不是先生的知己好友，为此送上祝福也不奇怪。先生对菊乃姑娘的痴情，同样很适合作为一桩风流韵事，在门下弟子中间畅叙一番；我虽不是门下弟子，也未有不适之感，只想对二人表示衷心祝福。

据说先生晚酌时，必先递给菊乃姑娘一只杯子，以替她斟酒为乐。此等心境，实为美妙，充分展示出先生无微不至的爱。赤子之心，一片真诚，不见半点尘埃。此番图景，足使观者心生暖意。

先生对菊乃姑娘的宠爱，可谓轰轰烈烈，同时又光明磊落，不失严肃。想来先生一生顺风顺水，于人心险恶处知之甚少，可谓天真单纯。从我这个旁人角度来看，先生平易近人，是位可爱的老者。

不过，旁人毕竟是旁人。那些与先生息息相关之人，情况又是怎样呢？先生所考虑的切实生活问题，菊乃姑娘总有一天也必将面临。

做艺妓这一行，从年轻时就得切实考虑晚年的问题。那些听从父母之命、媒妁之言的年轻人，没必要考虑太多，只需尽情沉溺于新婚生活的美梦，醒来之后一辈子怎么也能将就过来。艺妓可不一样，她们的晚年生活没有一丝保障。

盐谷先生的想法很简单：有人为自己养老送终，那便足矣。因此得到了菊乃姑娘，就等于得到了一个安稳的晚年。不过，先生百年之后，菊乃姑娘也终将迎来晚年。

如今人们的财产，早已随着战火丧失殆尽。先生百年之后，留给菊乃姑娘的晚年保障想必不会太多。

战败后的今天，先生的昔日盛景虽已成过眼云烟，至少还有众多门下弟子簇拥环绕。这样一种氛围，存在于各地的学者、艺术家的身上，好似诸位先生的客厅、书斋便是王宫，书斋之主作为君王端坐其中。假如有人只见过某一处氛围，定要以为那位先生便是独一无二的学问、艺术之王。殊不知这一类君王，天底下没有五万，也有三千呢。

于是先生坐定，周围环绕起门下弟子，开始高枕安卧，谈笑风生。众人沉醉于唯我独尊的氛围，好似天下大事，尽在股掌之中。此时若有一见多识广之人在侧，观感必大不相同。菊乃姑娘身为艺妓，长年周旋于酒宴歌席，对此等夜郎自大的氛围，最是司空见惯。即使是乡村议员、黑市商人的酒会，也像是君王之间指点江山的谈判台。

菊乃姑娘见过数不清的君王，对这形形色色的王国百态，早已洞若观火，如见肺肝。她打心底里明白，王国只是徒有其表，没有任何值得依赖的实际力量。

一旦君王驾崩，王国瞬间就会土崩瓦解。据说在文人和编辑中间，流传着一句有关文人老婆的箴言："先走是福。"意思是，声名正盛的文人若是死了老婆，前来吊唁的排场恐怕要比文人本人死了还大，那葬礼的规模，足以把胆小之徒吓得魂飞魄散。这话究竟有几分可信，我说不准。就算它夸张了点，总之君王还在，葬礼肯定惨淡不了。其实我认为，这句箴言的本意恰恰是形容相反的情况：君王死了，只留下老婆，无人搭理——有人搭理也必是不怀好意；当然，所谓葬礼也冷冷清清，参加者寥寥无几。

盐谷先生如果细细玩味过这句箴言，那么菊乃姑娘也就不必寻死了。

可惜先生太过单纯了，只知高谈什么门下弟子有个团体，自己创始之，菊乃姑娘促成之，两人共同接受仰慕云云，实际上纯属空话。明白人深知所谓王国不过是空中楼阁，在他们眼中，先生的这份单纯，不仅虚无缥缈，有时甚至面目可憎。

毕竟先生标榜的原则是：越后长冈之贱女，为旧藩主之同族贵胄所邀，乃无上之荣誉，必死而瞑目矣。既然如此，那么贱女的心事，理解不理解都不值一提了。

先生得到菊乃姑娘，倒是解决了切实的晚年生活问题；不仅解决了，还心满意足，太平安稳，乐不可支。享受着门生的簇拥，醉心于一国之主的幻景，向爱人献上美酒；欣赏着爱人美妙的三弦琴音，随着她的节拍诗情渐浓，吟咏不绝。更莫提还与爱人共赴邀约，陪贵族练习谣曲。对先生而言，此等生活想必是十全十美，天上人间。

先生越是满足，越是单纯，估计菊乃姑娘就越是不堪忍受。她身上存在一个切实的晚年问题，其切实的程度，恐怕不在先生之下。先生就算没有菊乃姑娘，至少还有门生簇拥，再不济也算个君王；菊乃姑娘的晚年，可连这点儿保障都没有。

况且，在先生的理论里，贱女如一介艺伎，竟嫁得自己这般学者，甚至为血统古老之贵胄所召见，实乃三生之幸。那么她的晚年如何，似乎也就不怎么值得考虑了。

先生曾说：

菊乃实为唐传奇中人物。

这话似乎是在说：身份下贱如艺伎之辈，竟能嫁与大学者为妻，甚至得以与血统古老之贵胄同席，练习谣曲——此等经历，非唐传奇中人物不能有。自我陶醉、天真单纯都没关系；但菊乃姑娘作为当事人，耳闻目睹，内心将作何感想？其心中之愁云满布，岂非早已昭然若揭？

先生对菊乃姑娘，想来是一往情深；但是，因为艺伎出身就视为贱女，嫁给自己是无上荣誉，应死而瞑目之类的观点，同样是先生坚定不移的真实心境，甚至还是爱情的证明、韵事的谈资。

先生的爱究竟有多深？在先生看来，把下贱女子娶进门，便是最有说服力的证据。好像是在说：我肯娶你，这就证明了我那天高海深的爱，你已是唐传奇中人物，死亦可瞑目了。

被人所爱，一定免不了委屈、不快、发火，有时甚至感到难以忍受，那也极其正常。负面感情本就难免，更别说对方狠狠伤害了自己，还天真单纯，一无所知。“单纯”二字说起来好听，其实只是极端的自我陶醉。他不过是在说：货真价实的大学者爱上贱女，可是件了不得的大事儿，你是个幸福的女人。然后自行规定一份辉煌的荣誉，授予对方，却不给对方任何晚年的保障。

不过细细想来，此事的起因，仍是菊乃姑娘自己放出了话，“十七年间贴身珍藏”云云。所以，即使人们认为先生救了她、带给她安稳的生活、赐予她死而瞑目的荣誉——简而言之，拿她做了自己天真单纯的牺牲品——那也是她咎由自取，怪不得任何人。

解决了切实的生活问题，得到了安稳晚年的只有先生自己；菊乃姑娘既没有被拯救，也谈不上任何安稳。

还有那些簇拥在周围的门生，他们与先生同样单纯，只是享受着君王座下如沐春风的感觉。菊乃姑娘生活在他们中间，只能努力扮演着先生心目中的那个晚香——一名被先生拯救于风尘，从而得以安稳生活的贱女；一名有幸获准与古老贵族同席的伶俐女子——而且还得表现得心满意足。这副重担压在她的生活之中，该是多么苦不堪言；而先生对此一无所知，更使她陷入无助之中。

当然，菊乃姑娘很清楚先生的一往情深；在这一点上，我想她是真心感谢先生的，且对先生怀着无比深沉的敬爱。这份敬爱之情，至死一以贯之，自杀本身就是最好的证明。菊乃姑娘的死，无声无息，宛如一道悄然而逝的影子。

菊乃姑娘选择悄然而逝，当是对先生那深沉的敬爱使然；不过，选择死亡，同样也是由于先生。先生对菊乃姑娘一往情深、天真单纯，举世皆闻；然而菊乃姑娘在先生底下伤痕累累、心如刀绞，却无人知晓。表面上，君王高朋满座，一派天真单纯的气氛；而在背后，躲藏着一个无人问津的自己，作为那气氛的牺牲品，形单影只，遍体鳞伤。这样一种情绪，想必有如一座大山压在菊乃姑娘身上。在旁人看来，菊乃姑娘也是王国氛围中其乐融融的一员。她很难从旁人的印象中挣脱出来。要离婚，那不可能；要倾诉，又无人可说。她身边除了君王本人，便是些君王座下的盲信之徒。在王国里，君王的话比天大。至于打破那种盲信的氛围，恐怕不可能。她的烦恼、她的生活问题的确很切实，但与盲信不在同一个世界。用自己的切实问题，去唤醒那些一叶障目的盲信之徒，就像一拳打在棉花上，引不起半点反响。至少在菊乃姑娘看来，四周尽是汪洋大海，而她绝望地找不到一条小舟。

菊乃姑娘既不能离婚，又讲不出心里话，最终唯余寻死一途。寻死，乃是无可奈何的结果。

她的身上，有一种虚怀若谷的气质；好像大彻大悟，把一切归咎于自己的无能与不周，无声无息，悄然而逝，平静如归。跳入海中却未呛水，岂非正说明了她内心的苦闷切实且残酷，在她投水之前已经杀死了她？她的死可怜而令人同情，但同时又不乏明快。菊乃姑娘走时，想来没有恨着任何人；或许她还希望留下一句："别了，先生。"

据先生的叙述，当日的情况如此：先生走在路上，本以为菊乃姑娘就跟在后面，却不知她已经悄悄走开，跳海身亡了；接着先生路过一座佛寺，耳闻诵经之声，下意识潜心默祷，此时住持的夫人出来，请先生进去喝茶。

事后先生称，那时就是菊乃姑娘的死亡时刻，她的灵魂在向自己传达信息。我认为这也不无可能。毕竟，菊乃姑娘去时心境澄澈，唯余一片亲切与怀念，也许衷心希望能给先生传达一两句别离的话语吧。这些都不难想象，因此先生作此理解也无可厚非。尽管寻死的原因之一，在于反感、憎恶先生那天真单纯的爱与自我陶醉；但一个愿以一死来化解所有悲伤、平息所有纷争之人，在将死之际不会怨恨任何人。不仅不会怨恨，甚至可以说充满了一往情深、恋恋不舍的感谢之心——就在心甘情愿去死的一瞬。

在先生看来，自己的一切行动都出自善意，对菊乃姑娘也只有怜惜与爱情。但是，害死他人未必都出自恶意；同样，裂痕也有可能产生于善意之中。人与人之间的联系，可真是扑朔迷离。甚至可以说，有人欢喜时，就一定有人伤悲——夫妻之间也不例外。两人共同感到幸福，实非易事。对那些步入暮年，开始考虑晚景的人而言，更是如此。

菊乃姑娘的悲剧，并不是一个特例。世上总有那么些单纯的善人，坚信自己将爱情、地位赐予了下贱之徒、无知之辈，带给了他们死亦瞑目的荣誉。善人根本不理解，每个人都与自己一样，存在着切实的生活问题；只是陶醉于救助贱女的行为。其实真正被救助、获得了安稳生活的人，只有自己。不提别的，单是“下贱之人”这一观念，就已经彻底暴露了菊乃姑娘悲剧的真相；蒙在鼓里的只有当事人及其同类而已。所谓汉学，原本就不是什么追求真理的学问，其逻辑中心始终围绕着帝王的意志打转。凭着这一套逻辑思考的人，当然不了解人性为何物。他们无法与人进行心与心的交流，这是无可奈何的宿命——似乎正应了“宿命”二字。

菊乃姑娘永远地走了，无声无息，悄然而逝；我却生性口无遮拦，偏要吵嚷，偏要叫喊：菊乃心满意足？毫无理由寻死？这叫什么话。菊乃姑娘悲剧的真相，听听那句“此等荣誉，贱女必死而瞑目”，还不明白吗？真不明白呀。娶了“贱女”做老婆，罪在“不逊”，您明白吗？推脱一句不明白，这事儿就过去了吗？

人类的伦理，始于认识到自身之罪恶；认识不到自身罪恶，也就无法形成伦理。当然了，东洋的学问始于粉饰帝王，搞不明白，也没办法。

唉——黑暗哪，东洋。茫茫暗夜，将往何方？

我可不想与之同行。

（本文主要材料来自《周刊朝日》八月十二日号盐谷氏手记《宿命》。个人认为，该手记大幅度表现了作者的真实心理。）

七、大人乃一流绅士

华顶博信[①]氏的手记

我二人离婚，绝非出自感情不和。二十五年来，我对妻子情深似海。七月十八日夜，我在家中衣帽间发现了户田氏与华子；决意离婚，是对妻子的思想及言行冷静思考过后，得出的最终结论。妻子对此也毫无悔悟之心。

不，何谈悔悟。妻子甚至仍在筹划，今后借妇女卫生会的工作为由，继续与户田氏来往。我的妻子还是原来的

① 华顶博信（1905—1970），日本旧皇族。

她吗？战争结束后，似乎出现了不少新式家庭：你过你的，我过我的，夫妻只是同住一个屋檐下而已。如果夫妻两人都满足于此，倒也罢了；我却过不来此等生活。此类所谓的新式家庭，难道不是对“自由”的某种误解？越是深入思考何谓自由，越会发现——真正的自由是一种自律，其本质甚为不自由。

自那天起我才发现，妻子的性格骤变，早已超出我的想象。我甚至产生过推理小说式的幻想：这一年半多以来，莫非户田氏每次与华子见面，都在她的咖啡里掺上一两滴药物？莫非是药物迷惑了她的精神，才使她的感情如此骤变？

虽然妻子做出了此等事情，但这岂能成为社会舆论伤害她的理由？甚至连户田氏，我也不曾希望他受到伤害。作为前夫，我将永远衷心祈望：当我的前妻竹村华子重回社会时，大众能以笑脸相迎。

离婚是幸运还是不幸？我深刻体会到，离婚之于我乃是彻底的不幸。我已因此失去一切，唯感身体日渐衰颓。

户田氏的态度

《闲院春仁①氏的手记》（户田氏的姓名首次公开）与《华顶博信氏的手记》（七月十八日夜的真相曝光）发表时，户田丰太郎氏两度表示回应，其说辞分别如下。

〔第一阶段〕

我对华子夫人的印象，若要简短概括，那便是格调高雅，善于交际。她的心中怀有高贵的情感；我的前妻——去年年底正式离婚的德川喜和子，就绝非此种类型的女性。我对华子夫人产生了感情，开始与她来往。但是，我们之间的感情，从未将结婚视为前提。想必华子夫人也作同样考虑。因此，我不认为自己对华顶家的离婚事件应负任何责任，今后也没有结婚的打算。

〔第二阶段〕

如果她周边的环境允许，我认为与她结婚亦无不可。不过，我打算先充分征求亲朋好友的意见，之后再做出决定。至于我此前一直否认结婚，那是因为她当时刚离婚不久，我若表示结婚之意，只会徒然招致社会上的误解。事已至此，关于华顶氏我没有任何话要讲。

① 闲院春仁（1902—1988），日本旧皇族，华子之兄。

华子夫人的态度

华子夫人的态度也经历了前后两个阶段的变化。

〔第一阶段〕

户田先生确实曾对我多番示好，但我二人之间关系，并不似流言蜚语所谣传那般亲密。

今后我不打算再与户田先生进一步来往了。至于理由，我不愿多提。

关于前夫，我从自己的立场出发，确实也有一些看法；但事到如今，指责的话我也不愿多讲了。不过，假如情况允许，我也可以回到华顶家照顾孩子。

〔第二阶段〕

我已下定决心：无论世人如何非议，我一定会与户田先生结为夫妻。

此次事件中，兄长闲院春仁与前夫所表示出的态度，是否太过无视我的感受？我本希望他们多给我一点理解，多想想为什么我会走到这步。

愿今后能与户田先生携手同心，向着充满爱情的崭新生活勇敢前行。

旧皇室成员也是人，凡是人惹出的事儿，解决办法都大同小异。此类变故，任何家庭都有可能发生；但无论摊在谁家头上，都是一场沉痛的悲剧。

华顶博信氏对此事的处置堪称妥帖。遭逢此等变故，任谁处在华顶氏的立场上，都难免怒发冲冠、悲恸难抑；此乃人性。能做到面不改色心不跳，那是职业老千之流，对此不该表示赞赏。歌德与拿破仑，德川家康与丰臣秀吉，各自性格虽大相迥异；面对此类变故震怒、激动的情绪，却同样超出常人数倍。他们镇静下来后，采取的处理措施全然不同；但其激动与怒火却如出一辙。怒火无法防止，无论何等学富五车、德高望重之人都是一样；或许有血有肉会发怒的特点，正是他们的可爱之处也未可知。

华顶氏经历了同样的怒火与悲痛，而他镇静下来后所采取的措施——以性格不合为理由协议离婚——不得不说妥帖之至。华顶氏事先也曾试探过华子夫人是否心有悔意，确定妻子一意孤行之后，才在商量好的基础上提出离婚。而且孩子由华顶氏抚养，华子夫人了无牵挂，还能分得一部分财产。华顶氏此举，何等含垢忍辱，何等以德报怨，真叫人五体投地。换作是我，绝对做不到如此。换作丰臣秀吉之流会作何反应，我说不好；德川家康为人温和得体，也曾仅因茱莉娅①不够恭顺而将其流放，可见华顶氏此举，也非家康所能及。

当然，这里面也有时代的因素。假设德川家康是当今日本的一名旧贵族，或许也会采取与华顶氏相似的举措。

面对不忠的妻子，华顶氏不仅以德报怨，甚至还向宫内厅长官说："即使天皇陛下为了全体皇族的名誉令我放弃离婚，也请恕我拒绝。"其心事之悲哀，决意之沉痛，尽显无遗。

华顶氏对妻子如此怜恤，离婚的决心又如此坚定；他走到这一步之前，曾有过一定时间的思索。华顶氏最终得出的结论是："越是深入思考何谓自由，越会发现——真正的自由是一种自律，其本质甚为不自由。"无论是他离婚的坚定决心，还是对妻子离去的无限爱惜、怜恤，似乎都是这句话的具体表现。

华顶氏深思熟虑过后所得出的这句结论，我深有同感。或许真正的自由确实是一种自律、一种极大的不自由。华顶氏所经历的混乱与绝望，恐怕鲜有人及；而他却能在短时间内进行如此深邃的思索，其修养可以说值得赞赏。虽说处世经验仍然

① 茱莉娅，Julia Ota，真实姓名及生卒年不明，朝鲜人。壬辰战争时被带往日本，后成为德川家康侍女。因不配合基督教禁止令及不愿成为家康侧室，于1612年被流放至伊豆诸岛。"Ota"是姓或是名，至今尚无定论；部分文献将"Ota"写作"太田"或"大田"，亦不统一。

不深，但只凭这份修养，我也不得不称赞一句："到底是皇族大人，了不起。"我由此想到了另一位皇族，那位曾被巢鸭战犯监狱关押、美须髯、体态丰满的老先生①。那位老先生的人品，任谁也讨厌不起来。由于他做皇族十分有代表性，有人就想请他写一点有关皇族今昔生活的东西。单是据我所知，就有两家杂志社曾为此事找上门去。不难推想，那位高风亮节的老人当时过着怎样拮据的生活；但他却拒绝了写稿的请求。原因也很简单，仅仅是没有写的兴趣罢了。实在是位淡薄无拘的老人。

从这位皇族身上，我感到了一种忘机绝虑、返璞归真的状态。有些像第欧根尼，却又比第欧根尼更为淳朴自然。不过，如果没有深厚的修养做基础，也无法达到这种自然的境地。那么这种"修养"的根本是什么呢？华顶氏看似是在深思熟虑之后，偶然得出了"真正的自由是自律，是一种不自由"的结论；我却怀疑这并不是深思熟虑的结果，而是因为皇族的生活模式，原本就根植在这份"自由的不自由性"之中。

每个皇族虽然不尽相同，但存在一个固定的生活模式：按

① 梨本宫守正王（1874—1951），二战后作为甲级战犯嫌疑人被盟军最高总司令部逮捕，在东京巢鸭监狱被关押五个月后释放。此人与其他皇族元帅相比，在军务及时势方面参与较少。

部就班地体味着自由的不自由性，中规中矩地度过一生。于是最有代表性的皇族便在此种模式下生活，晚年变得比第欧根尼更朴素淡薄，甚至近乎成为原始人。不过，皇族也是人，千人有千面，不能说所有的皇族都会按照规定模式，中规中矩地走完一生。甚至可以说，中规中矩的反而是少数派，多数皇族都渴望着规定之外的自由。因为追求自由，正是人类最自然的欲求。

在此次事件中，华顶氏所表现出的品性，给我的感觉近似那位美须髯的老皇族，值得敬爱，令人怀念。但是华顶氏毕竟与老皇族不同——他还年轻，不得不继续在这纷扰红尘之中摸爬滚打下去；而他能够在激烈的苦恼与混乱过后深思熟虑，得出“真正的自由是自律，是一种不自由”的结论，又足以证明他颇有见识。此人岂不可怜，岂不可爱，岂不值得交口称赞？

他在得出结论后，对待离去的妻子，始终怜恤；又坚持离婚，断无犹疑。我观其处置，念其心事，不仅顿生钦佩敬服之心，更难禁感同身受之泪。或许在此之外，还有其他更妥善的处理措施。但做到如此，足矣。世上能过此者，果几人哉？将心比心，“更妥善的处理”云云，此等大言不惭之语，我讲不出口。

事件发生后，华顶氏曾带着新闻记者来到家丑现场，详细说明了事情的来龙去脉。此举也许有点不合常理，但若只揪住这点说三道四，则是看不清事情的重点所在。就算是不合常理了，那难道不是无可奈何？一时的举动何足轻重；想到他在重重思索后做出的举措，想到他背后的切肤之痛与可敬之心，那便足矣。对此不知感同身受、一洒热泪之徒，仍是些对世间烦恼一无所知的毛孩子。哎呀，不好意思。无知可能更好一些呢。永远都是个不知忧愁的毛孩子，嘻嘻哈哈过完一生，确实要幸福得多。您请自便。

★

在华顶氏提出离婚之前，事情还是在朝着平实、正当的方向发展。

然而华子夫人的兄长——闲院春仁氏却主动发表了手记。此举才是纠纷的开端。

闲院氏在手记中称“夫妻多年生活美满，岂会只因性格不合而离婚？其背后有人跳梁作怪”，将事情公开挑明，毫无顾忌地声张：离婚是由于妹妹的家丑。

这一举动看上去甚是奇怪，除了“无所顾忌”难作其他解释。不过，旧皇族也绝非是别样人种。对此等事情无所顾忌，若说其人天性老谋深算也就罢了，常人决做不出此等行径。然则闲院氏天性老谋深算？并非如此。发表手记对他有害无利；而且观其言行，也看不出他发表手记是为了自身利益。闲院氏不得已出此下策，必有其个人原因。

若是读过闲院氏手记与文后的采访问答，便不难发现他的真正目的：想尽办法使妹妹与妹夫重归于好。不料华顶氏对离婚心意已决，妹妹的态度又模棱两可，仍未醒悟（自闲院氏的视角来看）。所谓性格不合，原本只是个大事化小的借口；但若任其发展下去，两人真的会以此为理由离婚。此事一旦经过社会认可，便是成舟之木，再无转圜余地。偏偏两个当事人一个心意已决，一个模棱两可，谈不到一块儿去，两方近亲劝导也无济于事。闲院氏想到此处，烦忧不已，只能孤注一掷：向社会公开事实，借大众舆论之力，希望能使妹妹妹夫重归于好。闲院氏这段烦恼的心路历程，不难体会。

闲院氏毕竟也是皇族，表现出了皇族应有的镇定与见识。他在接受记者采访时，最后如此说道：

“最佳结局是等华顶氏心情平复之后两人和好；其次是她今后独自生活；再次是找个旁人嫁了；实在不成，只能依了她，让她与户田氏结婚。”

闲院氏虽然提出了四个结局，但其他三种与最佳结局本质不同，都是在最佳结局“如若不成”的前提下，迫不得已的备选方案。他大半的热切希望，不待多言，自然只倾注在最佳结局上面。

可见，闲院氏最渴望的结局只有“重归于好”，怎奈早已技穷，别无他策，这才选择了将手记公开见报。

有一种看法认为：闲院氏清楚此类旧皇族事件的轰动效应，故而利用报纸达成目的。这种看法稍有些残忍。我们更应该关注的，是他在束手无策之际孤注一掷利用新闻的勇气，以及勇气背后，对妹妹深切的关怀之情。

还有些人，发表的评论更加荒谬：皇族是暴露狂，不知遮掩，连入浴也不把某些部位遮起来。人的本性岂会因为是皇族就有所不同？入浴的时候就算不遮住某些部位，又有什么奇怪？入浴随性而为，不加遮掩；难道家族之丑也能不加遮掩，肆意外扬？皇族团结在天皇周围，要说“谨防家族名声受损”之类的教育，他们早就烂熟于心了。我们当然明白天皇只是一介凡人，但对他们而言天皇还是更接近神，是一尊只可敬拜的偶像。在他们心中，身为皇族就是距神更近了一步，可想而知，他们从小接受相关教育，早已培养起习惯，要比常人倍加看重家族、个人的名声。

从闲院氏与记者的问答中，我们能够体会到此人极有见识。但换作其他同样有见识之人，恐怕不会为了妹妹而选择公开家丑、折损名声，而是会去寻找更加妥善的办法。

然而我们也可以反过来看：其他同样有见识之人，全都不走这条路；唯有他一人偏向虎山行。在他反常举动的背后，隐藏着束手无策的酸辛。我们更应该关注的，是闲院氏可悲可叹的处境，而非他性格上的因素。

我在这里为闲院氏辩解，有我的理由：他不是离婚的当事人。离婚双方有时为了挽留对方，会做出些破罐子破摔的举动；闲院氏的孤注一掷与此不同。

我绝非上流社会出身，不过嘛，也算是中上流了；那种地方名流的人情世故，我也多少见识过。就我所了解，这些名流最先考虑的是家族名声；至于女儿、妹妹离婚后的生活，只是次要问题。因此，就算错不在女儿、妹妹身上，他们也会为了名声，义无反顾地践踏她们一生的幸福。至少我所目见的地方名流全部都是这副德行。

与地方名流的普遍风气相比，闲院氏的孤注一掷，其实是对妹妹将心比心的一种体贴，从中不难感受到他的一片真情。这不是反常举动的问题，是深沉的真情与体贴构成了闲院氏的勇气，而在勇气的背后，不仅隐含着对妹妹的爱，还有对华顶氏的真心歉意。从闲院氏的歉意中，我们能看到他公开妹妹家丑的无奈，也能感受到其中蕴藏的正义与高洁。

闲院氏走投无路之下公开手记的心情，我很能感同身受。但是此后的事情嘛，我就没兴趣写下去了。一切尽是“无奈”二字。

★

关于华子女士，倒是可以说上一句：这个女人不聪明。其实此等女人遇上此种情况，早已不是什么新鲜事儿，我除了一句“随你高兴”，也没什么别的好讲。她身上岂有体贴，岂有真情，岂有那种为美好生活殊死拼搏的决心、辛酸的经历？兄长闲院氏的心情固然沉痛，但在我这个外人看来，也只有一句话可讲：随她去就是了，您再干着急也没有用。人生疾苦，她一无所知，拿她还有什么办法？自己任性闯下的祸，还请自己观赏下去；人生疾苦的好戏，我想很快就要上演了。

要知道天下人不是绕着你在转。不管是知识分子家庭，还是农民家庭，甚至街头流莺里面，都从来不乏此类女人，其性格别说稀奇了，甚至老套得过了头。总而言之，要理解人类及人类社会的常规，需要一点点聪明。对不够聪明的女人，说什么也只是对牛弹琴，只能等她自行醒悟了。

至于这个户田，同样是个虚与委蛇之徒。此人若是有点诚意，必会采用更加正当的方式，态度也不会如此闪烁。

最后再向各位皇族奉上一言：各位的家族团结之情甚好，尤其是华顶、闲院两氏在此次应对中所表现出的深情、体贴，真可谓感人至深，可歌可泣。但从两位的手记与发言来看，这份情感仅限于家族内部，各位看待其他阶级之人用的是别样目光，好像他们都是近似拉斯普京①的怪物。这一点，似乎不太合适。

关键在于，各位必须更加了解人性。正因为不了解人性，才产生了这种种问题。不了解人性，决不等同于高贵。

同样，如果认为了解人性就意味着下贱，那更是错得离谱。

况且所谓的“老油条”，正是贵族社会的产物。从前的平安朝如此，路易王朝亦然。当然，老油条之外还有风流客、百晓生，等等；这一类人，我们通称“老江湖”，但他们的祖师爷，恰恰是高居庙堂的王公贵族。追本溯源，事实正是如此。

对人及人性的了解，最早是贵族的拿手好戏。

---

① 格里戈里·叶菲莫维奇·拉斯普京（1869—1916），俄国神秘主义者，一生充满了奇异的传说逸闻。

华顶、闲院两氏的见识、深情、勇气，无不值得敬佩；区区在下，望尘莫及。两位的不足之处，在于缺乏对人性的认识，而且缺乏得有些过分了。

若能对人及人性有所认识，两位当成为世界一流之绅士。

那份见识、深情与勇气，希望能为全人类共同分享。

八、安吾爱妻物语

短视面相学

樱井大路的判词

从这张照片（见下）来看，此人额、眉、耳等各部位，皆表现出强烈的反家庭面相。尤其是此人脸部最突出的部位——鼻子，最成问题。鼻相如此之人，虽有赚钱的本事，却也容易散财。另外，此人甚为性急，发际线表明此人年纪轻轻便会离家出走。

除此之外，面相中表现最强烈的一点是：此人不可以常理度之。从这一点上讲，此人绝难与他人融洽相处，无法做到人见人爱，但会深受少数前辈爱怜。

此人生性孤独，若选择独立工作的职业，四十来岁可小有名望，但四十五、六、七这几年，会在事业与金钱两方面内心煎熬。五十岁出头时多少陷入泥沼，至五十六七可获大成。此人自年轻时便备尝苦辛，人生经验丰富，故而对其事业形成助力。观其额相，也可以说此人一生劳苦缠身。

此人四十岁之前，多为家庭问题所苦。种种家庭琐事会贯穿一生，但四十岁后运势正旺，可将琐事压住。不过有一点需附带提及：随着年岁增长，身边环境也会渐趋凄凉。

性格方面，此人待人极好，亦讲义气；但同时也有计较细节的毛病。这种人对外和善，对内蛮横。言行夸张豪迈，内心却谨小慎微。

从面相上看，此人虽不很会使唤人，却也喜欢热闹。

虽有长寿之吉相，同时也易犯桃花劫。

总结而言：此人面现善恶二相，皆属极端，二十四五、三十二三、三十七八命逢大坎，其后人生虽有曲折，但终将事业大成，成为造福社会之人。只是由于孤独，所以不适合家庭生活。我对此人颇有兴趣，希望能与他当面一会。

★

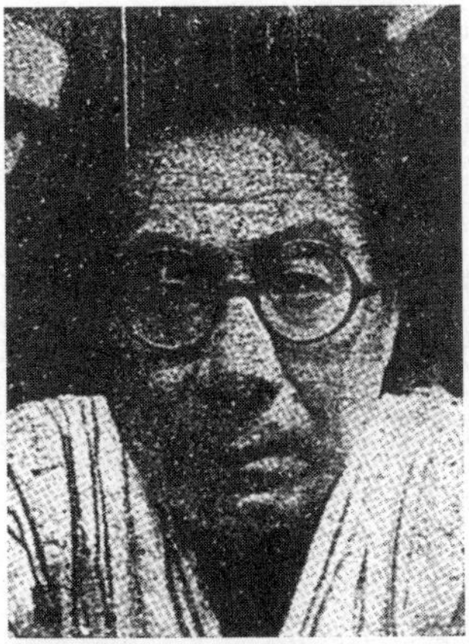

某次我通宵工作，清晨正头昏脑涨时，有个照相馆师傅前来登门，说是受《ALL 读物》之托，要为我拍一张算命用的照片。

并非只有拍摄相亲照才需要整理仪容。照片就是要拿出去给人看，这点我们也不例外。岂止仪容要整理，还得摆出精心设计的姿势，好去瞒过大众的目光。这种事儿怎么操作我也知道——比如照相馆的人来了，就去洗脸、剃胡子、换上和服——只是从没亲身实践过。唯有那么一次，文艺春秋①要拍一个什么“百人”，当时我正光着膀

① 文艺春秋，菊池宽于1923年创办的出版社，简称“文春”，亦发行同名杂志《文艺春秋》。

子干活，满身大汗，无奈之下只能穿上和服拍了照。多亏了这次无奈，我这辈子终于有了一张拿得出手的照片。所谓用心，单单平日里知道方法还不够，只有身体力行才有意义。

至于算命用的照片，虽然不必刻意凸显天生丽质，至少也得洗洗脸，摆出明澈的眼神，把自己思维敏捷的一面展现给对方。可惜当时我正结束了一宿的工作，在等按摩师上门，所以脸也没洗；结果按摩师没来，倒是照相馆师傅先到了。不过，按摩师迟到也不尽是坏事儿，至少不必在接受按摩时拍照了。

虽然我很清楚拍摄时的状态不佳，但这张照片还是吓了我一跳。简直像个死刑犯。

照片里的人看起来，完全就是个混日子等死的囚徒。樱井先生真是慧眼如炬，本领不凡，对着这么张照片，也能“这儿好、那儿差”，分析判断，头头是道。

照片主人的职业，樱井先生作何推测呢？恐怕他并不知道这人就是我吧。

樱井先生清楚的事情有两点：一、托他看相，把照片拿来的是文艺春秋的记者；二、看相的结果会用在杂志文章里。不过他不清楚是哪方面的文章；而照片主人是何方神圣，假如记者没有告知，樱井先生就只能自行判断了。关于此人的职业、身份，我认为樱井先生必定事先推测过一番。

一眼看上去，照片里的人多半与犯罪有关，不是运势旺盛之相。既然杂志社要登载，那么此人多少该是个人物；但算命先生却不认识他，证明此人或许轰动一时，但不是什么大人物。

目前，长着这么一副混日子的面孔，又稍为人知的人物，当属地下一族了。德田中尉、野坂中尉以至什么下士、上等兵，最近都潜入了地下，或许也算是一丘之貉。

不过，地下一族中也有特立独行之辈。好比万事万物都有左旋右旋，地下运动中也有人一身兼具两种截然相反的本能。比如那位参谋①，战败后一手出单行本赚得盆满钵满，一手将地下运动进行到底。与其同气相求者，同样不乏其人。

此外还有一等人，叫作“整肃族”。不过整肃族大多教养良好，照片里的人看起来不像，从那一副混日子的样子来看，倒有点无业游民的气质。这样看来，搞不好此人原本在政府或大企业工作，后来犯了事儿，被开除了。不过，如果此人只是个轰动一时的罪犯，那照片应该见过报才对，况且杂志恐怕也不会来给他看相，还要登载。如此说来，大概是这么回事儿：

① 辻政信（1902—1968?），日本陆军高级参谋。1945 年日本战败后，由东南亚战场逃亡至中国，1948 年返回日本潜伏。1950 年占领军宣布战犯搜索结束，辻政信公开露面并出版《潜行三千里》一书，讲述逃亡生活，成为当年畅销作品。

此人目前由于某种原因失业，生活需要避人耳目，很是辛苦。

此人也有几分技术人员的样子，不过技术人员范围太广，从核能天才到间谍，甚至连文人也能算在里边；而且底层技术人员在日本不怎么吃得开。那么，或许是战后派政治家？又或是芦田①帮成员？黑市暴发户的智囊？藏了点钱的破产高利贷老板？被勒令反省的宗教组织首脑？都有可能。

总而言之，职业、身份这类现代社会地位，只在照片上看看脸恐怕无法做出准确判断。要是见了真人，倒能看出不少东西；单凭面部照片不行。既然见不到真人，那就只能根据委托者的身份、算命结果的用途以及委托时的具体情形来想象了。

假如要单凭面相、骨相做出准确判断，一定得事先对该人物的职业、身份、目前社会地位等方面大体有个了解。应该说，恰恰是因为有必要事先了解，才能证明算命的合理性与科学性。若是朝着脸或手心瞟上一眼，当即一语道破天机，那倒看似厉害；可此等高人，一辈子却只是个算命先生，岂不滑稽。先对该人物的职业、身份有所了解，然后参照面相、骨相等方面，采用找共同点的方法——如此倒有可能推断出此人的

① 芦田均（1887—1959），日本政治家，1948 年 3 月任日本首相，同年 10 月因昭和重工事件被迫辞职。芦田于 1951 年众议院会议上强烈主张“重新武装”论调，坂口观点与之相左，故作此调侃语。

身世、性格。通过共同点来算命，应该具备相当高的合理性。

我对算命不太了解。不过，观察人的性格，不仅算命先生需要，对文学创作者同样意义重大。两者的观察方式想来也大同小异。

只是有一点不同：算命先生得算出结果，文人则不必拿出结论。不仅不必拿出，而且也无法拿出。

从文学角度推断性格，首先有一条不言而喻的道理：所有的人在本质上都相同，具备相同的可能性，这一点先于性格而存在。

至于性格，不过是可能性的多少问题而已。可能性的显现不是必然事件，而是偶然会被人生中的环境所左右，在诸多外部条件的影响下或多或少地显现出来。

刑事案件的辩护与判决，在这层意义上也与文学遵循同样的前提，从而才能得以成立。

也许我们可以一言以蔽之：文学就是对可能性的探求。不过文学也有各种流派，其中也有人专门探求性格的可能性、人的可能性——或许应该说这类人反而属于主流。

性格的可能性存在两个方面：性格虽然受环境、偶然等诸多外部条件制约，但其本身也存在能动性，能够主动对外部条件施加影响。那些必然的、已知的事情，与文学上的探求无关。比如医学可以成为配制药剂、制定疗法的基准，法律可以成为裁量罪行的基准。文学既是探求，也是尝试；它不是基准，通常也不会提供问题的答案。

如果说诸多外部条件影响了普通人的性格，那么文学的重心就在“诸多外部条件”上。

假如“性格”是重心，那么这里的“人”就不再是普通人，而是病人。可能性的多少，相当于病症的轻重。

而文学所关注的，则是原本健康的普通人染病的问题。文学需要思考社会之恶，探求在何种情况下，人会染上疾病。文学的主轴不是照顾患者、治疗疾病，而是探索疾病发生的原因，倡导正义，反抗社会之恶。因此，凡属人类自身的问题，文学都不会作出解答、给出结论；而是会永远保持一种充满一切可能性的状态。

所以说，文人虽有必要把握性格问题，却鲜有立足性格去观察人生，更不会在文学活动中算命。

算命和文学都需要推断性格，但在这一点上天差地别。

★

比如说，某人生得一种反家庭、离家出走的性格，在文学上就不算问题。文学关心的是：什么因素导致此人不得不反家庭、离家出走。没有人天生注定必然会反家庭，必然要离家出走。

本人年纪轻轻离家出走，固然属实；但是否该称作反家庭？存疑。离家出走是否属于必然事件？仍然存疑。散财同样是事实，但究竟是出于性格还是出于思想？一时间虽难以判断，至少我很有些聚财的思想，但若说散财是三思而后行之事也未尝不可。如果认为性格跟思想是一回事儿，那就错了。一个人的身上，可以同时具有相反的思想，却不能同时具有相反的性格。

假设存在左右两种思想，某人性格多变，很容易偏向其中任意一方。若要讨论此人是左还是右，仍是在讲思想上的左右，而非性格上的左右。是聚财还是散财，是恋家还是离家，这些问题作为性格相互抵触，但作为思想，同一个人滑向任一方都有可能。假如我突然变成了守财奴，也不奇怪，这种事儿随时都可能发生。又或许，在性格和思想之外，还存在意志的作用。我曾经对药物成瘾，现在已经好了。关于上瘾的问题，虽然也要考虑上瘾之人的性格，但最终还是意志在起作用。意志要比性格更加深层。当然，有人认为意志也属于性格问题；可若是如此，浅层的又是什么呢？

据说德川家康年近花甲时，一旦骤逢大事，仍会脸色苍白，还有咬手指甲的毛病。关原之战开战伊始，秀秋①的叛降尚不明朗，形势对家康极端不利。据说当时家康面无血色，一边嘎嘎吱吱咬着指甲，一边担心：“莫不是中了金吾那厮之计。”

从今天的医学角度看，家康属于胆小的精神病性格。然而纵观家康其人，骤临大事虽会面无血色、啃咬指甲；一旦镇定下来，却心思缜密、算无遗策、深谋远虑、洞若观火，堪称一位沉着的智将。

家康一生戎马倥偬，南征北战，自三方原大败后从未如此面无血色、茫然自失。而且关原之战时，家康早已年过五十，却仍然秉性未改，侍从眼中所见的，是家康真实而平凡的一面。

家康似乎甚为好色，就喜欢抢别人老婆做妾，不管是什么出身。此事看似离经叛道，有些反家庭，但他的一生并非全然如此。家康给人的感觉，好像孩子被烹杀一两个也无动于衷，他也确实漠然地处死过自己的儿子；但这并不是反家庭，而是

① 小早川秀秋（1582—1602），日本战国时代大名，通称“金吾中纳言”。关原之战虽属西军，实为东军内应。开战时小早川本有所犹豫，后在德川军的威吓下正式叛降，此举直接影响了关原之战的走向。

为了保护德川幕府这一大家庭。

简单来说：我们通观家康一生行迹之后，假如要对其做出评价，希望找出一条主轴；那么这条主轴不会是性格，而是其思想。意志在性格的基础上发挥作用，从而形成一种思想，由此出发深思熟虑，当机立断，这才构成了家康一生的行迹，也成就了家康其人。

家族企业还是股份公司？天皇制还是总统制？这些问题也无法凭性格解决，只能依靠思想。

算命的一大弱点，便是通过性格看人生。开辟人生道路的不是性格，而是意志和思想。性格没有正邪之分，思想却有。我们应当清楚：决定人生价值的是思想的正邪，性格则是更加浅层、更加原始的东西。

★

算命先生还说我这人不可以常理度之。这话也有问题。即使是在日本，人们也逐渐能够理解我了；要是放到其他国家去，那我就更正常了。在外国人眼里，我这种文人才算正常，不合常理的反倒是日本其他文人。

至于“绝难与他人融洽相处”嘛，这话就有点毒了。哪儿有这样的人呢。特别容易与人融洽相处，难道就不奇怪吗？是否能与人融洽相处，这也是思想领域的问题，是一种思考过后选择的生活方式。

比如石川淳①，他比我孤独得多，也没什么朋友，骨子里却温润如玉，非我所及。石川为人危言危行，其人品实应为大众所敬爱。有些人不喜欢他，或许是无法理解他身上值得敬爱的善与美；又或许是他们无从得知，人与人之间的情谊交契，只有像石川那样深厚才有推许的价值。

至于我嘛，且不说能不能够融洽，一旦真融洽起来，搞不好我还觉得烦呢。另外，我自小到大从未被少数前辈怜爱过，一次都没有。

不过，这倒不好说是樱井先生没算准。樱井先生推断性格、身世，本质上是在找共同点，因此算出这样的结果也很正常；况且还有一些人凭算命指导人生，这也够指导他们了。就"找共同点"这一方法而言，不仅没错，而且十分理性。我要称赞樱井先生，他在算命先生之中可谓独具慧眼了。

据说那名记者拿到我的照片，原本是去了另一家算命馆，结果人家说光有照片没法算，把记者训了一顿。樱井先生则不

---

① 石川淳（1899—1987），日本小说家。1937年获第四届芥川文学奖。与坂口同被称为"无赖派"。

同，面无惧色，侃侃而谈；不仅自信可嘉，亦足显手段不凡。

诸如“绝难与他人融洽相处”“深受少数前辈爱怜”云云，像是算命先生常用的套话。我很清楚，某一类人听到这话就好像深受启迪；不过这种讲话方式，恐怕也是算命的弱点之一。比如我这句话，您看如何：

“相信自己的本事当然很好，但不知天高地厚可不行哪。”

我还有一套说法，时不时说给年轻人听，故意惹他们生气：

“认真工作的话，也许有人会欣赏你；但你要是没能力，越认真越无可救药。捧着‘认真工作就有人欣赏’当死理儿，只是蠢货之间的自我安慰罢了。你到底要怎么办，明明白白下个决断，这是两码事儿，不能混为一谈。”

这不是算命，更像是酒酣耳热之际，对年轻人一番说教以助酒兴。话出口来甚是畅快，不过可悲的是，有时分不清楚这话到底是说给年轻人，还是说给自己听。

如此一番说教，也带些人生共同点的奇怪味道，不过这里边思想性的成分多于性格，似乎还上得了台面，有点儿说服力。当然，如果说这是名言，顶多也就是陀思妥耶夫斯基小说中醉汉那个档次，与孔老夫子、耶稣先生的传世名训相比差了十万八千里。但是有一点：陀氏笔下的醉汉也好，本人也好，都深刻明白这些不过是一家之论，姑妄言之；心里决没有开宗立派、广收门徒的怪异念头。

“四十岁之前，多为家庭问题所苦”，这个嘛，我孑然一身，四海漂零，所以这点完全没说中。不过反过来讲，也可以认为它一语中的：或许恰恰是因为家庭问题，才导致我孑然一身。算命就有这么个特点，你觉得它准，就什么都准；你觉得它不准，就什么都不准。

如果从“没有家人背后支持”的角度着眼，那么孑然一身确实是个严重的家庭问题。要是说我为此所苦，以至于四十岁之前未能发迹，仔细想想也没说错。不过问题是：我发迹的时候，同样还是孑然一身。

文艺评论家会如何评论我的作品、我的一生呢？要理解陀思妥耶夫斯基的作品或生涯，家庭问题似乎是一个关键。不过之所以会如此，恐怕还是因为陀氏本人在书信、文章中明言过家庭问题。凡是作家本人明言过的事情，十有八九都不可信。所以反过来理解，我本人虽未展现过为家庭所苦的表情，亦未留下过为家庭所苦的文字，评论家仍会认为不足为据，结果想必是毫无顾忌，畅所欲言。

只有“家庭琐事”这一点，真没说中。的确，我有时也会产生一些难以忍受的情绪，觉得家庭琐事烦扰无比，甚至对家庭本身产生怀疑；但若与其他家庭相比，我的情况要好得多。我这么说也许樱井先生不爱听：这一点他真没算准。当然了，从主观角度来讲，我确实认为家庭很烦琐。而且“随着年岁增长，身边环境也会渐趋凄凉”这话，我也深有同感。只有这一点，我不得不信，同时深深地感到无可奈何。

不知道樱井先生根据什么面相，判断我四十岁前沉沦坎坷，年过四十方可稍稍成名。这一点倒是说中了。

至于“二十四五、三十二三、三十七八命逢大坎”，不是我吹毛求疵，确实是稍有出入，差个两三年。“稍有出入”这话，听起来和“基本准确”差不多；不过这几个年龄段之间本来也没隔几年，两三年已经是相当大的误差了。

如果要说我人生中的大坎，应该是六七岁、十五六、二十一、二十七、三十一、四十四这几年；要是连那些小坎儿也算上，可以说前半生整体都不顺。我这样讲，并不是质疑樱井先生的算命本事。算命嘛，基本上只能靠猜：此人属于某种类型，此种类型的人容易遇到某种大坎，遇到此种大坎一般都在某某岁。不巧的是本人前半生太过与众不同，根本没法猜，不是樱井先生的能力问题。要是猜中了才奇怪呢。我反倒觉得，恰恰是没猜中，才显得这种算命方式更为合理。因为它着眼全局，更能把握人的全貌。

六七岁时，我十分仇视自己的亲生母亲。仇视母亲，又带来母亲的憎恶，痛苦的童年奠定了一生的基调。直到最近，我才逐渐感到释然，也有了将这些个陈年旧事付诸笔端的打算。

十五六岁时，我是个桀骜不驯的愣小子，看上去像个街头无赖。考试失败不说，还被开除了学籍，日子过得粗糙混沌，不堪回首。

对于在二十七岁与三十一岁的时候所做的荒唐事，我曾写过一些荒唐之言，以作记录。不过现在感觉可能得重写，等过段时间安静下来再说。

还有二十一岁，这一年我患上了神经衰弱，还被车撞了。

四十四岁那年，是我住进精神病院的年份。

我是一个异类，人生轨迹从未正常过，算命先生要通过共同点推断出我的情况，既不可能，亦无必要。

我们不该去责备樱井先生这些地方没有算准，反倒应该注意他算准的事情，比如“四十岁前沉沦坎坷，年过四十稍稍成名”，我很感兴趣：这是根据面相、骨相算出来的吗？倘若真是如此，倒想请教一二。但是我感觉，樱井先生是根据委托的种种情况，认为照片上的人是战后派，这才推断出“四十岁”来。由于推断无误，因此可以认为他的算命建立在相当全面的常理之上，对这种根据常理的推断，我可以相信。至于那种装神弄鬼的算命、邪教的暗示伎俩，我一概不信。

至于我的性格，算出的结果是“对外和善、对内蛮横”。这倒不能说不准，但算准了也毫不稀奇，因为十人有九都是“对外和善、对内蛮横”。尤其是一些脑力工作者，身边人际关系险恶，只能凭着阴谋诡计生存下去；这一种人，自然会对外和善、对内蛮横，可以将他们的“对内蛮横”看作一种休息。只有在自己家里，才不需要客气，言行举止都可以随着性子来。对内蛮横，其实是一种心情的体现：只有在家里才能安心，只有家才是自己的世界。也可以把它看作是一种亲切不拘的证明。

不过，有的人确实与家人不合，那么他在家里的蛮横，就不能称作“对外和善、对内蛮横”，需要另当别论。我认为，要看清日本家庭里面丈夫蛮横的真相，关键就是这句“对内蛮横是亲切的证明”。

当然，丈夫在家的蛮横也与日本家庭残余太多封建因素有关，同时亦是女性在经济上从属于男性的必然结果；从这层意义上看，“对内蛮横”未必就是日本的特色。

女性在经济上居从属地位，把这层意义延伸下去，可以说“老婆”某种程度上也是一种职业，靠着给丈夫提供服务为生。妻子彻底掌握丈夫的脾性，提供的服务无微不至，非外面的女人所能及；可谓劳苦功高。然而丈夫却“对外和善、对内蛮横”，从没笑容，总是板着脸；所以妻子生气也在情理之中。其实，老婆能包容自己傲慢地板着一张脸，丈夫心里甚是感激。

我没有情妇。不过依我之见，在日本的家庭形式里，情妇与妻子竞争很难取胜。日本妻子多少都有些牺牲自己、侍奉丈夫的奉献精神，只要“女性从属于男性”的前提不变，这就是最高级的服务。在从属性的夫妻关系中，奉献精神大于一切。

情妇这一职业，买卖关系更加露骨，但在“经济上从属于男性”这一点上，与老婆并无不同。情妇的长处无非这么几样：容姿秀丽；床技高超；甜言蜜语，讨男人欢心；周旋酒席，供男人解闷。但即便把这些长处统统加起来，只要情妇没有奉献精神，只要女性在经济上还从属于男性，最后获胜的仍然是妻子。

问题是有的老婆奉献精神不足，反倒是情妇具备了奉献精神，这种情况老婆的失败无可避免。不过，那些日本女德式的老婆也确实有问题，大多只是懂个皮毛，连“忠义”与“奉献”都分不清楚。

“忠义”是个与修身有关的词语。女德教育里讲得明白的词语，通常都是徒具形式，没什么实际内容。“奉献”则是从爱情中自然生发的东西，男性通过经济支配着女性，却因为女性的奉献而心旌摇曳、心满意得。奉献精神是女性最有效的无上法宝。

无论情妇多么天生狐媚、床技高超，只要老婆具备奉献精神，而情妇没有，男人最终还是会回到老婆身边。也可以这么说：在男人眼里，女人是一种提供服务的商品；而这种商品最优秀的属性，永远都是奉献精神。

只要女性在经济上还居于从属地位，再怎么高呼“男女平权”也是白搭。男女同校也好，从国外学习护花使者的绅士风度也好，无论生活上的表面形式怎么变化，只要经济上的从属关系不变，男人选择女人的标准最终还是奉献精神。

男女双方谈恋爱时，一起工作，经济相互独立，此时往往是男方向女方提供服务。一旦结了婚，女方在经济上受到了支配，爱情的发展方向自然就变了：妻子如果不够奉献，丈夫就会去找其他奉献的女人。

老婆只要具备奉献精神，情妇再怎么美貌青春、天性淫荡、床技高超也不足为惧；但如果情妇也有奉献精神，老婆就危险了。尤其是那些连忠义跟奉献都分不清的女德乖乖女，不管在理论上多么强大，都不可能在现实中真正打败情妇。

丈夫在经济上支配着老婆，他从老婆的奉献当中，发现了自己唯一的心灵港湾。正因为家完全属于自己，所以才会在老婆面前任性地板着一张脸。甚至可以这样讲：老婆的奉献越是体贴入微，丈夫就会越安心，越容易任性板脸。

男人出去拈花惹草，这种露水关系无须担心。女人在经济上从属于男人，就不可能凭美色与床技永远得宠。这些东西别人也有，男人随时都可能迷上，只要还存在使男性拈花惹草的因素，美色和床技又岂可久恃。

“对外和善，对内蛮横”，并不意味着男人不适合家庭生活。在经济上的从属关系不变的前提下，可以这样说：恰恰是男性渴望回家的情感，导致了对内蛮横的事实。

当然了，在那种酷似买卖关系的夫妻关系中，最完美的情况还是老婆既有床技又会奉献。

所以说，是不是适合家庭生活，还是要看老婆。“由于孤独，所以不适合家庭生活”，这种说法本身就错误。无人不孤独。越是孤独的人，越是会时常感到一种刻骨的乡愁，想要回“家”。这时最能沁人心脾的，可以说正是老婆的奉献精神。老婆的奉献精神若是超过母亲，夫复何求？我的老婆就具备这样的奉献精神，说我不适合家庭生活，绝无可能。

我这人有点花心，拈花惹草的事情做得比常人多；但我绝不会迷失回家的路。我在老婆面前总是板着一张脸，态度也不佳；满足于老夫老妻相对而坐，交流也大多是我发号施令，肉体交流则时常忘记。但我认为，之所以如此，是因为我对老婆怀有超越一般的爱情。在我心里，老婆已经高出了“女人”的范畴。我甚至早早就把遗书交给了她。我对老婆的好超越对其他任何女人，为老婆着想的心绝无一丝虚伪。老婆这个人，已经不再属于“女人”这个概念。只要老婆的奉献精神尚存，我的感情就绝不会变。如果说我决不认为自己与老婆平等，那么这恰恰证明了：虽然她只是担任“老婆”这一职业，但对我而言这个职业已经非她莫属，她与其他女人存在本质上的不同。

孤独的人虽然会拈花惹草，却不会真正沉迷于女人。陷进去会很快抽身，沉迷了也会很快醒悟。能够长存的只有慰藉与温情。即使那份慰藉与温情后来变成了板脸，那也只是证明了：唯有真正的家才能容许自己的任性。

“言行夸张豪迈，内心却谨小慎微”，我确实有这个特点，有些异常细心。至于“计较细节的毛病”，为什么说是“毛病”呢？我会计较的只有一部分事物，其他的根本不会。也可以说这是一种“热衷”，什么叫热衷呢？就是只对自己感兴趣的东西追根究底，其他懒得去管。天下万事万物，岂会有人去一一计较个不休。于一事一物追根究底，付出远超旁人的努力，并长久持续下去，这才是热衷。

“有长寿之吉相”，承您吉言了；至于“同时也易犯桃花劫”嘛，这话稍稍有点狠了。

实际上我没犯过什么桃花劫。谈恋爱最辛苦的也只有初恋那一次。毕竟是初次经历，许多方面还不熟稔，整个恋情充满混乱，足足持续了将近五年。

无论多少回踏入情场，每次恋爱总会产生暂时的混乱，有时心如刀绞，以致夜不能寐。不过，每次混乱性质虽相同，持续时间却越来越短：从一个月，到一星期，再到三四天，缩减越来越厉害。最后恋爱等同于拈花惹草，感情廉价到不值一提。

不过也必须承认，回首此生，唯有拈花惹草这点怎么也改不掉，有时甚至是有意识地去拈花惹草。其实一切露水姻缘都极为麻烦，但有时我会不辞麻烦，勉力为之，这大概是出于职业上的欲念，或者说是职业意识。这番话听起来是在拿职业热情做挡箭牌，实际上我丝毫没有这个意思。我老老实实地承认：首先是因为我天性浮薄，其次才是出于那份不辞麻烦的职业意识。

也可以这么说：人生充满了无趣，拈花惹草更是无趣至极，花时间勉强自己去向女人献殷勤，不仅愚蠢而且空虚。要说做什么事情最有干劲，唯有自己的老本行。我敢断言的只有这点。

★

那张令人哭笑不得的照片里，我简直就是个混日子等死的囚徒；然而樱井先生拿着它，好歹做出了这一番判语，从这点可以认为，樱井先生具备理性的判断力，装神弄鬼及邪教要素较少，是一位文明的算命先生。

据文春记者讲（我也是刚刚得知），樱井先生称如果见到真人，听到声音，会算得更顺利。看来他认为，单凭照片算不准的原因在于没有声音。

樱井先生想听听声音，我认为很有道理。因为声音及话语里面，能够综合表现出说话人目前的职业、身份、社会地位等信息。声音里还包含了说话人的信心与信念，对声音分类，能够发掘声音背后隐藏的信息，能够弄清他说出的话到底在他心里占几分斤两。我们也与樱井先生一样，每天解读着对方说话的声音。

年轻人高谈阔论，其学识水平究竟如何，凭声音最能听得一清二楚；其信念的深浅程度，也能听出来。不过我们只是基于自己的需求，才去对声音做出解读，加以利用；至于在各种职业当中，声音的作用当然就更大了。我也能够想象到，算命先生利用声音的角度与方向，一定与我大不相同。

樱井先生提出了要听声音，也许应该说他越发像个算命理性主义者了。这位算命先生配得上银座，或许还很有潜力在文化阶层中博得好评。

但是，决定人之一生的并不是性格，而是环境与偶然；当然还有意志与思想，但它们也不免要受到偶然、环境等诸多外部条件的制约。

请人算命，最想知道的不是过去而是未来。对一位文明理性的算命先生来讲，算准过去只是开胃菜罢了；猜测未来才是最需要谨慎之处。

如何猜测未来呢？心怀善意，发挥本领，去发掘对方目前隐而未现的闪光点，帮助他树立更为坚强的信念与意志，使这次算命成为他改变人生的一个机缘。

像您这样理性而文明的算命先生，想必明白占卜未来的愚昧之处。您磨炼自己的算命本事，难道不是为了准确判断对方的各种条件，给予他勇气，引导他走向更好的未来吗？

通过准确判断对方的意志与各种条件，您有极大的力量改变对方的未来。不知尊意何如？总而言之，您是一位文明的算命先生。

Sakaguchi Ango

我的人生观

一、没生下来的孩子

老婆怀孕了，但是子宫后倾，孩子没能生下来。

听老婆说出“怀孕”两个字，我不由得一阵寒战。年轻夫妇会在心里描绘未来的蓝图，翘首盼望孩子来到世间；此类心理我一概没有。

本人半生放浪形骸，极有可能身染各种病毒。前些日子在东大神经科[①]住院时，做了一遍精细的病毒检查，还好结果呈阴性。我不懂医，只是有那么个印象——潜伏期内的梅毒病

① 东大神经科，全称为东京大学医学部附属医院精神神经科。

毒、淋病病毒，检查结果也是阴性。

出于这方面的担心，我找到主治医师，要求注射青霉素，夫妻二人各打大约一千万单位的剂量。我甚至产生了一个念头：既然要住两三个月，不妨趁机把什么牙齿、鼻子，有毛病的地方统统治好。主治医师有些虚无地笑了：

“严格来讲，只要跟娼妓玩过，任何人都有患病的危险。就连医生也不例外。好比上战场，人人心里都有个数。不过，凡事都‘严格来讲’，岂不要没完没了，所以大家基本上睁一只眼闭一只眼，不去过分担心它。按您的年龄，您这么想就成：这辈子没有发病的危险了。”

由于是神经科，所以医生始终围绕神经在谈。主治医师的意思似乎是：既然目前呈阴性，那么在我的余年之内，至少大脑不会受到病毒感染。

我当然也怕大脑的问题，住进这家医院，谁不怕呢？精神分裂、抑郁症倒不会损伤智力，可一旦大脑被梅毒感染，智力就再也无法恢复正常了。

这家病房楼里有一个三十岁左右的女性患者，大脑遭到梅毒感染，天天疯打疯闹。据说这类病人虽然发起疯来精力百倍，其实很容易就会猝死，周围人也总说她活不过这两天了，但她一直活了下来。

不知怎么，这个病人似乎与拖鞋、草鞋结下了梁子，总在病房里偷其他病人的拖鞋、草鞋，一只不落地紧紧抱在怀里，晃晃悠悠地走到厕所扔掉。另外，她还常在走廊把风，一天好几回，见人路过就威胁道：

“拖鞋，交出来！喂，我让你交出来！”

然后如影随形地追在人身后。她已经在靠点滴维持生命了，虽然靠着一股癫狂的蛮劲，也只能是晃晃悠悠、东倒西歪地走。然而要说步履虚浮，我本人也是一样。医生护士都让我用夜壶，但我不喜欢，每次都强撑着虚弱的身体去厕所。在病房与厕所的往返过程中，有时会被那个女病人叫住，有时会被她追赶，实在痛苦。据说她是被丈夫传染的梅毒，丈夫活得好好的，有时还会前来探病。

每当我想起老婆，又联想到这个女患者时，心情总会沉重起来。

“我这辈子也许没事，可老婆日后一旦发病，太可怜了。趁此机会，您就给我们打上吧。”

“您认为真的有可能发病吗？”

“有可能。而且我本来就有慢性淋病，今后进行持续睡眠疗法，身体逐渐虚弱，我担心病情会严重起来。”

医生一脸为难的表情，点了点头：

“好吧，那就按您说的办。不过青霉素的剂量问题，您得先向泌尿科咨询一下。到底打多少合适，先问过再决定吧。”

根据泌尿科的说法，五六十万单位就够，但在我的强烈请求下，最终各注射了三百万单位。

那段时间我的意识十分诡异，一天二十四小时都处在焦躁不安中，被幻觉苦苦折磨。其中一个幻觉与老婆的血液有关：老婆在南云医院接受了血液检查，结果呈阳性。而且这种幻觉，实际上更像是服下安眠药昏睡时的梦。我会把梦境当成真实事件，醒来后继续去完成梦里的未竟之事。那段时间梦与现实已经没有区别了。

幻觉的内容大多与罪恶意识、悔恨有关。为什么呢？不清楚。比如去酒馆还一笔数目不大的账，总是些小家子气的幻觉，半点儿文人风骨都没有。老婆血液的事情就是其中之一。

幻觉中之所以会出现酒馆还账，是因为我之前确实产生过把账还清的念头；至于病毒弄脏了老婆的血液，我平时是否真的悔恨痛苦过，实际上很拿不准。有时我感觉，自己确实曾被这种悔恨折磨过；又有些时候，我却觉得这份记忆缥缈无定，只像是一个做过许多遍的梦。

我老婆和她的前夫有两个孩子，与前夫离婚后，又有过几个男人，最后才和我在一起。这方面的事情，她在某种程度上已经彻底说开了（至少我如此认为），而且我也不在意。老婆在第一段婚姻中没有过不忠之举，和我在一起之后也没有过。她有着充分的决心：不忠之日就是分手之时。

我有一个习惯：喜欢用数量表现心理问题，比如“充分”“少量”。天性使然，怎么也改不了。此类数量表现的微妙差别常常盘踞在脑海中，有时我希望把这些念头一扫而空，唯一的办法，就是省略一切说明。省略说明能够满足我的一部分心理，却要牺牲其他心理作为补偿，最终会产生不满，进而感到痛苦。这算是我的职业秘密之一了。

就算老婆确实染了病毒，也有可能不是因为我，而是因为其他男人。这种可能性的确存在，但我本人的罪恶感并不会因此消失。

我听说老婆怀孕时，首先想到的就是病毒，心情一下子跌落谷底。

后来我又推算受孕的日子，那段时间（元旦前后）我不仅过度饮酒，还在服用安眠药、兴奋剂。感觉无论如何，也不可能生下一个健康的孩子。

最近我重新进入了高强度工作模式，虽然有时迫不得已，还是得依靠兴奋剂、安眠药，但已经开始注意用法用量了。同时为避免过劳，我尽量保证工作量合理；一旦过劳，也会时刻注意休息。对我个人而言，这算是健康的生活状态，同时又不失工作的紧张与爽快，每天都十分快活——只是对我个人而言，身边的一切证据都表明，孩子很难健健康康地降生。

尽管我担心先天疾病，但我始终没想过堕胎。就在受孕前后，圣诞节前夜那天，发生了一起事件，足以使我怀疑老婆的贞节。后来岳父岳母和那个男的都来道过歉，这事儿就算过去了。不过，我并不想拿“孩子可能不是我的”做借口，提出堕胎。

我此前一直相信老婆的贞节，对过去也始终保持不追究的态度。但我必须承认，老婆怀孕这件事，使我稍微有那么一丁点儿动摇。

不管怎么想，孩子都不可能是我的。如果我有生育能力，早就应该有孩子了。不只是老婆，也包括其他女人。这种机会曾有过好几次，但怀上的情况一次也没有过。

有一种说法称，患了淋病，或者腰部受了寒，都会损失精子，使男性失去生育能力。两样儿都让我占上了。

从战争期间直到前年为止，整整七年，我保持着洗冷水浴的习惯。只有隆冬时节不洗，从春到秋一律冷水，有时初冬也不例外。

之所以会养成这个习惯，是因为战争期间燃料不足，洗澡水烧不烫，而公共浴池又总是歇业。原本夏天为了祛暑，我就习惯一天洗好几次冷水浴，于是借此契机，把这一习惯延长到了冬天。

当时我住的房子没有自来水，只能用井水。夏天泡进水里都会浑身清爽，秋天冬天则会直接失去神志。好像意识被阻隔在冰冷的感触之外，变得模糊不清；而经过一两分钟，模糊感逐渐消退，失去的意识慢慢恢复时，却会产生一种少量的爽快感，有时持续几分钟，有时持续几秒钟。再继续下去，就会寒入骨髓，难以忍受，只能从水里出来。有一次从水里出来时，突然眼前一黑，膝盖一软，跪倒在了地上，背佝偻着，整个身体前倾，彻底失去了意识。不知道当时昏迷了多久，但我记得那是某年的十二月六日。从那以后，我就不在冬天洗冷水浴了，最多洗到十月底。

连续七年这么糟蹋身体，早就不是“腰部受凉”的程度了，全身都在不断变冷；如果精子这玩意儿会死于寒冷，那么早该死绝了吧。我在养成洗冷水浴的习惯之前，就是个海水浴狂热者。定居东京之后，如果说有什么东西割舍不下，其中之一就是夏天无法尽情享受海水浴了。每当故乡的大海秋意阑珊之际，海边总会出现我的身影，孑然伫立。秋天的日本海连日狂风骤雨，海滩上既无人影，也无足迹，而在波涛之中辗转翻腾者，不消多言，唯我一人。我爱大海，也爱孤独。无论岁月变迁、狂风骤雨，是这份爱将我挽留在大海的怀抱中。

秋天的海水，就算到了十月也不太冷，日本海也不例外。盛夏的高温加热过的海水，要凉下去很不容易。可能日本海十月的海水要比六月——甚至有时比七月初都要暖和。既然温度不易下降，那么同样，一旦变冷的海水，也很难再暖起来。大约八月中旬是海水温度的顶点，其后就会逐渐变冷。通过亲身经历，我了解到一个荒唐的事实：那时我天性就喜冷。

去年开始，我搬来伊东的温泉地居住。这里不止旅馆，连家庭浴室也只有热水，没有冷水。冷水浴就此成为历史。

我也设想过：是否因为冷水浴告一段落，所以老婆怀上了孩子？不过，曾经失去的东西能否再度产生，仍是一个问号。

由于上述种种经历，再加上那件甚可怀疑之事，我感觉孩子不是自己的。大约有那么三个晚上，我为此辗转反侧。我记得大概就是三天，应该不会更多了。

不过，就算是那疑心重重的三天里，我也没有一丝堕胎的念头。

然后，我就对老婆挑明了，只说过这么一次：

“我怀疑孩子不是我的。”

“我知道。你既然怀疑，那我不生就是了。我会去打掉。”

“用不着打掉。你只要生，我就会养。”

“有办法证明孩子是谁的吗？”

“等生下来之后，查一查血型就知道了。”

我抛下这句话，吃了安眠药，沉沉睡去。至于那之后老婆是哭了还是发了火，一概不知。

这个话题，至此没有再继续下去。

从第二天起，老婆表现得心平气和，若无其事。她之所以松一口气，有可能是因为知道了检查血型能够证明孩子的父亲是谁；也有可能是因为看穿了我的想法，知道只要出生在我家，无论是谁的孩子，我都会多多少少付出感情去养育他。

大约半年之前，我还犹豫过是否要领养老婆和前夫的小孩，考虑了一个星期左右。那个孩子养在岳母家，大概五岁吧。老婆并没有求我领养，是我看她时时思念孩子的样子太可怜，才产生了这个念头。

但是有一天，那个小孩到家里来玩，我从旁观察了一会儿，感觉自己没办法疼爱她，于是作罢。

“我本来打算领养她，但是没有疼爱她的那份儿自信，所以还是算了。”

“你说什么呢？我又没求你领养。”

“她身上赫然可见别人加工过的痕迹，跟我不亲，也不讨人喜欢，还会装小大人儿，卖弄小聪明呢。”

“你这样说太可怜了，又不是她的错！”

老婆脸色稍变，声音也高了起来。

也有可能，老婆是在综观诸如此类的事情之后认为：假如是在我身边出生的孩子，也许我会意外地乐于抚养。至于我本人怎么想嘛，事情还没发生，我也说不准。就眼下的状态来讲，我算是听天由命，任其自然；但同时也存在那么一星半点的、不去仔细发掘就意识不到的小期待：如果是自己的孩子，说不定我会很开心。

可如果真是自己的孩子，就又回到老问题上了：孩子不知会遗传上什么先天毛病。我最怕这一点。

从去年起，我每天都找天城医生体检，并注射葡萄糖与维生素B。

我跟天城医生商量：

“我老婆怀孕了，能不能在孩子出生之前采取措施，让孩子免于病毒的魔爪？”

“嗯，当然可以。我先去联系一下妇产科医生，请夫人做好出门的准备吧。”

于是老婆去做了检查，血检和之前一样，呈阴性；但是医生说老婆子宫后倾，分娩会很困难。据说是跟我在一起之后，盲肠炎手术的后遗症。

“您想要生下来吗?”妇产科医生向老婆问道。

“我想生下来。”老婆如此回答。

“也许会很困难，总之这段时间请每周来一次。”

据说两人之间，发生了这么一段对话。

我听说后，深深意识到自己多么愚蠢。好像一根紧绷的弦，终于松了下来。也许我只是拘泥于一种念头而已：不让她堕胎。虽然我不是有意拘泥，但直到那根弦松下来，我才真正认识到这一点。

种种的杞人忧天显得荒唐可笑。

我终于释然了。

“你快去一趟东京吧，请南云医生看一看。我估计诊断结果不会有变化，如果确实这样，就早点做手术，越早越好。”

老婆的想法与我相同。在东京时，老婆就一直去南云医院看病，我们俩对南云医生都十分信任。虽然南云医生是妇产科医生，但我俩不管三七二十一，除了蛀牙以外，其他大病小病甚至包括一些疑难杂症，全部都去叨扰南云医生。医生和护士态度也都十分亲切。

如果你像我一样，决心从事可能过劳的工作，那么我建议你：工作的责任自己来背负，身体的责任请交给值得信任的医生。你会从中获得一种安全感，不再为细枝末节的身体问题忧心忡忡。身体健康已经有可靠的医生为你打理，此后如果再发生什么，那也只能说一句无可奈何了。

在蒲田时，我虽然把健康托付给了南云医生，但也只是有事才会拜访，平时没有什么往来。

自从来了伊东，我每天都会找天城医生体检，并注射葡萄糖与维生素。这个办法妙得很。我这人动不动感冒，自从每天去医院，就算今天感冒啦，明天发烧啦，也不会多么担心，甚至有时连医生开的药也不想服用了；每天就诊的同时，基本按照个人判断服药。这些都是信任医生而产生的安全感。

与此同时，能够以达观的态度来面对此后可能发生的情况，那么无论生活中如何过劳，从中体会到的都是辛勤的欢欣与成功的愉悦。对我而言，过劳反而会带来充分的爽快感。现在折磨我的只有两点：深夜的寒气与眼睛的疼痛。

伊豆群山是炭的宝库，木炭取之不尽，但我的身体对二氧化碳十分敏感，一旦工作时用木炭烧水，很快就会头痛、眩晕，接着浑身关节脱力，最终几近陷入昏迷。用电加热也不行，保险丝会断掉。于是只能用温泉泡澡，但我家里的温泉不够烫（三十六摄氏度左右），冬天没法用，只能加热。每当此时，最能体现出家人的珍贵。老婆为了缓解我在工作时的痛苦，冒着深夜的寒风，面不改色地在室外烧洗澡水。显然，她烧洗澡水时将我看得比她自己更重要，似乎照顾我就是她的工作；既然是工作，自然应该有工资，她大手大脚起来从不会向我请示。假如老婆也算一种职业，那么她的收入要比我高，或许税务局征税的时候，更该找她而不是找我。

至于眼睛疼痛，似乎除了近视眼加上老花眼带来的视力衰退外，与用眼过度也有关系。稍微读一会儿书，一闭上眼，就会渗出泪水来，眼睛伴有烧灼般的疼痛。另外平时的时候，眼睛也疼痛不止，感觉太过干燥，好像眼睛落在了大漠黄沙之中。

春去也　鸟空啼　鱼目泪凄凄①

芭蕉吟出此句时，眼前是何种景色？此句似作于奥州之行起程后不久，读一读《旅行日记》②，是否就能搞清楚呢？我泡着温泉，拿出天城医生给我的眼药水，往眼里喷了几滴，稍稍感到了一丝舒爽。感觉不仅是眼睛，整个头部的疲劳感都有

① 松尾芭蕉（1644—1694）之俳句，作于奥州（日本东北部）之行出发之日，表现羁旅愁绪与离别之情。

②《曾良旅行日记》，芭蕉之弟子河合曾良（1649—1710）所作。奥州之旅，河合与芭蕉同行，本书亦成为研究芭蕉俳句不可或缺之资料。

所缓解。

“是鱼的眼睛。”我如此想道。

不是因为水的浸润，而是因为风吹日晒，刺刺作痛才联想到——死掉后，风干了的鱼的眼睛。

“芭蕉这伙计，搞不好是看到了咸鲑鱼，尾巴被粗绳儿吊着，挂在干菜店的柜台上。”

但是有一点我失算了：所谓的“鱼目”，也许不是指鱼的眼珠，而是指脚上长出的小硬块。① 不过如此理解，实在有些大煞风景，还是鱼的眼珠形容我更合适。

老婆去了东京。

南云医生的诊断结果也是一样。据说老婆当日就做了堕胎手术，但孩子已经胎死腹中了。

“堕胎手术和分娩一样，都很辛苦。”

天城医生听说老婆的遭遇后，表示同情。我也觉得老婆太可怜，就让报信儿的给她多捎了点钱；结果老婆也让杂志社给她寄了稿费，出院当天就现身银座，把手头现金挥霍一空，悠悠然打道回府。

老婆给我捎了小礼物，手术的事情却只字未提。我也没有

---

①“鸡眼”在日文中又称“魚の目”。

问。老婆给我捎了礼物，就说明她给自己买了十倍于此的东西。

“孩子没保住，我知道你很痛心，但你没意识到，其实这样对咱们更好。”

我半夜起床，坐在桌边，看着老婆睡在对面，心中想道。

我的心里几乎全被同一个念头占据了：幸亏孩子没生下来。

最开始的时候，我连和老婆同居的打算都没有。我从未设想过与任何一个女人同起同住的场景。

那时我对她说：

“我会给你租个房子，再给你雇上老妈子和女佣。有时间就去找你玩儿。”

她点了点头。当时我们俩都打算就这么办了。

然而就在这个时候，有一次，她母亲那边叫她一起去银座吃饭。席间她说肚子痛，大家建议去看医生，但她不愿意，最终我把她带回了家，让她服了一剂药，睡下了。她整晚都十分痛苦，但每当我问“难受吗”的时候，她总是轻轻一笑，回答“没有”。整宿都是如此，明明疼痛难当，却凭着过人的毅力咬牙硬撑。等我意识到天快亮了时，她已经全身僵硬，就像死掉了一样。

此时来上门诊疗的正是南云医生。近处虽然也有两三个大夫，但这些人医术平平不说，还不愿意凌晨出诊。这件事成为我家与南云医生来往的契机，不管对我来讲，还是对老婆来讲，都可以说是一种幸运。而且，如果当时来的不是南云医生，也许老婆早就死了。因为当时的情况间不容发，一定要迅速做上手术，而当地的大夫中只有南云医生的医院有手术室。

老婆患的是盲肠炎引发腹膜炎，住了一个多月的院，出院之后也难以正常行走，无法回她母亲那儿居住。于是我把她接到家里住，睡在书房旁边的房间，并请南云医生出诊。后来病情逐渐好转，终于可以坐人力车去南云医院了，但走路仍需要练习。老婆穿着鞋，在屋子里扶着墙壁一圈一圈地走，脚步像缠足的女人一样；到了晚上，又紧紧抱着鞋子入睡。我从旁看着她为小小的愿望而努力的可怜模样，心底受到打动的同时，也能听到她的声音不断在回响：我不会输给病魔。

总之，以这个偶然事件为契机，老婆稀里糊涂地在我家住了下来。

不过我要说一句：对这个结局，我并没有不满。她的心灵宽广无比，对万事万物都鲜少表现出恶意。如果她只是对我好，我会感到痛苦，甚至会憎恶这份偏执的感情；但她不是，她对其他一切事物都充满爱与善意。在身边发现一颗如此和善的心灵，有时对我而言是一种救赎。

像我这样的性情乖张之人，与一个女人同居，居然会更加注意她的优点而非缺点，生活中感到的更多是满意而非不满，或许是件奇事。

老婆爱玩儿，也爱浮华的东西，但照顾起我来常常奋不顾身。平时看似把一切丢给我，每天耽于玩乐，不是个可靠的女人；一旦我病倒了，她就会认真履行伴侣的义务，为了陪床照看我，甚至会服用兴奋剂，连续数日不眠不休。有一次，我无意间注意到了老婆形容憔悴，于是建议她去睡觉或是看一下医生，她只是点点头，却拖着虚弱的身躯在外面为筹钱奔走了一整个白天。那天晚上，精疲力竭的老婆在我身边睡着了。她在疲惫的梦里开始讲梦话，嘴里叨念着一个男人的名字——那个男人不是我。

我为老婆感到可怜。这种时候心头火起也是在所难免，但我为这份可怜流下了泪水。

我只愿做事尽如人意，不求做人白璧无瑕。

老婆照顾我奋不顾身，无人可比，是因为她在经济上从属于我。假如她从我身边独立，并且还能维持目前的生活水平，那她就不再从属于我了。那样一来，或许她也会红杏出墙，甚至比我更加堂堂正正。

当然，我并不是在为自己的不忠找借口。虽然我有时连续几个月闭门不出，埋头工作；但一旦走出家门，也常常流连忘返，耽于放荡不羁的生活难以自拔。每当这时就会欠下一笔债，其结果就是即便闭门工作好几个月，到如今也连一床客房被子都买不起。

其实老婆还不知道：孩子没生下来，我在心里反而为她庆幸。不要在我这样的人身上打奇怪的赌。娶哪个女人，养哪条小狗，我可以选择；但降生的孩子我选不了。如果生下来的孩子我喜欢还好；若非如此，对老婆孩子来说都只是一场不幸罢了。这种乖诞的赌博，我本人也不喜欢。

所谓恋爱同样谈不上什么高深。恋爱属于一种梦，是梦就会醒。我原本就是物质主义者，凡是精神上的东西都尽可能换算为物质。这个问题上换算清楚，我认为对所有的人来讲都更方便、更纯净、更幸福。所谓“孽缘”同样也不合我的口味。有些人大谈人情世故，想将孽缘合理化；在我看来，简直像妖异的猜谜游戏一样令人厌烦。

男女关系尤其如此。夫妻关系也好，父子关系也罢，与其被人情世故缠绕着勉强维持孽缘，不如干脆地换算成物质更加纯净，也对每个人更好。如果要我与老婆分手，我不会有一丝踌躇。即使老婆生了孩子，也是一样。我会算出孩子的抚养费与老婆的生活费，就算税务局的那份钱我不交，这笔钱也绝对会如数支付。

不过，与一个女人分手，再与另一个女人开始新生活——此类幻想，在我心里百分之九十九已经不存在了；剩下的那百分之一没什么实际意义，只是代表我多少残存的一份天真罢了。

恋爱只能持续一时。你可以轮流换几万个老婆，但不会找到所谓命中注定的恋人。谁要是想找可以去找，反正我是没有那份耐性。

老婆照顾病榻上的我，累了之后在我的身边睡下，叫出了其他男人的名字。但我不想责备老婆的不贞，在责备的心情之外，更多的是感到可怜与痛心。

梦里会叫出声的名字，谁心里没有那么六七个呢？如果有人拍着胸脯称“本人只有一个”，那我只想对他敬而远之。

每个月的多半时间，我都在通宵工作，但书房离着主屋有段距离，从其他房间无法听到我的动静。搬到这里之后，我允许老婆在我的书房里睡，她似乎表现出了无上的喜悦。于是，每晚我伏案工作时，老婆都在对面睡觉。老婆有时会做噩梦，说梦话，甚至会大叫一声突然惊醒。

“我刚才有没有说什么?”

“说了个什么，没听清楚。”

“有没有叫人的名字？”

“没听清楚。”

老婆放下了心，重新闭上眼睛。这类情景时有发生，似乎老婆也没有那么害怕心底的秘密通过梦话泄露出来。不过，听着亲近的人说梦话，实在是一种煎熬。人在做噩梦时，心中充满的是无限的悲凉、断肠的苦痛、万般的迷茫。

人生在世，不可能不做噩梦，这是悲哀的定数。人与人之间的联系正产生于这种定数之中，我和老婆的联系当然更是如此。这份定数谁也无法解脱，故而令人无比怀念。

老婆啊，不要害怕叫出心上人的名字。

二、发现庸俗

报纸连载小说的读者中，绝大多数都只读报纸，不会在其他地方阅读我的小说。我由此事生发了两种截然不同的心理：既感到心神疲惫，一篇都不想动笔；同时又涌起创作欲望，偏想写出来试试。

此前我在《东京新闻》创作连载小说《花妖》，失败了。负责销售的报社人员告诉我，读者反响不好，让我中途截止。然而此事到了《朝日新闻》一个S姓的前学艺部长①口中，味

① 学艺，即“学术与文艺”。某某部长，相当于我国报社某某部主任。

道就彻底变了："坂口倒是想给小说凑出个结尾来，但那个反响实在太差劲，所以报纸那边直接半道儿咔嚓一刀，给他腰斩啦。"S先生或说或写，大肆宣扬，有如亲睹。当然事实并非如此。当时《东京新闻》报社人员来问我"能否以二十回左右的篇幅勉强结束小说"，而我回答道：

"哪有这样的好事。剩下的内容还有七十回，你让我压缩到二十回，小说就变成四不像了。虽然你说读者反响不好，但我身为作者，并不认为小说本身不行；反倒是如果二十回强行完结，那就真不堪入目了。所以，既然你要停载，咱今天就停。"

于是，连载就在当天中止了。

相应地，我向《东京新闻》提出要求，希望他们能够登一个小声明，把我的意思传达给读者：以二十回完结后面的故事，小说会变成四不像，如今决定中止连载，辜负期待，还请见谅。池田太郎一口答应下来，却没有兑现承诺。我感到很愤怒，但想到有四个可怜的文化部员工，一直为我辛苦奔波，为这事儿最后有的被炒了鱿鱼，有的处境相当窘迫，于是我也就没有作声。《朝日新闻》的S先生以一副当事人的嘴脸四处耍笔杆子，虽然面目可憎，不过小说作为报纸连载一败涂地，毕竟是不可动摇的事实，所以我也认了，不去多说什么。

当时《读卖新闻》的文化部长原君（今任社会部长）对此深表遗憾，称如果换作《读卖新闻》，一定会让我写完。我当时处于四面楚歌的境地，全日本所有的人都说不好（个人看来就是如此），原君安慰并建议我卷土重来，在《读卖新闻》上创作新连载。我对此十分感谢，但一时没有创作的心情，于是与原君说好，日后如果还在报纸上连载，第一部一定写给《读卖新闻》。那之后我也不时收到约稿，但对报纸连载实在是提不起劲儿来了，每次都说“再等等”，结果在拖拖拉拉的过程中，反倒有那么一点儿想写了。

毕竟报纸连载与其他小说不同，销售成绩上的责任一半要由作者承担，所以写起来很痛苦，有时就会感到厌烦。

前些日子，文艺春秋新社组织了一场热海远足活动，我也受邀赴宴。当时走廊里有几个侍宴的艺伎在闲聊：

“还文艺‘春秋’呢，不就是文艺‘HaruAki’[①] 嘛，真够逗的。”

“就是，非要弄个奇怪的读法，显摆什么呢。”

接下来又愤愤不平地念叨社员对三味线一知半解。据我观察，热海艺伎中“文艺 HaruAki”党似乎不在少数。

---

① 文艺春秋的“春秋”二字应按音读读作“ShunJū”，此处艺伎无知，故误按训读读作“HaruAki”。

报纸连载小说的读者当中，此类人群也占据一部分比例。而且他们是最为浮游不定的那类读者，一旦觉得小说无聊，立刻就转投其他报纸。作者所负担的销售责任，可以说很大程度上取决于此类人群的喜好。一想到自己的读者将是“文艺 HaruAki”之流，这辈子都不想再写报纸连载了。

不过，有时我也会产生截然相反的念头：正因为读者是这类人，反倒有点想写。因为在他们的头脑中，没有先入为主的文学批评观念，对于作者本人也一无所知。这些人从未考虑过何谓小说，阅读小说的方式也未曾受到他人诱导。在这层意义上，他们是一张白纸。他们会如何阅读我的小说？我对此很感兴趣。总之，这是一群把“文艺春秋”读作“文艺 HaruAki”的人，而且认定自己的读法正确，从未想象过还有其他正确读法。

身为作者，想到这伙人也会读自己的报纸连载，有时还挺开心，感觉别有一番风味。

有一点可以确定：一方是先入为主的文学批评家之流，另一方是只知围绕自己生活打转的一张白纸；两相比较之下，反倒是为后者写作干劲更足。

写小说也是一种生意，而且庸俗程度不下于中尊寺[①]的干尸。干尸的庸俗，不知是为了自己，还是为了炫耀，总之，先披金戴银，再派出使者，远渡重洋，极尽奢华之能事，最后围之以百堂伽蓝，企图在金碧辉煌的佛堂之下得到如同永生的长眠。可悲可怜。当然了，干尸的战斗精神或许堪称不俗，与不畏天仙的猪八戒也可算作一路。

艺术必须要超越自然。东方画家笔下是山水花鸟，西方画家笔下是女性裸体，两者都好得很。画家会去描绘某样东西，是因为他们从中发现了美。然而，画家只是将现实女性身上所具备的妖媚形诸纸上，有几个人曾去尝试描绘超越现实的妖媚女性呢？当然也有那种稀世的天才，比如肖邦，在他的音乐世界里，有时表现出的是超越现实的甜美，有时表现出的是与甜美相对的深沉绝望。但在大部分——包括那些备受好评的艺术中，做到了超越自然的少之又少。

超越自然的愿望，最为庸俗。绝大多数人已经放弃，唯有少数干尸尚不死心。这种愿望实属异常。

就连精明、现实的理性主义者织田信长，也曾有过异常的

① 中尊寺，天台宗寺院，位于日本岩手县西磐井郡。1950年，经专家团队调查，确认了收藏于中尊寺金色堂的四具干尸为藤原清衡（1056—1128）等奥州藤原氏贵族。

构想：他打算在安土城建造一座日本第一寺院，名为总见寺，寺中把佛像换作信长本人的雕像，接受所有日本人的膜拜。据说信长死于非命时工程开始还没多久，仅停留在平整地面的阶段便作罢了。① 后来秀吉建造大佛殿②，或许属于某种仿效。

干尸宣示了他们的心理：更伟大的是寺院而非干尸自己。他们俯视世人，却总是输给世人；只有造一座世人造不了的巨大寺院，他们才能安心。可怜的干尸们。

创造艺术也是同一回事儿，是件庸俗透顶的生意，总要为客户服务。有人说“晚年的陀思妥耶夫斯基不庸俗”“基督不庸俗”，错了；最庸俗的偏偏就是他们。③ 他们拥有最广泛的客户群，我们见到的只是庸俗的灵魂变成干尸的样子。

渐渐地，我不再将“死亡”看作一件大事。倒也不是说“想死”，而是“没兴趣寻死”。我随时都能死去，就像随时入睡一样。睡眠与死亡之间的界限，已经逐渐模糊不见了。

---

① 安吾在《明日天晴》一文中提到，这一构想见于外国传教士传回本国的报告。今天的安土城遗迹亦有总见寺，但与文中提到的信长构想已无关联。

② 大佛殿，指京都方光寺。丰臣秀吉仿照奈良东大寺建造，1586 年始建，1595 年竣工。

③ 安吾酷爱陀氏作品。“作家庸俗无害”说，在《玩具盒》《俗物性与作家》二文中亦反复提及。安吾认为，庸俗（指为金钱、名声或应杂志社要求写作）实际上为作家提供了激励，并以陀氏为例，称陀氏在不遇时代（指西伯利亚流放期间）未能写出优秀作品，晚年重新成为流行作家，却为稿费写出多部杰作。

只是如此一来，我又会产生一种猛烈的欲求，想做点庸俗的生意。我变得越来越浪漫，越来越觉得女人好看。干尸的心或者说欲望，我渐渐懂了。

也许大家都不信：我对美食没什么兴趣，总是粗茶淡饭；也几乎不怎么出门。

但我时常端坐家中一室，双目放光，凝神静思："好咧，我可要长命百岁哩。"松永弹正①殉城自杀前，还在接受延寿针灸，此事不必大惊小怪。在干尸看来，死前当然都是生活。

自己一旦成了干尸，再看世间众生的肉体，总是越看越美丽。做点庸俗生意的念头，就会一路水涨船高。

也许怪我艺术家气质不够。举个例子：干尸是衰朽之躯，就算谈上一场恬不知耻、令人作呕的恋爱，也很难像青年那样，如梦如痴地说些情话；但这些情话在小说里就说得出口，尽管内容令人作呕，也能把它表现得甜似蜜糖。干尸的这种手法，与建佛堂如出一辙。建佛堂需要耐性，不过耐性似乎也在与日俱增，过个十年、二十年、三十年，耐性说不定就很优秀了。

或许我们可以如此断言：干尸的心境不该用来讲述，而该

① 松永久秀（1510—1577），日本战国时期大名，曾任弹正少弼。1577 年与织田军作战不利，困守信贵山城，最终放火烧城，剖腹身亡。

用来打造一间金色堂。

对脱衣舞秀与新街头流莺的诞生，我持欢迎态度。

从性质上讲，杂耍和书籍不该遭到禁止。面对娱乐，人们的反应很单纯：有意思就看，没意思就不看。不管哪里的穷乡僻壤，都是一个道理。任何商品都得靠实际品质讲话，单凭广告无法吸引客人。先不说娱乐，且看看药品市场：广告打得震天响，一旦品质跟不上，则有伤人害命之虞；普通人没法看出药的好坏，只有服用才知分晓。如今对药品管理睁一只眼闭一只眼，却把矛头对准娱乐，真可谓本末倒置。

青少年犯罪率增长，并不是受凶杀电影、侦探小说影响，恰恰反映出青少年教育是何等无力；反映出笼罩在不安下的日本，政治是何等无力。拿电影和小说来做替罪羊，滑天下之大稽。

相扑中含有某种要素，类似于男性脱衣舞秀。风月女子观看相扑是情非得已；而在明治时期，据说有些家庭制定家规，称良家女子不该观看相扑。其实，就算不去禁止，只要那些女孩有正常的见识，就不会产生危害。两个裸体巨汉扭打成一团，我没听说过谁家女孩子踊跃观战。力士那种圆胖体形是病态美而非健康美，如果有两个魁梧女子身着汗衫进行相扑比赛，我等男子不会感兴趣；女性不爱看男性相扑，说不定也是一个道理。不过就日本女性对宝冢的热衷程度来看，她们在性方面的鉴赏能力恐怕不高。

总之，身着汗衫的魁梧女子在浅草进行相扑比赛，想必无人问津；要是换作脱衣舞秀，很可能就座无虚席了。原因很简单，这种表演属于健康美。有些人鉴赏能力高，他们从脱衣舞秀中看不出美来，那么不看便是。如果日后所有观众的鉴赏能力都得到提高，都表示不屑一顾，那么脱衣舞秀自身就不得不做出改变了：要么关张大吉、要么提高自身品质、要么退缩到冷清的角落去苟延残喘。三种结局，没有其他出路。

一切与娱乐修养相关的事物，都必须谨防一种错误倾向：忘记问题出在修养不足上，只通过暴力来打压、禁止娱乐本身。人们只要接受正确的教育，自然会做出正确的评判。该看还是不该看，得由看的人自身做出选择。选择该看，当然也没什么奇怪，他会看上一段时间，直到腻烦。所以小黄书、脱衣舞秀的读者、观众群体，虽然浩浩荡荡未曾断绝，但并不是同一批人；他们只是在腻烦之前暂时成为观众。观众时常在流动，旧的人走，新的人来。脱衣舞艺人也是一样，她如果对“单纯通过性表现魅力”感到不满，也许就会去拓展更高层次的魅力了。

街头流莺也是同样的道理。随着男性审美意识的提高，她们也必须在三条出路中择一而行：要么提升自我、要么被时代抛弃、要么沦落至冷清的角落。美和艺术，最早都来自这些最卑微的层次，经过一步一步的自我提升，最终才得以升华。这个过程，总要费一些工夫。

不过，美和艺术升华之后，恐怕也不会无欲无求、神韵缥缈、如璀璨星辰般高高在上。美和艺术离不开鲜活的食色本性，与充满喜怒哀乐、时而妒火中烧的现实生活也从来密不可分。

一般大众是在自己的生活中热爱艺术，比如为恋情伴奏，少不了爵士与布吉—乌吉①。在他们心里，艺术很实用；庸俗的艺术生产者也明白这一点。艺术必须具备生活用品的实用性、高品质。肖邦也好，莫扎特也好，他们出现的时候，就是那个时代的爵士与布吉—乌吉，是那个时代的生活必需品。

不管是法隆寺②、金色堂，还是东照宫③，建造的背后都

---

① 布吉—乌吉（Boogie-woogie），一种音乐风格，在爵士、摇滚等音乐形式中都有所应用。19 世纪 20 年代起风靡于美国，日本亦于战后流行开来。

② 法隆寺，位于日本奈良县生驹郡，圣德太子于飞鸟时代建造，据传始建于 607 年。

③ 东照宫，祭祀德川家康的神社。日本各地皆有东照宫，其中位于栃木县日光市的日光东照宫最为著名。

打着小算盘：以威严堂皇的建筑惊慑香客之余，顺便从他们身上捞一笔香油钱。它们是那个时代最大的庸俗精神之产物，充满了人间烟火的铜臭气，臭不可闻，俗不可耐，与把玩古董的闲情雅致完全扯不上关系。

晴耕雨读的心境再简单不过了，那就是乞丐的心境。人类永远离不开食色、物欲与妄执，艺术属于现实世界，无法脱离现实世界而生存。

干尸注视的只有现实世界。他们心里或许想过留名千古，但注视的只有现世，以及妄执。妄执投射在现世之中，就表现为法隆寺，表现为金色堂，表现为东照宫。在这其中，不存在任何高雅的精神。

然而，如我这般缺乏艺术家天赋，如果不去尝试变成干尸，怎么也无法做到彻底庸俗。总是不自觉地幻想高雅，或是屈服于自己的丑陋现实，无法真正将庸俗精神铺张开来。而像契诃夫、肖邦，不需要去变干尸也能彻底发挥庸俗精神，所以他们是天才。

我好像在变成干尸的道路上，终于看清了人类。也有另一种可能：我走上的其实是变成人类的道路。真正的人类。

数学家、物理学家，通常是在十几岁到三十岁之间，完成他们的新发现，余生用来对发现进行拓展与补充。

作家嘛，也差不多。二十几岁基本就能看出极限所在，其后的时间要么用来打磨技术，要么在迷宫里打转，按着自己的风格扩充下去。

至于“小说的技术”，除了打磨之外，也需要一种发现。我称之为“发现庸俗”。吸引世人庸俗的本性，存在一根底线，作者必须发现它，并且踩在上面，来一出走钢丝的表演。换句话说，作者必须生活在现实世界；至少，也得注视着现实世界。

我走上干尸的道路，也只是最近的事情，连半吊子都算不上，所以也没什么耐性。一具半吊子干尸，双眼放光、执迷不悟——此番图景，实在蠢态百出。

仙人会跌落云端，干尸却不会，因为干尸匍匐在地上，比人类更低、更充满妄执、更臭不可闻，所以干尸可能升格为人，却不会堕落为人。干尸的生活中，永远会像入睡一样死去，永远会在女人身后追逐。

三、我的职责

依我之见，恐怕没有人“厌恶人类”。有人说我厌恶人类，那是天大的误会。我极度喜欢人类，只是厌恶交际。当然，性情相投的二三好友，还是时常聚一聚；厌恶的只是那些素昧平生的访客而已。

据说前几天，电台的某个时段播放了一段问答，提问者似乎是个大学老师，回答者是一个落语家。这段问答我没听，但读到了一篇相关评论，作者是另一个大学老师。记忆有些模糊，以下所录的提问未必准确。

您对战后的社会风气有何看法?

交通工具，变得方便多了哪。

关于日本政治您又作何感想?

这个嘛，怎么说呢，嘿嘿嘿。

评论对此愤怒不已：“与该落语家行径类似之辈不在少数，日本之前途实在堪忧!”

我倒觉得，提问的那个老师有些怪；至于这个批评家老师嘛，更是个奇人了。

我之所以不见访客，也是出于这个原因。他们总是异口同声地提出这类问题，而我一旦回答“这个嘛，怎么说呢，嘿嘿嘿”，他们又火冒三丈。

向素昧平生之人提问政见，我认为很不像话；但所谓文化人尽是些罕见的闲人，他们一厢情愿地认为：人们都该对这些问题一一作答。

落语师傅对政治不可能没有自己的见解，但面对如此夸张的问题，当然不会一一作答。

这个嘛，怎么说呢，嘿嘿嘿。

诚为妙答，且不失辛辣。大学老师装模作样的蠢态如在目前。

交通工具，变得方便多了哪。

这个回答也挺有意思，很有真情实感。落语师傅讲的是他自己的话；而大学老师的话就像是笔记本撕下的碎片，东拉西扯，不知所云。

登上破损的电车，在拥挤的车厢中奋力前行——从战时到战后，不难想象这个师傅有着多少痛苦的回忆。不管过去还是现在，落语从不是个赚大钱的行当，师傅恐怕只有同时接下数份活，挤着电车奔波于各家寄席①之间，才能获得一点可怜的报酬。很显然，他们不可能坐着轿车拜访各个席亭②。

落语师傅用自己的话，已经说到这个份上了，大学老师要是感到丢人，还算不笨；但他岂止不觉得丢人，还一再抛出“社会政治”之类的话题。这个嘛，怎么说呢，嘿嘿嘿。

这类话题就是一把诡异的匕首。文化人，或是什么别的满

① 寄席，表演落语、讲谈等大众娱乐艺术的戏院。
② 席亭，寄席的老板。

心忧国之士，多半会在怀里藏上一把，然后若无其事地找上门，突然亮出匕首，架到对方脖子上。这样的问题，谁会去一一作答呢。

木匠也好，落语师傅也好，都是老百姓，又不是些闲人，没有自我陶醉到与陌生人谈政见的地步。因为他们很有自己的生活。

而所谓文化人则是一群自我陶醉的闲人，没有自己的生活。他们跑到我这里来，给我大讲一番政见；我又没求他们讲。就算我表示厌烦，下了逐客令，他们仍然不明所以，只会愤愤不平地想：连我的政见也不听，真是岂有此理。顺带认为我不学无术、头脑愚钝，只知官能享乐与颓废生活，被问及“社会政治”，连个像样的答案也没有。好了好了，怎么想都好，快快回去吧。只要你们别再来，我就心满意足了。

这段时间，我在连载一部叫作《火》的小说，其中出现了一些政治家角色。于是就有一些人胡思乱想：“哎哟哟，那小子竟然谈论政治，怪哉怪哉!”“混账，难道想参加竞选吗?”另外还有几个人信以为真，给我打气，劝我参选。

试想有一个家伙：连访客都懒得见，岂会企图玩弄社会政治；被大学老师问起政见，只会回答“这个嘛，怎么说呢，嘿嘿嘿”，又岂会不知天高地厚，妄图立于议政台上鼓唇弄舌。

然而我毕竟是小说家，小说中什么角色都会出现，政治家当然会有，社会政治当然也要谈论。在小说里描绘世间百态是我的饭碗，我还不至于没有自知之明，想在小说以外的领域大发议论。

我并不是说，文人就不能做政治家。歌德在魏玛共和国做过枢密顾问；维克多·雨果也曾担任议员；夏多布里昂①擅长感伤小说，文风甜美细腻，却仍官拜大臣；前驻日大使保罗·克洛岱尔②，同样也是与瓦勒里③齐名的法国诗坛名宿。

当然，文人也并非只能做政治家。比如我就深有自知之明：不仅懒于见客，被问及社会政治也只是笑而不答——此等性格绝非搞政治的料。

世间众人形形色色，每个人做适合自己的事就够了。

激进派这一等人，无论见到谁总要演说一番，其执念甚至有些疯狂。就算我跟他们素不相识，他们也要问上一句“战后

① 弗朗索瓦—勒内·德·夏多布里昂（1768—1848），法国作家、政治家。曾出任波旁王朝外交大臣。

② 保罗·克洛岱尔（1868—1955），法国诗人、外交官。1922 年至 1928 年任法国驻日大使。

③ 保罗·瓦勒里（1871—1945），法国象征主义诗人，代表作为《海滨墓园》。安吾早年热衷象征主义诗歌，曾翻译过瓦勒里的一篇文章《斯特凡·马拉梅》。而在晚年杂文《教主展览会》中，安吾讥讽象征主义为邪教，马拉梅为第一代教主，瓦勒里则为第二代教主。

世风有何感想”“阁下持何种政见”。可以说，在“文化人”这个自我陶醉的闲人群体中，有一撮尤为自我陶醉，且没有自己生活的闲人，他们就是激进派。

至于批评家，也是份奇怪的生意，我甚至怀疑它究竟算不算生意。不过世上毕竟存在一批人，把文学批评当书读，就算把批评家添进《生意往来》① 里，或许也说得通。

有些人原本搞的是文学，想当小说家，却写不出理想的小说，于是做了批评家。这种情况我可以理解。而有些人打一开始就立志做批评家，着实令人费解。立志投身于批评别人的事业，选择批评别人作为自己的饭碗，这类人的想法岂不奇怪。

换言之，“文化人”这个自我陶醉的闲人群体中，还有一撮特别自我陶醉、同样没有自己生活的闲人，他们就是批评家。批评家与激进派，实乃自我陶醉之闲人群体中的哼哈二将。

面对这群牙尖嘴利之徒，我向来关门闭户，一概不见。于是就出现了一些针对我的攻击：混蛋、蠢货、厌恶人类的狂人，等等。但我必须要澄清一点：我喜欢人类，最喜欢的就是人类。毕竟我们是同类嘛。不过，激进派和批评家是两类自我

---

①《生意往来》，江户时代面向商人群体的入门教科书，汇集与商业及商人生活相关的词语，并加以注音、解释。

陶醉而又没有自己生活的闲人，我实在不理解他们的想法，所以不和他们往来。

至于大学生，虽然也是闲人，不过尚不是一种职业，所以倒也无可深责。不过，无可深责不代表放弃原则，我天生就是不与闲人交往的脾气，会时刻提醒自己不与他们产生交集。我不是大学老师那样自我陶醉的闲人，实在没什么可教给你们。我以写作为业，灵魂的一切都写进了书里，本人只剩下个空壳罢了。你们若想从我这里学些什么，只须读读我的书，随你们怎么理解都行。

写这篇文章的此时此刻，我正住在一家叫“红叶”的旅馆。有四个女大学生昨天来这边玩儿，也住在这家旅馆里。

她们的唱片持续响了一个小时，然后几个人来到走廊上，探进头来：

“请问，唱片打扰到您了吗?”

“确实有点。”

“我们几个是大学新闻社的，能采访您几个问题吗?”

“不行，不行。”

她们退了回去。过了两三分钟，又伸进头来：

“来跳支舞吧?”

“不行，不行。”

又退了回去。

她们是些闲人，的确有些自来熟。不过她们还不是资深闲人，没有纠缠不休的执念，也不会亮出匕首来威胁；算不错了。那些闲人动辄提问“阁下持何种政见”，完全身处空中楼阁；而女大学生提出“跳支舞”，是出于她们的切身生活，与那等闲人相比，岂不要强上数个档次。

听起来我就像个十足的懒汉，什么都不想干，但事实并非如此。

我也曾产生过写剧本、拍电影之类的念头。

前年、去年，直到今年的一段时间内，我曾三次动笔写剧本，三次半途而废。如果仅仅追求可读性，倒也能写出来，而且我身为戏剧外行，就算剧本写得只有可读性，应该也会被宽待。不过一旦动笔，不自觉地就会围绕表演来思考，总是在意舞台；其结果就是中途卡住，写不下去了。

一旦意识到自己的剧本要表演给观众看，首先就会受戏剧的慢节奏影响而使笔锋变钝，进而在近代戏剧形式等各方面的制约下，产生诸多疑惑而难以动笔。

写小说，不必考虑什么读者在什么地点阅读；戏剧则不同，只有在舞台上才能表演，作者甚至要考虑到剧场的氛围，考虑到等待开幕的观众。创作剧本需要如此巨细无遗的思考，我却不是什么剧团的专职作家，实在是难以下笔。况且，剧场也好，氛围也好，创作剧本时还都是空谈呢。

我也曾想过拍个电影。因为电影与小说的创作方式完全不同，反而勾起了我的兴趣。两者的构思方法、表现角度、把握现实的手段，统统不一样；这使我时不时地冒出念头：真想拍个电影呀。

我在日映工作过，虽然仍属外行，但多少也算对电影圈有所了解。拍电影要找人做助手，还得跟音乐家密切协作，这些人际关系方面的辛苦，单是想想就够了。

结果，我只能写写小说，没办法做别的了。想象和操作之间，果然还是存在差距。我绝非懒汉，只是时常去做一些事情，最终没有完成而已。

★

我不喜欢“弟子”这个身份。我从不是谁的弟子，也不想收任何人为弟子。

况且，弟子的技艺与师傅趋同，那就是不及格，离及格线还远得很。看着别人像自己，多痛苦。

不过，既然我接下了芥川奖评委这个差事，就意识到了自己的责任，打算尽量把同人杂志大略过一遍。我能为他人做的仅仅是这种程度而已，自己都感到少得可怜。

芥川奖评委会中，我感觉最有意思的是佐藤春夫①先生与岸田国士②先生。两位虽然都是抒情派，作品表现幅度不广，但作为评委的眼界却极为开阔，难能可贵。佐藤先生的弟子大约不似厥师，良莠不齐，而佐藤先生身为评委，诚可谓不偏不倚，眼界阔大。

岸田先生做评委，无论哪一届，总是表示“所有作品都很优秀，作者们写得都很好，实在难以选出一个最好的来”，每次都将所有作品夸赞一遍，为抉择烦恼不已。有才华的艺术家，不管别人身上的才华多么微小，他都会表示夸赞。我想岸田先生的行为，正是他才华横溢的证明吧。

有一点我很明确：才华出众的作者，就算错过了芥川奖，我也不想使之错过世人。我希望尽这份义务。因此诸位毫无必要自己硬送上门来，说要拜我为师。将写出优秀作品之人举荐于世人，算是我一件微小的工作。我不爱弟子，只爱出色的才华与优秀的作品。

也请诸位不要再给我寄送稿子，催促评价了。若是未有回

---

① 见《安吾人生谈》第一章。

② 岸田国士（1890—1954），剧作家、小说家。

音，当作落选便是。另外，切勿登门来访。如上所述，我不愿意见人。而且我也不是教师，见了面也帮不上什么忙。如果想从我这里学点什么，就去读我的书，任意领会便是。

我虽然不见人，但不会忘记发掘有才之士。如果有人像我，却不是件开心的事情。

有人给我来信，抗议“三岛由纪夫为什么没获芥川奖”。对不了解情况的人而言，这个抗议实属理所应当，因此我想借此机会，解释清楚。芥川奖恢复①时，三岛君已经在许多专业杂志上发表过作品，表现出众，因此评委会全员一致认为，三岛君已是一位成熟的作家，确立了自己的文学地位，不必再授予芥川奖。

让我感到意外的是“战后派奖”②，这个奖项由战后派的人担任评委。得奖的是岛尾君，姑且也就算了；而第二提名者那栏居然明晃晃地写着三岛君的名字，真让我目瞪口呆。

---

① 芥川奖于 1945 年至 1948 年曾中断评选，1949 年恢复时为第二十一届，获奖者为由起繁子与小谷刚二人。

② “战后派奖”，正式名称为“战后文学奖”，由月曜书房主办，只举办过两届（1949 年、1950 年）。第一届获奖者为岛尾敏雄（1917—1986），获奖作品为《出孤岛记》；三岛由纪夫凭借小说《假面的告白》居于候选名单第一位。

让这伙人当评委①是个错误。评选他人作品这事儿，小孩子干不来。他们的眼光极端幼稚，甚至认为“战后派”是一种特别的美学标准，根本无法对大气的艺术做出正确判断。这些评委大多是上面提到的那类文化人、自我陶醉的闲人，即所谓激进派与批评家之流——一群无知无畏之徒。

承担起推荐、评选他人的责任，事后想想，其实有点心惊胆战。

不过我心里明白，自己能为别人做的只有这点事儿，时刻将公正尽责的念头放在心上。在不为私情左右这点上，我多少还有些自恃，这才接下了评委的工作。既然接了下来，为了尽量不漏掉佳作，无论收到的是蜡版杂志还是手写稿，只要情况允许，我都努力读完。

不管是头脑僵化、充满偏见的小孩子，还是自我陶醉的闲人，都没有甄选作品的能力。而那些对弟子及流派徇私之人，我认为同样不配充当评委。艺术是更为开阔、更为广大的东西，不知对自身的渺小心怀恐惧之辈，无法对事物的真正面貌做出认知与判断。

① “战后文学奖”评委为佐佐木基一（1914—1993）、椎木麟三（1911—1973）、野间宏（1915—1991）、花田清辉（1909—1974）等人，皆与激进派关系密切。

评审有所误差，或许亦属正常；而像战后派奖这样颠倒黑白者，实在有些过于反常，令人哑口无言。艺术当然存在见仁见智的一面，不过过分失当的评选只能令人啼笑皆非。打个比方：假设要评选最能代表人类的民族，最终霍屯督人①或布须曼人②荣登榜首，屈居次席的却是雅利安人。

我曾暗自高估过这批战后派，认为他们年纪轻轻就饱受战争及冷酷现实的折磨，或许有着与年龄不符的大智慧；甚至还曾对他们抱有期待，幻想其偏颇只是表面的扭曲，内在或许很有见识。

结果他们完全就是头脑僵化的文化人、自我陶醉的闲人、没有自己生活的文化无赖。

无论如何，不管怎样，千万别失掉广阔的心胸。一定要谨记，在自己的生活里，清楚明白地选择自己的话语来表达想法。

到我这里邀请跳舞的女大学生，都比你们心胸广阔吧。她们有自己的生活，而你们却没有。虽然你们总想演说一番，但始终不过是一群自我陶醉的大闲人。

① 今称“科伊科伊人”（Khoikhoi），生活于非洲西南地区的民族。“霍屯督人”（Hottentot）这一称呼来源于早期欧洲殖民者，带有歧视色彩。

② 今称“桑人”（Saan people），生活于非洲西南地区的民族。“布须曼人”（Bushmen）这一称呼来源于早期欧洲殖民者，带有歧视色彩。

我希望：至少艺术，能够作为自由人的东西存在；至少在艺术的世界里，没有流派与党羽。

须对世间多保持一分敬畏。普通人或许有谨小慎微之处、软弱无力之时，却是在脚踏实地地过着自己的生活。对他们的目光与灵魂，你们应当敬畏。

要知道，比起大学老师提问“社会政治”，老百姓的“这个嘛，怎么说呢，嘿嘿嘿”才是更加猛烈的批评。

老百姓不懂那些复杂的高深理论，他们只知凭自己的眼睛来承认“三岛由纪夫”其人。你们通晓高深理论，从理论那里借取眼睛来观察事物，至今不知自己的眼睛能看到些什么。换言之，你们不是在活着，只是在闲着。

动辄心急火燎地想要演说一番，总想着启蒙世人，这类自我陶醉的闲人，既不可能有什么见识，也没有做评委的资格。

我虽然吊儿郎当、性情乖僻，又是个厌恶交际的偏执狂；但我清楚自己应尽的职责，如能帮助到别人，我也会尽自己能尽的那份力。虽然我不会从厌恶交际的壳里钻出来，但我隐于壳中时，也决不会忘记善意与努力，尽力把自己的事情做到最好。

我反躬自省，认为自己确有做评委的资格。接受评委这项工作时，我经过深思熟虑，找到了自信，才决定接下。这份自信很简单——我能为别人做的，只有这一点点罢了。

我个人认为，自己算是认真尽责了。我生性懒散，过去拿到同人杂志，连一页也懒得翻开；如今却姑且大致浏览了一遍。无他，单单因为我能为别人做的，只有这一点点罢了。

说实在话，我作为一个社会人，能尽到的责任也只有这点儿了。税金都不缴纳的话，连选举也不能参加。①

① 1949年4月，蒲田税务局认定安吾滞纳税金，因其正在住院，暂缓上门查封。安吾出院后，向税务局提出异议申请，称1947、1948年度因救助朋友及生病住院，收入为零。

四、孤独与好色

我们不清楚下山事件①究竟是他杀还是自杀。不过既然存在科学结论，还是相信科学比较稳妥，所以姑且定性为他杀，我没有意见。当然，今天的鉴定科学，其准确性究竟有几分，那就非我这个外行所知了。

我并不是持自杀说，只是感觉下山氏的案子里，自杀同样

---

① 1949年7月5日，日本国铁第一任总裁下山定则（1901—1949）离奇失踪，翌日发现尸体已被列车碾成数段。据分析，事件起因是GHQ下令国铁大裁员，下山对此持消极态度却不得不执行命令，引起工人罢工运动，因而进退维谷，处境尴尬。事件究竟属于自杀还是他杀，引起社会广泛争论，但双方均没能拿出确凿证据。

存在极高的可能性。

从我自身的经历来看，抑郁有两种表现形式：一种是突然陷入忧郁之中；另一种是逐渐低沉下去，最终精神衰弱。不过对当事人而言，两者其实不存在差别，只是在别人眼里看来，分成了两种表现形式而已。

在他人眼里是突发性抑郁，在当事人心里却非如此。当事人为了不让别人察觉，已经努力抑制了许久。在这个过程中，忧郁被他抑压在心里，无法向外界扩散；同时又在静待病情恶化，时刻准备喷薄而出。如果他具备强大的抑制力，那么忧郁也许不会爆发，最终会迎来沉寂化。也许他会以一个心理健康的道德楷模形象，在人们的赞赏中走完一生。世间万人概莫能外。

一般家庭假如丈夫身陷抑郁，往往会选择打老婆。这些人从生到死，都未被认为是一种病态，只被当作人性的必然。人们顶多嘲笑一句："嘿，那家子又开始了。"

打老婆算是一种单纯的发泄，但有的人下不去手，出于道德层面。他们对自己身上的人性弱点抱有一种责任感与义务感，阻止自己做出反道德的行为。然而阻止的力量总有一天走向衰退，于是就会像托尔斯泰那样，垂垂老矣离家出走，最终客死他乡。这里我们将历史的时针打乱一下：假设托尔斯泰在离家出走之前已经衰朽不堪，还未来得及出走便一病不起，直到临终之际才突然爆发；此时就算他抽搐着说一些胡话或者做出一些粗暴的举动，人们也会认为是绝症的影响，没什么奇怪。

大多数人没有意识到自己已经患病，只是去抗拒、压制心中的抑郁；同时他们又在生活中自然而然地施行独创疗法，巧妙地消解病症。每个人都能发现属于自己的减压方式，有时是旅行，或者是运动、钓鱼等，没能意识到患病，却能巧妙地治疗。

至于我呢，有一个移居的习惯。我常常无法抑制强烈的移居冲动，有时会突然搬到其他地方居住。读书的时候只是单纯的搬家，相隔超不过百米千米。后来距离不断地延长，最后变成了离家流浪。三十岁以后，可以总结出一条居住轨迹：东京—京都—东京—取手（茨城县）—小田原—东京。在每个地方居住的时间，长则一年三四个月，短则十一个月，基本以一年左右为周期进行迁移。

我为人无所牵挂，所以才能率性而为；那些有固定职业的人却做不到。依我之见，大抵精神病这一类东西，关键在于一种心态：如果你随时都能离开身边的土地、身边的人，对周围与自己的联系从骨子里持漠然态度，那就不会发病。原因很简单，你想结束的时候，走掉就是。

漠然——我个人将它的反义词定为“眷恋”。比如说，对土地或人形成一种眷恋的关系，就容易引发精神病；相反，没有这种眷恋，就不容易发病。

眷恋的对象并不限于父母和老婆孩子。公司同事、朋友、前辈、监护人、上司，各种情况都可能会有。我对大多数事物从根本上抱漠然态度，随时可以云淡风轻地离开大多数人及土地；但普通人与我不同，他们的生活充满不自由，无法离开家庭和工作单位——换言之，他们过着一种不得不眷恋的生活。因为他们无法像我这样抛开烦恼一走了之，所以只能屈服于现实，被迫依靠着眷恋生活；而一旦真正眷恋上某样东西，或许就很容易引发精神病了。

精神上的孤独者——其实交游广阔、社会生活丰富的人也是一样——关键仍然在于那种随时抛开烦恼，一走了之的漠然心态。只要这种心态在，就不会患上精神病。（是不是有些太绝对了呀?）

在我看来，精神病与内脏疾病等不同，不存在必然性。人们与周围事物发生摩擦，又难以从充满摩擦的环境脱身，这种情况就可能引发精神病。任何人都存在患病的可能，只是有的人也许特别容易发病，有的人没那么容易而已。另外，摩擦的形式也因人而异，可以说是千变万化、无穷无尽吧。

从下山总裁服用安眠药这一点来看，我认为，他必然是意识到了自己病情恶化，然后凭借意志力来努力控制住病情。(下山氏患有抑郁症一事，登载于杂志上的调查报告中也曾明言。）发生了罢工运动，又被三国人踢了睾丸①，下山氏身上发生的事情不断地给予他刺激与混乱，他当时似乎是咬紧牙关，勉勉强强才用意志将病情控制住。

在这种状况下，不需要什么特别的刺激或是值得瞩目的动机，他随时都可能像一只绳子断掉的气球一样，轻飘飘地飞到空中，彷徨无定。

这个时候，他那抑制住病情的意志就像脆弱的绳子，一旦抑制稍微弱化，绳子解开，自己就会彻底陷入彷徨。要去哪里，该做什么，完全没有一个明确的目标。而抑制的弱化，也并非其本意，不存在目的性。

也许他会产生一种“假如事到临头，不如一了百了”的情绪，但主动自杀的想法几乎没有，反而会千方百计渴望求生，心里都是“我得坚强地活下去”“必须重新找回意志”之

① 三国人，全称“第三国人”（Third Nationals），指二战后遗留在日本本土的朝鲜人等前殖民地居民。战后，一批三国人准备离开日本回乡，由于火车晚点，与时任旅客局长的下山发生争执，混乱中下山的睾丸遭到踢伤。

类的念头。

以我自身的经历来讲，一个人处在断线的气球状态下，往往会变得想要见见亲近之人。陷入忧郁之中的人们，多半想见亲近之人，对不亲近之人则会愈加不想见面。“亲近”这个概念不能一概而论，而且由于摩擦的关系，每个人对“亲近”的理解亦大相径庭。不过也可以简单概括一下：“亲近之人”指的不是最亲近的人。因为最亲近的人往往就是他们发病的原因之一。老婆孩子是最亲近的人，之所以发病往往就与他们有关，所以单凭他们的力量无法挽回病人。病人贪婪地渴求其他的亲近要素，但不需要——当然也不可能——比老婆孩子更亲。他们追求的亲近，有一点漠然的感觉，又很轻松。换句话说，就是歇口气。

据说下山氏有一个喜爱的打字员，就住在他自杀现场的附近。下山氏在被三国人踢了睾丸后，只有这个打字员一人前来照顾他，于是两人亲近起来。从那以后，下山氏一直很关心她，据说还操办过她的结婚礼物。

假如下山氏在绳子断掉、飘浮空中、彷徨无定之时，产生了见这个姑娘一面的想法，那毫不奇怪。他处于那种精神状态，有此念头合情合理。想在彷徨中抓住点什么。想见见亲近的人。他最害怕的就是孤独。人未生病时，很难体会到这份孤独感有多么痛彻心扉。我在被四十摄氏度的高烧折磨时，曾品尝过一次类似的感觉。

他与那个姑娘之间绝不是恋爱关系，也没有必要发展为恋爱关系。他会陷入抑郁，主要原因应该在于职务方面的纠葛与绝望，但在绳子断掉之时，脑海中最鲜活的形象却是这个姑娘。这一点实在理所当然，甚至合理得过了头。

这个姑娘前不久已经辞掉了打字员的工作，准备结婚嫁人。她与下山氏曾经亲如一家，此时却分隔两处，甚至很难见上一面。下山氏曾为她的结婚礼物百般操劳，可以说，她虽不在身边，却仍住在他心里。他在此时想起她来，毫不稀奇。况且，下山氏与姑娘之所以亲近起来，是因为他被三国人踢了睾丸后，其他人全部避之不及，唯有她一人赶来帮助。他在成为断线气球后，隐隐约约想要探寻自己的内心时，想见这个姑娘一面，并且强烈地渴望她能为自己带来某种力量。这个姑娘作为人选再合适不过，一切都是水到渠成。

但是，人心并不是铁板一块。尽管他当天是因为想见这个姑娘，才坐上电车，到了她家附近，也不能说明这就是他的全部心理。

据说当天，他本与 GHQ 的人有约，但约定的时间已经过了。他想到这一点，多半会感到难以自持的痛苦。家人的事情、工作上的烂摊子，一切的一切突然闪过他的脑海，无疑会使他混乱，不知如何是好。

他虽然到了姑娘家附近，但是没能再进一步。或许那一天，他只是与她家保持着一定距离，若有所思地走着，又茫然无措地停下，行为举止完全不明所以。

而那个在某某旅馆休息的人，或许正是下山氏也未可知。据老板娘说，那个绅士脸上带着色眯眯的笑容，问她有没有女人。即使那人真是下山氏，他露出色眯眯的笑容也好，产生那种想法也好，都是极为自然之事。

当然，下山氏与那个他想见一面的打字员之间，也可能存在着柏拉图式的感情；或许他仅仅是爱她的诚心，把她当作女儿疼爱。

但是，无论何等柏拉图式的感情，我们都可以断定，男女之间的情感，其心底必定潜藏着肉体的欲望。

人一旦处于断线气球状态，潜藏的欲望就会露骨地浮出水面。

他去了她家附近，却没有走近她的门前，究其原因，我推测，也许是他的心中还多少残存着自我控制的力量，害怕自己会一不小心向她提出肉欲的请求。

如果两人见了面，他搞不好真的会把“我爱过你”这类话说出口来。说出口的可能性恐怕不低。

诚然，两人之间并不是那种感情。他绝不是将她看作情人。关于下山氏的这份爱，也许我们如此判断比较合适：他出于自控力没有走向那条道路，而是完全把她当作自己的女儿来疼爱。然而，即便是这种感情，其心底也必定潜藏着肉体的欲望，一旦成了断线气球，这份肉欲就会浮出水面。原本只是压抑于心底角落的一点心猿意马，此时却占据了他的几乎全部意志。当然，至少他在产生“见她一面”这个念头的时候，真的只是想“见她一面”而已；但是“满足肉欲”的念头逐渐蔓延，最终很有可能涂满了他的全部意志。

所以他的内心产生了挣扎。一方面，他强烈地预感到，假如两人见了面，他极有可能将“我爱过你”或是“一起死掉吧”之类的话脱口而出；而另一方面，在她身上满足肉欲的念头，又以惊人的速度在他的心里蔓延开来。

最终，他既没能够前往她家，又在肉欲的渴望中感到疲惫不堪，于是打消了去见她的念头，找了一家旅馆休息。或许在这个时间点（不超过晚上五六点钟），他的内心还残留着相当程度的自控力。

在旅馆休息时，他的想法不经意地发生了改变，从在那个姑娘身上满足肉欲，变成了随便找个女人单纯发泄。他的心里仍然多少存在自控力，虽然笑眯眯地试着问了问老板娘“有没有女人”，却没敢继续纠缠下去。

甚至可以认为，说不定他在迈过旅馆的门槛之前，已经在心里改变了想法：正是为了单纯发泄欲望，才进了那家旅馆也未可知。

每次我拿个人经历举例，你们也许都觉得我是个色中饿鬼，不具备普遍性。其实人一旦成了断线气球，任何人的反应都是一样。

我的情况是这样的：脑海中闪过一个个女性朋友，最终却会住进流莺旅馆。能够付诸实践的只有住进流莺旅馆而已，只要成了断线气球，结果从不会有变化。

下山氏不曾像我一样三天两头往流莺旅馆跑，所以必然会绕一些弯路。

有一段时间，我曾致力于流莺旅馆巡礼，身着一条兜裆布，见到女人就上前搭讪。做出这些举动时，我完全处于意识清醒的状态，这一点确实有些疯狂；但除却这一点，当时见到我、与我谈过事情（比如工作上或者生意上的事情）的人，个个都觉得我很正常，完全就是平日里的我。与喝酒喝到烂醉如泥相比，这种疯狂的状态仅仅疯狂在“意识清醒”这点上，除此之外，看起来基本没有异常之处。当然，如果这个度稍微没把握好，情况也许就大为不同了。

下山氏离开旅馆，随着时间的流逝，他的绝望感也不断加深。夜幕降临，与GHQ见面的事情已经无可挽回了。（GHQ掌握着至高无上的权力，此时他承受着多么巨大的压力，内心的绝望有多么沉重，实在难以想象。）单位上会发生什么呢？别说裁员了，搞不好他自己就会被裁掉，也许现在那些高层正在商量解雇他的事情。此类幻想从脑海中冒出来，也许他开始感到关节脱力，失去了从泥潭中拔出双脚的力量，只能四肢着地，艰难地从泥潭中向外爬行。

已经不知如何是好。不知该去往何方。不过，应该有电车经过才对。附近应该有铁轨才对……

于是，随着绝望感、孤独感不断加深，下山氏最终选择了自我了断。这是一种可能，当然，也有可能是在途中惨遭歹徒杀害。但是他的衣服、现金及高价手表等物品仍在身上，从这一点来看，恐怕不会是偶遇歹徒行凶。可能性应该只有两种：有计划的谋杀，或者是自杀。

以上所述，只是在假设下山总裁确属自杀的前提下，所试作的一张小小速写而已。

根据我本人生病时的经历来判断，人们（感觉没有必要特地说“我”）感到最孤独的时候，也正是他们最好色的时候。

最深刻的孤独感，想来正是伴随着意志力的消亡而产生。失去意志力即等同于失去自控力，于是就会达到好色的顶峰。

人生的最后关头，残留下来的只有孤独与好色而已。两者的并存有些令人惊异，似乎在讲述着，人类的孤独感并非来自对人类的厌恶，反而源于对人类的爱。没有什么能够禁止对人类的爱，也不知道“人类”指的是哪个人。或许，所谓人类正是爱着人类本身，爱得无法自拔。

即使是怀着厌世之心，隐居深山之人，也无法斩断对人类的爱。或许你想要把自己的一切现实构筑于骨子里的漠然之上，或许你想要以此来切断与人类的联系，那么又是什么东西使你“想要”如此做呢？我们是否可以断言，其实是由于我们热爱人类却不得自知；我们梦寐以求斩断宿命之线，却在它的操纵下成了提线木偶？

当孤独感与绝望感达到最顶峰时，人只会变得好色——更确切地讲，只会变成色中饿鬼。我每每念及这点，总会想到：难不成所谓的肉欲，竟是人类的一种无法摆脱的慰藉？

当人们彻底陷于四面楚歌、孤立无援之时，唯有性欲化作意志的全部，仍在烈火中烧。也许你感觉太过浅薄，这很正常；但那种绝望的状态，根本容不得你再谈什么浅薄、羞耻的体面话，你只能直视、承认，然后服从。这是过来人的经验之谈。不过话说回来，肉欲还真是件可悲的慰藉，只会在人生的最后关头现身露面。因为这份慰藉是人类的宿命，永远也无法摆脱。

食物不可口，不吃便是；选择喜欢的食物，食欲就能满足。然而肉欲却与此不同，欲壑难填，无穷无尽。即使对肉欲绝望，即使放弃满足肉欲，也无法从肉欲中解脱出来。这与“遁世无法获得真正的孤独”是同样的道理。

也就是说，无论活到多久，人都不可能获得真正的孤独，不可能从性欲中真正解脱。直到死亡。我借用下山总裁的事情，擅自就此做了一番速写。但这并非只适用于下山氏，对任何人都是一样。

无论多么了不起的人，德高望重的耄耋文豪也好，看破红尘的得道高僧也罢，恐怕谁都无法从沁入骨髓中的人性与性欲中解脱出来，获得孤独。但是如果因为看透了这一点，就对人类产生绝望，那就不像话了。他们只能回归现世，将一切付诸理性，否则人生便是一壶白水，还有什么兴味。

生之于世，则为游耶？

生之于世，则为戏耶？

童子嬉游，一朝闻之；

舞之蹈之，吾身不识。①

一曲悲歌。我们是否能够从此种悲凉中得到解脱？恐怕，无论我们如何凭借理性的力量，也很难斩断这份痛苦。因为这是个不听理性掌控的世界，人与人之间交织成一张复杂的网，与性欲一道沁入我们每个人的骨髓。人类啊，可悲，却又惹人怜惜。

① 日本著名歌谣，出自平安时代末期后白河法皇编纂的《梁尘秘抄》。

五、国宝烧亡无妨论

鄙人终究也产生了远大宏伟的美好愿望，打算在风光明媚之处建它七八幢别墅，于是决定动笔写《捕物帖》[①]，并在《小说新潮》[②] 同人的邀请下，来到了位于箱根山谷最底部的温泉旅馆。

这一带有不少谷间溪流，但是完全没有溪水的样子，都是成段的瀑布，甚至还有货真价实的百尺飞瀑，从四面八方飞流

---

① 指《明治开化安吾捕物帖》，1950 年 10 月开始连载于《小说新潮》。

②《小说新潮》，新潮社于 1947 年 9 月创刊的月刊小说杂志。

直下。如果客人对声音敏感，恐怕会被烦得不行，搞不好还会头痛；我这人反应迟钝，只感觉安静得无以复加。隔壁的讲话声、账房里的收音机声、宴会厅里的喧闹、蝉鸣，世间万籁，皆不入耳。女佣拉开纸门走进来时，我连走路和拉门的声音都听不见。忽然，她就出现在眼前。她掌握了忍术的要领。在文明国度里，绝找不出如此静谧之处。我工作时最烦的就是收音机的声音，在这里总算安心了。这家旅馆实在合我胃口。不过安静也有安静的问题：就算有人进行谋杀，旁人也听不见。在这样的旅馆写《捕物帖》，难免总往那方面想，毛骨悚然之余，也平添了几分《捕物帖》的心境，总有些真把自己当成侦探的感觉。

旅馆的庭院被大量数百贯①重的石头砸得面目全非，始作俑者是所谓的“Ione 台风”②。

这条河在小田原市一个叫作早川口的地方入海，我曾在那里的堤坝下遭遇过洪水，与利根川的洪水景象大为不同。利根川的洪水漫无涯际，如同巨人一般，充满死神国度苍茫而寂静的妖相；早川的洪水则不同——哪有这么吵的洪水。

---

① 日本旧重量单位。1 贯等于 3.75 公斤。

② “Ione 台风”，Ione，西太平洋台风，1948 年 9 月登陆日本关东地区，造成数百人死亡、千余人受伤。

早川的洪水呈暗褐色，从箱根山上海拔千米的芦之湖奔流直至眼前的河口处，形成一座巨大而笔直的防波堤，比太平洋的海面高出四五米，冲入海中一英里多远。太平洋的恶浪向着这水造的防波堤迫近、拍打、喷涌翻腾，但笔直的暗褐色水势太过浩大，海洋的小小恶浪完全无能为力。随着恶浪的喧嚣在眼前屈服，笔直的暗褐色奔流猛地腾起数米高，如长蛇一般，向着遥远的海天一线直冲过去。远处海面上，不时可见恶浪撞上这座防波堤，喷涌翻腾，隆起一座座水山，飞沫四溅。

然而，最惊人的还不在此。远雷轰鸣般的巨响，轰隆隆地接连不断从河底传出。就算千万辆坦克碾过河底，也不会有此等声音。与坦克碾轧柏油路的声音不同，河底的轰鸣沉闷而厚重。

声音的原理，我原本并不清楚，直到几天后洪水退去，露出河底来，我才终于明白。

河底原本只有些小沙粒，洪水一到，就会带来一批数百贯，甚至可能千贯不止的岩石，铺满河底，层层堆积。这些岩石无疑会随着洪水冲入海中一英里多远，滚入太平洋的海底。岩石反复不断地从山上冲入海里，碰撞冲击过程中产生的声响，就是河底的轰鸣。洪水退去后，河底留下无数岩石，人们用小推车把它们运出来，用在建筑上，算是洪水带来的某种补偿。不等下一次洪水来，岩石很快就运光了，河底重新变回只有小沙粒的状态。由于河并不大，层层堆叠的岩石虽然铺满河底，其数量仍然有限；又或许是人类对岩石的需求量太大，达到了超自然的地步，洪水凭借神力也无法满足。总之，人类战胜了自然，这也算是一项小小的佐证。

战争期间我在日映工作时，曾经接到命令，被迫要为一部名叫《黄河》的纪录片写剧本。

上面打算把它拍成一部战争宣传片，情节如下：战争期间，中国国民党军队败走之际，决黄河大堤引水而逃①，导致黄河河口移动数百里，甚至流入了长江；于是日本军队担负起了治水的重任。电影的意图就在宣传治水上。

这部电影分作上下部，宣传片是下部；上部只是纯粹的纪录片，主要是通过艺术效果展现黄河是条怎样的河、黄河具备什么样的独特性格。说白了就是为表现治水事业的艰难埋下伏笔。雄壮的黄河有其独自的特色，所以人们明知艰难，仍要坚持治理。我接下的活儿就是上部。

然而，我接到命令的时候，战争已经接近尾声了。为新闻及其他目的拍摄的影像资料有不少，如果把它们编辑一下，稍

① 指1938年6月9日发生的国民党军队“花园口决堤”事件。

微加加工，说不定能做出下部来；但我负责的上部这样可行不通。

当时本土的许多城市已经饱受轰炸、疮痍满目，战场也开始转攻为守。情况不允许我边走边摄影，优哉游哉地深入黄河流域腹地。

不过那段特殊时期，万事都是破罐子破摔，表里不一、阳奉阴违更是家常便饭。如果中气十足地报告“是！此类电影我们已在拍摄中”，那上头也更容易接受；而一旦照实回答“是！由于该地无法继续拍摄，计划已搁浅”，搞不好军人会大骂一声“战败主义者”，向社长饱以老拳。台面与水下、理想与现实，工作上的一切都在自相矛盾。但发布命令的若无其事，服从命令的泰然处之，当时日本的万事万物都处在彻头彻尾的矛盾之中。

反正战时酒是喝不上，表演性质的东西也看不到，实在闲得发慌，人生乐趣就在于看书了。战败近在眼前，每天的生活过得浑浑噩噩，此时被安排任务研究黄河，其实意外有些幸运。我立刻前往中国研究所，向学者们请教黄河的相关问题。但在日本的汉学者眼中，黄河似乎并非他们的研究对象：

“我还想问呢，现在黄河流到哪儿去了？”

学者反问了一句。当时黄河水流入了长江，不过没有明确公布过，学者应该也不清楚。

有关黄河的文献当时实在不多，学者们各方网罗，最终能拿到的也只有三十本左右。我每天都在空袭的间隙中反复研读这些书，越读越觉得黄河有趣，自然而然地，对华北的农业、风俗、文化、生活和历史也想多去了解一些。于是我将工作扔在一边，在这些文献中埋首半年，迎来了战争的结束。

黄河每隔二三十年就会暴发大洪水。到陕西潼关为止的河段由于多山，不会受洪水影响；而从潼关直到入海口这五六百公里地势低平，北至天津，南至南京对岸，都有黄河流经的痕迹。

潼关上游的三千多公里，则流经甘肃、陕西、山西、河南的黄土层。

华北并没有固定的雨季。有时三到十天左右暴雨不断，多出现在早春，其他季节也有。暴雨在黄土地带持续下去，最终就会导致黄河大洪水。

所谓黄土地带多是草木不生的秃山。一旦下起暴雨，山体就会出现无数裂痕，泥水从裂痕中奔流而过，溅起飞沫，形成湍急的水流，自斜面奔涌而下，汇入黄河。于是十余米深的泥流，伴着飞沫奔流入海。有句俗话说“一斗水，半斗泥”，黄河水中大约有百分之五十都是黄土，并非水流，而是泥流。

这些泥在黄河的底部堆积，大雨过后，河床就会高出一米多，不久就会高出平地十多米。河堤建得再高，也赶不上河床抬高的速度，二三十年下来，洪水暴发自然就无可避免了。就黄河已有的历史来看，洪水始终处于周而复始的过程。

历代统治者无不面临着黄河水患的难题，直至今日，也没有人治理成功。两千年前，有位学者①对此无计可施，于是提出高论：建堤防水实属下策，水不可逆，与水争地的思路才是错误根源；不如将潼关下游的百姓全部迁徙到其他地区，对洪水放任自流才是上策。原来如此，上策、上策。如此一来洪水的悲剧确实不会再次上演，只不过最肥沃的农业区也会颗粒无收而已。

现在还存在一种荒谬的论断：中国人口原本就多，繁衍过盛，过盛的繁衍带来大量多余人口，自然导致国运疲敝；还好有个洪水呀、干旱呀，每年天灾死个五十来万百姓，算是稍稍平衡一下。意思就是老天爷调节人口，天灾可顺不可逆。黄河水患是数千年来的难题，学者们似乎总有那么点自暴自弃的意思。历朝历代虽然不乏学者纸上谈兵，却没有真正成功的前例，因而也就产生了许多破罐子破摔的高论。

每次暴发洪水都会引起改道，入海口常常一下子移动数百

---

① 指西汉水利家贾让，事见《汉书·沟洫志》。

千米。虽然洪水会持续数年淤积不去，但随着洪水而来的黄土堆积一米至三米厚，有时会形成一片新的沃野供庄稼生长。不过，天灾不只有水灾，还有所谓的旱灾，无论是暴晒还是暴雨，黄土地带的农民都很痛苦。

中国的历史就是黄河的历史，黄河乃是孕育中国文化的温床。大禹治理黄河十三年，孜孜不倦，过家门而忘归，终因治水之功被推举为王。自禹而后，孔子于此宣扬王道；唐三藏自此逆流而上，志在天竺；群雄逐鹿的所谓“中原”指的也正是这片黄土地带。更可上溯远古的北京人，下及赛珍珠的《大地》①，自人类文明诞生开始，至与欧洲文明交流为止，黄河自始至终贯穿着中国文化史的中枢。

在日本王朝及整个日本文化的发祥之地——大和的土地上，也有一条象征着古代日本的河流。其名曰：飞鸟川。

万叶诗人将变幻无常的人世比作飞鸟川，咏叹“昨日深渊，今朝浅滩”，朴素地表现出一件事实：在他们的生活中，河流是变化最剧烈的东西。古代既没有地毯式轰炸，也没有火枪，河流在他们眼中无异于怪物，最能给他们赖以生存的土地带来变化。鄙人虽数经地毯式轰炸，对此仍表示无条件赞同。

①《大地》（*The Good Earth*），美国旅华女作家赛珍珠（1892—1973）的长篇小说，1931 年出版。小说中有主人公因洪水逃亡的情节。

早川口、利根川的经历已使我心惊胆战；在书中读到黄河，更使我舌挢不下了。

然而，飞鸟川的宽度不过三间左右。虽说是从山上流下，也不过是缓缓流经耳成山、天香具山、亩傍山这些庭院盆景规模的小山，然后涌入古时帝都的盆地而已。

就拿我在小田原时感到心惊胆战的早川来讲，即便算上谷底千回百转的部分，全长也不过五里七里而已。只不过它从海拔千米的芦之湖流下，又冲入海中，虽然只有五里七里，大雨一到，仍然能将一个饱尝地毯式轰炸的男人吓得魂飞魄散。

飞鸟川只是条小河，顶多也就是玉川上游那个规模。

中国的历史与文化经受过大黄河的千锤百炼，而日本文化的起源却将变幻无常的感怀寄托于飞鸟川，像是走了极端，成了温室里的花朵，显得过分狭小、可怜、可悲、可笑，甚至有些怪异。

我在报纸上读到，金阁寺纵火犯曾说自己“对美心怀嫉妒”“反感观光客人”。报道或许准确记述了犯人“当时说的话”，但如果认为犯人内心的想法仅限于此，恐怕失之草率。我不是指罪犯就不会讲真心话，而是人类原本就很难把自己的想法表达清楚。有时很努力地想要讲述事实，语言组织却不如人意，口中所讲与心中所想存在很大差异，自己都感觉说出来的话空洞无物。像是“你是否犯了罪”这类问题，犯人当然能够正常作答；我指的主要是思想方面的表达。就拿本人来说，虽然吃的就是“表达思想”这碗饭，仍然需要花费时间、打磨技术，而且很容易一不小心落个拾人牙慧，写出来的东西奇奇怪怪，与自己内心所想相去甚远。

像是“对美心怀嫉妒”“反感某一阶级”这类想法，张口就来一句话，然后主张其真实性，实在是太过微妙。即便是娴于思考之人，仔细分析过自己的思想，也很难猝然之间断言自己的想法，并当众讲出来。

更何况遭到逮捕的罪犯之中，老实交代的不如撒谎扯皮的多，撒谎扯皮的不如虚张声势的多。犯人耸着肩膀讲“我说的是实话”，报纸上就会登出“他如此说道”。“他如此说道”确是事实，报纸报道事实无可厚非；而那些当以启蒙为天职的文人、学者、社会评论家们，个个声名显赫，也把它当作真相评头论足，这就有些说不过去了。

此时首先需要做的是“怀疑”。不是怀疑别人，而是必须怀疑先入为主作此假设的自己。

对美心怀嫉妒、反感观光客人云云，犯人也不是没有此类想法，很有可能确实这么想过。值得怀疑的是：下定决心放火的根本动机，究竟是否具备此等思想性。

我以为，人们（包括出色的文人、学者、社会评论家、艺术家在内）太过关注被火烧的金阁寺这一建筑本身，故而判断有失公平。如果被烧掉的不是金阁寺，而是个名气小一点的建筑，那么就算犯人陈述一个更加深远的动机，估计人们也不会大惊小怪，认为犯人的自白“富有生气”了。

我认为这种青年人遍地都是。或许他心理扭曲，同住的人、主人家的人，都不喜欢他。报复的怒气悄悄在心中积聚，最后他决定放火。由于他恰好住在金阁寺，于是结局就变成了火烧金阁寺；如果他在一家姓田中的豪门大户当仆人，结果恐怕就是火烧田中家了。

恰好有这样一个青年住在金阁寺，所以金阁寺才被烧了，仅此而已；并不是金阁寺这一建筑本身的特性促使青年纵火。

比如有的男人被女人背叛了，就往人家脸上泼硫酸。不管背叛他的是哪个女人，他都必然会泼硫酸；而她背叛的如果不是这个男人，就未必会被泼硫酸了。

住在金阁寺的青年，因为憎恶寺内众人，最终下定决心纵火，那么对他而言最解气的，莫过于烧掉众人的饭碗，烧掉众人赖以生存的骄傲——金阁寺。憎恶、复仇这一类事情，最重要的当然是选择合适的对象。

某人往女人脸上泼硫酸，或者在田中家的仓库纵火，或者用剃刀砍伤棒球选手的手臂；无论哪一种情况，他的内心除了复仇怒火之外，还会根据所犯的罪不同，与社会层面的指责稍作一番心理斗争。从结论来看，他无疑能够说服自己，找到正当性。比如“放过那种荡妇，只会伤害更多男性”，或者“田中家代代榨取农民血汗，他们有多少财产就有多少罪恶，太可恨了”，又或者“那个选手的右臂在欺骗世人”。

那么金阁寺的这个人呢，烧的是国宝金阁寺，所以心理斗争的对象就与金阁寺的特性有关。虽然在我看来，他不过是找了个特殊一点的理由来说服自己；但在与罪恶感作斗争的过程中，他恐怕也确实假戏真做，真切感受到了“对美心怀嫉妒”“反感观光客人”之类的心理。那些泼硫酸的男人心中，同样也能真切体会到“替社会制裁荡妇”这类迷失自我的正义感。

另外，不少有识之士在报纸和杂志上发言，称金阁寺的烧毁是国家的一大损失。我对此极不赞同。

在金阁寺烧亡一事上，我赞同《方丈记》里的思想，甚至是两千年前那位黄河学者的所谓“上策”。生者必灭，木焚于火，理所当然。与火斗、与地震斗并不明智，今后人类都会搬进钢筋水泥的房子里住，木制的建筑任他烧了也好，塌了也罢，有什么关系呢。只不过，我不像两千年前那位黄河学者一样出于自暴自弃而已。

最近，某位植物学博士提出这样一种论调：只见川上游山地一旦建成堤坝，尾濑一带的沼泽就会沉入水底，然而此处某些植物为当地独有，不见于日本甚至世界其他地区，堪称贵重的文化宝库；政府建坝，只与眼前企业同流合污，无视文化保护，实属荒谬绝伦。我读报纸及其他一些报道，发现为这位植物学博士摇旗呐喊之辈为数不少。

但是，建造大坝、将尾濑沼泽沉入水底的计划并非始于战后，战前已经有这个计划了。从那时起，报纸上就产生过“是否可以牺牲珍稀植物宝库”的争议。

尾濑的珍稀物种发现至今，也有好几十年了，植物学博士仍没有彻底研究，这是博士的怠惰。在我看来，怠惰的植物学博士要比政府、企业更加反文化。不过是十几种植物，要把它们的生态问题研究个一清二楚，几十年完全够用了。开发尾濑的事情，社会上也讨论了十几年了，植物学博士不仅没有做什么特别的研究，反而以区区十几种植物做挡箭牌，非要让广阔的高原保持原始状态，拿着高原当研究室，供自己悠闲的研究使用。这位博士的愚昧程度，真不可以道里计。也没听说过博士努力尝试将植物移植到研究室或是其他山区。纵使原物保存不下来，那又如何？如今已不是保存干尸的时代，而是多多少少复原干尸的时代。区区十几种植物，利用科学手段模拟出生态模型，将模型留诸后世就好。此类研究不存在时间紧张，存在的只是植物学博士的怠惰。不，空举文化、学问之大旗，对研究却毫无诚意、敷衍了事，这岂止是怠惰，已然是缺德。

在我看来，所谓文化，其根本目的在于提高人们的生活水平。一方面是政府，打算开发尾濑，提高日本的生产力；另一方面是植物学博士，企图为了区区十几种植物浪费大面积的高原，供自己悠闲的研究使用。如果你问我这两者谁更忠于文化，我可以毫不犹豫地回答是政府。植物学博士曾说除了尾濑之外，还有好几个适合建坝的地方。日本国土如此狭小，博士难道还真以为能找出好几个来吗？专业内的区区十几种植物都研究不过来，却在专业外不懂装懂，滑天下之大稽。

有人说金阁寺的消失是文化遗产的一大损失。其实此类国宝级建筑物，我也大体游览过一圈，金阁寺也好、银阁寺也好、法隆寺也好，都完全称不上“美”。当然，它与历史、美术史等勾搭在一起，各方面再理出个说法，勉强可以认为它有一种历史美。不过也就是仅此而已。

至于建筑的历史纪念意义，可以整理出充足的资料，传诸后世，供后人随时复原。此事不会太难。只要资料足够准确，此类建筑通过模型保存下来也就够了。法隆寺的和尚连拍照都不让，但那与我没什么关系，此时正该相关专家为文化挺身而出，与和尚战斗到底。结果专家们忘记了与和尚战斗的本分，反而盼着坐享其成，让他人来给自己灭火。日本的美学家呀、历史学家呀，“文化”二字讲得好听，张口“金阁寺烧毁”，闭口“政府之怠惰”，满嘴奇谈妙论；而我不管怎么看，都是学者比政府更加怠惰，更加愚不可及。

也有人认为金阁寺是日本的一大旅游资源。从这个角度上，我也承认，历史遗产的确存在吸引游客的能力；不过与此相比，更重要的是建设酒店、公路等配套设施，积极推进旅游景点公园化。如果要说哪里的历史遗产更有吸引游客的价值，那广岛、长崎的原子弹爆炸纪念地要比金阁寺强得多，会有多少国际游客慕名而来实在难以想象。与其在这里悲叹金阁寺烧毁，不如去积极保护广岛、长崎爆炸中心地，推行公园化计划，保证游客络绎不绝。

我记得战后国际上曾有一个计划，准备动用世界各国的资源及科学力量，彻底完成黄河治水工程。但是后来中国爆发内战，这个计划似乎也成了黄粱一梦。

我感觉，早川的洪水化为一道暗褐色的防波堤，冲入海中一英里远，那种充满力量的景象有一种法隆寺、金阁寺之流无法比拟的美。至于大黄河喷溅着泥沙俱下的水花，掀起滔天洪水，我想那种浩大的景象更是雄伟壮阔，无与伦比。

黄河是个历史性的怪物。如果人类集聚五千年的智慧，通过艰苦卓绝的斗争，终于建造出伟大的设施，能够征服黄河；那这座设施才是真正的文化纪念碑。我认为，人们的所有努力，都必须投入到这种设施的建设中去，即使失去所有古代遗迹之流也在所不惜。所谓文化，更重要的不是追寻过去，而是建设未来。

我们必须认清文化的正确目的：征服一切人类生活的障碍，提高并稳定我们的生活水平。

终有一天，当征服大黄河的设施完成之际，那将是比万里长城更加壮观的工程。

至于烧毁的金阁寺，有识之士虽然会齐聚一堂，慨叹哭诉；但究其实际价值，符合那些慨叹的只有一星半点儿而已——无论是作为美的具象、作为历史纪念物，还是作为旅游资源。其程度大抵不过是为水鸟振羽之声而惊异，为飞鸟川之洪水而咏叹罢了。

在我看来，治理利根川的水害、建立只见川的发电站，虽然比不上征服黄河，无疑也惠泽全民，值得着手处理。我认为：所谓文化，必须建立在此类积极力量的基础之上；从容不迫地玩赏古意，则是后话。

六、日大劫匪团伙[1]

那天，我正准备写这篇稿子，平息已久的胃痉挛复发了。刚刚夜里十一点半，还能听见舞厅里乐队的声音。

我有一套工作习惯：每天傍晚五六点钟开始喝酒，喝到七八点钟，倒头便睡；大概十一点半到十二点醒来，然后开始工作。

---

① 1950年9月22日，日本大学运钞车遭劫，劫犯山际启之，时年十九岁，在日大担任司机。日大教授之女藤本佐文与山际相恋，作为从犯共同被捕。山际假扮外籍日裔，被捕时用日式英语说了一句“Oh，mistake”，引起社会广泛关注，被认为是战后派犯罪的典型代表。

坐在桌边，胃就开始疼。我感觉可能是胃受凉了，于是拿布缠在肚子上，躺下打算休息一会儿，结果却疼得更厉害了。最后实在受不了，让人去药店跑了一趟。

如果请医生给我注射一下吗啡，估计立刻就能止疼。但是我正在连载报纸小说，一天一回，交稿十分紧张。吗啡的注射量如果不够大，对我就不管用；如果量够了，虽然管用但会睡着，而醒来后则会呕吐一天一夜，痛苦不堪。我的吐意实在太强，常常连医生都要吓一跳。所以除非万不得已，我通常不会选择注射吗啡。

胃疼得十分严重，虽然没到满地打滚的程度，但身体已经蜷缩成一团，嘴里不自觉地呻吟起来。这种情况实在应该注射吗啡，但偏偏还有连载。注射了虽然能止疼，但是会睡着，醒来后又会痛苦地呕吐，没法动笔工作。无奈之下，只能拿一些成品药将就，继续把工作做完。这其实不是个好主意。

到了早晨，新一回的连载写出来了。胃疼看起来轻了许多，实际上却像大爆发过后的火山一样，表面虽然不再喷烟，内部的熔岩却仍在画着波纹，冒着热气，刺刺作响。我就像抱着一座火山，战战兢兢，如履薄冰。弯腰稍一不注意，就会一下子疼起来。实在没办法再伏案写作了，于是我派人前往东京，向新潮社请求稿子是否能够宽限几日。

他们最终没有答应。从那之后过了三日有余，直到今天，胃里面仍然像住着一座火山。每次弯腰都要小心翼翼，当然酒也不喝了。就连喝一滴水，都会不自觉地屏气凝神，紧张地等待胃是否有反应。不喝酒就睡不着觉，于是我就邮购了二三十本书，这三天里一直躺着读书。其结果是：眼睛开始疼了。这条街道从晚上十一点左右开始，电灯就变得很暗，对眼睛是个折磨。胃不那么疼、能够直起腰板坐在桌前的时间，又全部用来写连载了，实在是使尽了浑身解数。

到今天，这篇稿子不能再拖了，无论如何也必须坐起来写作。可是一旦坐起来，总觉得头脑运转不够迅速，既难以持续思考，又总是注意力涣散。总有一部分心思挂念着胃的情况，无法长时间保持精神彻底集中的沉浸感。无奈之下，我只能躺下思考，再坐起来动笔。就这么颠来倒去，浪费了不少时间。

今天的《夕刊读卖》登载了山际（日大司机，一百九十万日元抢劫犯）的狱中手记。我读过之后，偶有所感，于是决定写一写山际的事情。

登载出的手记并不是全文。当然，我也没见过他本人，对山际的了解，仅仅是通过报纸而已。山际刚刚被捕时，有关他的报道全都是新闻媒体千篇一律的观察与老调重弹的论断，没能真正表现出山际的个性。此类时事文章，我原本不爱在资料不足的情况下论述感想，然而以我目前的状态，无法集中头脑思考，也只能就偶然想到的东西谈两句了，实属无奈。

★

社会上许多人说三道四，说我们这一代人、这一Generation是“Aprèsguerre”，就是俗话所说的战后派。他们虽然没说错，但是这次的案子里，我们被认为尤其战后派，这让我很不愉快。（原文照录）

这是手记的开头部分。在那些寄稿子给我，或是写信请求拜我为师的人当中，有一部分确实无药可救的蠢材，往往会写出这类文章来。其开场白大抵不外乎“莫要将我视为单纯的战后派”“我心中的烦恼更加与众不同一些”之类。

当然，并不是说怀有这种想法就都是蠢材。只是机灵人不会写出来；就算写出来，想必也写得更加巧妙，看起来不会如此荒唐可笑。

根据新闻媒体的一般说法，山际是战后派特有的那类罪犯。他们异口同声地抱怨：真不知道这些战后派罪犯脑子里在想什么。然而帝银事件①的犯人与这个山际相比，究竟谁才是战后派？帝银事件的犯人，其心理虽不是不能了解，但还是这个山际的心理更加平凡普通，一目了然。把战后派看作一拨特殊人群，这种思考方式大错特错。正因为成年人安于这种不过大脑的划分标准，才会在思考时产生错误的前提：他们是战后派，这一代人本质上跟我们不一样。如此以偏概全、投机取巧的看法出现在新闻媒体，倒还可以理解；而《近代文学》的评论家也开始发表此种奇闻谬论，真让我感到新一代的日本文学前途灰暗。《近代文学》的论调与山际等人的论调，虽然在文笔和修辞方面水平不同，但在一竿子打翻一代人这点上，两者的愚蠢别无二致。也可以说两者是同伙，是精神上的同族。

山际的想法十分单纯。提前摸清日大运钞车的到达时间和行驶路线，在路边埋伏好，车来了就坐上去——虽然夸张了些，毕竟也算是有计划。然而更夸张的在后面：他打算坐上副驾驶座之后，单凭一把小刀，从旁边的司机与后座的两名男子手中抢夺一百九十万日元。结果他真的成功了，不可思议。如果山际本人也相信自己能够成功，那他就不只是单纯，甚至有

① 1948年1月26日，东京都丰岛区帝国银行发生银行抢劫案，造成12人死亡。警方判定某画家为犯人，并于同年8月实施逮捕，但证据并不充分，至今仍留有诸多疑点。

些荒诞了。然而比这更加不可思议的是，车上三个大男人面对抢劫几乎毫无反抗。如果“战后派”这个说法真的成立，更加属于战后派的难道不是这三个奇怪的大男人吗？警察一度怀疑三人是山际的共犯，合情合理。他们的诡异程度值得警察怀疑。当然，也许三人是另一种心理：一百九十万虽然不是小数目，不过反正不是老子的钱。

山际被捕之时模仿外籍日裔，说了一句“Oh，mistake”。这当然很蠢，但当时山际一直在假扮外籍日裔，早已将身份吹嘘出去，因此这句话或许并没有想象的那么蠢。

如果要说谁才是真正的蠢，那非刚才提到的三个大男人莫属。他们的表现比山际本人更加离奇与荒谬。光天化日之下，先是其中两人在大手町的某某省前被赶下车；随后在神田桥，司机也被赶了下来。这可不是荒郊野外，而是东京的市中心，某某省也是个车水马龙的政府机关。三个大男人在这些地方被赶下车来，却想不出半个点子捉拿犯人，何等蠢头蠢脑，近乎不可理解。

山际靠着一把小刀挟持三人，又在东京市中心分别把他们赶下车去。此举实在单纯幼稚，简直是在作茧自缚。如此憨傻的坏蛋可不多见。然而那三人头脑简单，四肢也未见发达，竟坐失大好良机。三人虽非同一代人，令人咋舌之处却异曲同工，实属不可多得的呆瓜，比山际更胜一筹。在我看来，这三个大男人的心理才更值得大书一笔。

登载手记的报纸上印着醒目的标题——“恋爱也需要Geld（注：指钱）”，好像是在揭露战后思想之一隅，而手记的内容如下：

（前略）看看今天的社会，年轻人与他们梦想中的人生（这里的梦想决不是指美好的童话）之间，存在着多么深的鸿沟、多么大的矛盾。一旦在这个问题上想得太深，变得悲观厌世也不无可能。简单来说，就是这个社会太物质了吧。就算怀有几分浪漫，说到底也不过是虚幻的海市蜃楼，最终还是要回归现实。与时代的洪流作对，永远都不过是白费力气，徒劳无功。可以这么说吧：我和她的恋情，一开始也是歌德笔下的少年维特，充满诗意，最终渐渐地走向了现实主义。极端一点讲，一切好像都充满了矛盾，没有Geld（注：指钱）连恋爱也谈不成。我们的想法从何而来，大人们确实不理解。我认为不应该简简单单地以一句“Gabar族①”或者“战后派”就加以概

① Gabar族，1950年前后流行的词语，与“战后派”指的是同一批人。由于常常身着华达呢（Gabardine）裤子而得名。

括。(后略)(原文照录)

提取一下重点，山际想要表达的意思是：“尽管年轻人对今天的社会怀有梦想，但由于社会太过物质，浪漫主义的梦总会碎裂，被迫滑向现实主义。反抗时代也只是白费力气。我和她的恋爱开始是少年维特，如诗如画，但维特的烦恼渐渐变得现实起来，最终难免陷入一种始料未及的矛盾：原本是出于浪漫的梦想而谈恋爱，结果维持恋爱却需要现实的钱。表面上我们是现实主义者，但这背后的根源大人们并不理解。”

也就是说，“恋爱也需要 Geld”并非他们期盼的结果，反而是一个始料未及的终点站。成人的世界确实充满铜臭，但他们在人生旅途的启程时，却仍然对未来怀有梦想。不过，无论多么浪漫，反抗时代也只是白费力气，于是他们最终输给了成人的思想——恋爱也需要 Geld。我认为山际的那番话应该如此理解，报社记者误解了他的意思。他所说的这些事情，实际上平凡得很。

由于梦想人生与现实社会之间存在着太多的隔阂与矛盾，年轻人变得悲观厌世也不无可能。但根据山际的看法，并不是“梦想与人生之间存在矛盾”导致悲观厌世，而是对这些矛盾“想得太深”，因此变得悲观厌世也不无可能。如果不去深入思考，那就绝不会悲观厌世了。观点实为清晰明快，完全符合逻辑顺序：无论梦想与人生之间的隔阂多深，只要不去管它，当然永远不会悲观厌世。

关于身世，他如此写道：

> 十多年来，我在一个他人看来极其平凡的家庭中成长，这给我带来了幻灭感，至少使我对“幸福”这一人生主题渐渐产生了怀疑。于是我养成了一种习惯：在家里多低沉，在外面就多开朗，努力假装开朗与人交往。我在其中付出了许多汗水，也曾感到十分痛苦。人们常常提到什么虚无主义、什么颓废主义，但我并没有受到这些的不良影响；不过，我也无法否认自己十分寂寞的事实。当然，我和年龄相仿的男人们一样，也有自己的女朋友，甚至有过一段堪称真爱的感情。但是每当我审视自己的内心时，总会发现，虽然我在思想上会去考虑一些大人的事情；但在思想体形（系）下的行动方面，仍然没能脱离孩子的阶段。（着重号为笔者所加）

值得注意的是，文中在提到成长于平凡家庭时，特地加上了“他人看来”这一限定条件。从手记全文中也不难窥见，他将“自我的认知”与“他人的看法”划得黑白分明，思考问题时总是难免拘泥于此。简单来说，他的一生中最关心的一点，永远是“人们如何看待自己”，或者说是“自己在人们眼中印象如何”。

山际曾与恋人佐文的父亲见过面。在那段见面的记述中，他同样表现出了这一心理：

后来有一天，发生了一件极其道德败坏的事情，现在想起来都觉得肮脏，浑身汗毛直立。事出偶然：我和她同处一室时，她父亲回来了。现在想想，我当时一定是方寸大乱，失去冷静了，没敢看她父亲的脸就冲了出去。她之前对我讲过她父亲的性格，不知是不是因为这个，我在路上差一点就决定回去找他，向他说明我们的关系，希望得到他的理解与帮助。不过一想到自己曾做下那种事情，最终还是负罪感占了上风，不敢再去见她父亲了。（中略）我当时最忐忑的就是她父亲对我的看法。后来那天晚上，我和她见了面，从她口中听到了最可怕的消息。她说她父亲大谈“天下男人都是如何如何”，我似乎感到自己完全被看作了轻薄之徒。四十岁男人对社会的看法，足以伤害一个年轻男人的自尊心。不知道其中是否也掺杂了她自己的想法。随后我们开始试探对方的心思，相互确认过后，发现我俩的感情仍然忠贞不渝。

见到恋人的父亲，逃掉了——他把这件事情形容为“极其道德败坏”“现在想起来都觉得肮脏，浑身汗毛直立”。但是后面又提到“一想到自己曾做下那种事情，最终还是负罪感占了上风”，于是不敢再去见她父亲了。这里的“负罪感”，恐怕是指夺走了她的处女之身吧。

他在上一节中也曾提及，“我和年龄相仿的男人们一样，也有自己的女朋友，甚至有过一段堪称真爱的感情”，明确将“女朋友”与“真爱”区分开来。这其中的意思似乎是：真爱指的是达到肉体关系的女朋友。

但是随后他又自我剖白，“虽然我在思想上会去考虑一些大人的事情”，“行动方面，仍然没能脱离孩子的阶段”，我感觉这其中有几分辩解的味道：我对男女关系的看法确实早熟，但是说白了没有能力闯下大祸，又不是同时拥有好几个真爱，我没有人们眼中那么坏。然而，与直接的辩解相比，这番话又有独特之处。我虽然不如自己宣称的那么品行端正，但既没做出，也做不出什么大奸大恶之举——他似乎对自己的这番看法深信不疑，而不是单纯地以此作为辩解的借口。

山际因夺走了佐文的处女之身而“不敢再去见她父亲”，

然而同时又打算中途折返，“向他说明我们的关系，希望得到他的理解与帮助”。他的想法并不是乞求她父亲的原谅，也不是恳请将女儿嫁给自己，仅仅是“说明情况，希望得到理解与帮助”而已。在这一方面，他认为双方处于平等立场，甚至没把对方看作父亲。将此事概括为“毛头小子，不知天高地厚”云云并不准确。正是因为年轻气盛，有着独立自主的意气，才会产生这种想法，人们不该对此感到排斥。而另一方面，他提到“负罪感占了上风”，我认为这也是句实话。

通观手记，山际并不认为自己是个坏蛋。面对佐文的父亲时，除了“她父亲”这个身份之外，也不知道自己为什么该处于下风。所以，在听说自己被她父亲评价为轻薄之徒时，他才会感叹“四十岁男人对社会的看法，足以伤害一个年轻男人的自尊心”。

然而在这段自我剖白中，最值得注意的是紧接下来的一句：

> 不知道其中是否也掺杂了她自己的想法。

直白得酣畅淋漓。他时常怀疑恋人的心思，担心她会不会也把自己看作“轻薄之徒”“所谓战后派”。所幸接下来的情况是“我们开始试探对方的心思，相互确认过后，发现我俩的感情仍然忠贞不渝”。对他来说，这算得上是个大团圆结局了。

★

山际在手记中对这份恋情的描述，与佐文对二人爱情的自白之间，形成了一种饶有趣味的对照：

> 我感觉，无论是与左文的相遇，还是麻烦事的发生，都可以看作一种偶然。我的说法可能像是怪异的小说，但我和她之间，怎么说呢，确实存在着某种宿命般的因缘。第一眼见到她时，我就有一种似曾相识的感觉，然后我俩就以几何般的数（?）展开了热恋。

他把恋人佐文的名字都写错了，说明他从来没有给这个“宿命般”的女子写过一封信。与山际充满神秘主义的叙述相比，佐文的自白要真实、明白得多：

> 我来到东京后没几天，因为早晨会去一楼的值班室取信，总是遇见山际先生，于是就和他认识了。后来直到七

月底，有一天休息日，我有事儿要去银座，结果走到水道桥附近，他就从后面追了上来，说有话对我讲，把我叫到了旁边的小路。他说“自从见你第一眼之后就忘不了你”，然后追问我的想法。我之前也不讨厌山际先生，所以就回答了一句“我也是”，然后那天我俩就一起去银座玩到了很晚。

两人交往了两个月后：

我现在仍然记得清清楚楚，上个月十日的晚上，我在山际先生的要求之下，将处女之身交给了他。这件事情，我决没有感到后悔。

将两人的自白对照来看，不难发现佐文沉着冷静，而山际紧张慌乱，与恶棍的形象不符。当然，在处事和恋爱问题上，并不是说恶棍就不能搞神秘主义，恶棍就不容易沉浸于感伤。只是从两人的自白中能够清楚感受到：佐文很成熟，山际与之相比既冒冒失失，又单纯幼稚。

两人的自白中，完全一致的唯有一处，且此处恰恰暗示了此案中的核心部分。

山际的手记：

于是我大体定下了作案计划。虽然我们也可以单纯地离家出走，但从现实角度来看，就算两个人一起赚钱，也未必能够保证稳定的生活；而且时间也紧迫得很。如果我走向犯罪道路，会辜负许多人的信任，而每当我彻底认清自己是个罪犯时，心里有多么苦闷、煎熬，在女人与自己中间左右为难……我越是尝试理性思考，内心就越痛苦。一想到她现在的窘迫都是我的错，我就彻底不知如何是好了。说到底，我是个软弱的人，实在不懂如何维持爱情。

山际在讲述走向犯罪道路的原因时，提到“现实角度来看，就算两个人一起赚钱，也未必能够保证稳定的生活”，这确实是个现代人会关注的问题。

当下社会勤勤恳恳工作拿到的薪水，与物价相比确实太低了。当然也不是说一个人的工资无法糊口，吃配给粮的话还不至于挨饿。不过在现代人眼中，单单填饱肚子活下去，算不上“稳定的生活”。在山际看来，即使两人一起赚钱，他对生活的稳定仍然没有信心。

再看一看佐文的自白，事情就更加清楚了：

父亲每个月只给我固定数目的零花钱，就算我不够了，向他再索要一点，他也不会理睬。父亲这个样子，让我不想跟他再在一起生活了。由于这两方面的原因，我选择了去找工作。

总结下来：佐文的零花钱数目有限，花光了之后再去索要父亲也不给，于是就产生了离开父亲、独立赚钱的想法。此处“索要”这个说法有趣得很。似乎她深信钱花光了再去索要是理所当然之事。

她对待恋人，也是采取同样的态度。对恋人也好、情人也好、丈夫也好，恐怕统统都是“索要”。假如对方无法满足她的“索要”，那么她自然就会断定此人没有成为恋人、情人或丈夫的资格。

山际手记中那句“就算两个人一起赚钱，也未必能够保证稳定的生活”，对他而言是何等惨痛的现实，只要读了佐文的自白，就很容易理解了。想要满足佐文，仅仅是一起赚钱远远不够。然而山际却把它归罪于自己，这种一以贯之的荒诞无稽与单纯幼稚使我印象深刻。

那么，在本文的结尾，不妨引用一句前言：

恋爱也需要 Geld。

虽然心怀梦想，充满浪漫情怀，想要像维特一样谈一场纯情的恋爱；却在世道艰辛、金钱万能面前败下阵来，备尝“恋爱也需要 Geld”的苦楚，最终在现实的逼迫下走向了始料未及的命运。山际的故事概括下来，不外乎如此。

他把佐文看作命中注定的女孩，怀着深沉的爱去怜惜她，所以对“恋爱也需要 Geld”的可悲现实，似乎并没有报以诅咒。或许他把自己的情况割裂了出来，只是在谈社会普遍的风气而已。

尽管山际没有意识到，我却意识到了：“恋爱也需要 Geld”的性格，似乎是佐文背负的宿命。她是个持重的女孩，却把处女之身交给了山际；不过一码归一码，在她的思想中，恋爱不如钱重要，比不上华美的生活，这种性格又要如何评价呢？为了 Geld，山际连可憎的四十岁男人的话也会听，似乎他不仅仅是对佐文，而是对所有的女性怀有一种悲哀的肯定。有时我不由自主地想：他这样做，是因为感觉到了佐文身上背负的宿命吗？我觉得他很可怜，同时又感到无比滑稽可笑。至于佐文看重 Geld 更胜于恋情这点，我认为这种性格或许并不属于坏人，而是属于既可悲又可爱的女人天性。

七、芥川奖杀人凶手[①]

我读《警视总监的笑》与《芥川奖杀人》二文，感觉都很无趣。两个作者都顽固得可怕，文章话说得太尽，一股倔强劲儿扑面而来。读这两篇文章，好似一匹悍马出现在眼前，与你面面相觑；如果这种惊异感也算得上趣味，那么称作有趣也

① 1949年，由起繁子凭借小说《书的故事》摘取第二十一届芥川奖桂冠，同年发表了短篇小说《警视总监的笑》。该小说以其前姐夫户祭正直为原型，问世后使户祭遭受到社会上许多非议。同年10月3日，户祭身着泳衣死于镰仓市材木座海岸。其时以菅原通济为首的镰仓文人群体多与户祭交好，认为户祭之死属于自杀，而由起的小说则是将其逼上绝路的主因。于是菅原作实名小说《芥川奖杀人》，指责由起繁子获芥川奖而间接杀死户祭正直。

未尝不可。

在《警视总监的笑》当中，蕴含着作者极大的愤怒，而故事却十分简单：女主人公的姐姐离婚后，留下一个女儿归前夫抚养；这个女孩患有佝偻病，过着不知父母关爱的悲惨生活。女主人公找到警视总监，希望他能想想办法；而警视总监似乎与前姐夫早有交情，听到前姐夫的名字后，态度陡然一变，只是发出奇怪的笑声来敷衍了事。

作品中还有这样一幕场景：佝偻女孩准备离家出走，从房顶扔下了两件大型行李；站在下面的女主人公却说了一句，“我从出生到现在，双手从没拎过这么沉的行李”，然后头也不回地转身，将佝偻女孩留在屋顶上，大步流星地离开了。不知在孤立无援的佝偻女孩看来，这个残酷无情的姨母是何等恶鬼形象；而女主人公却并未意识到自己的凉薄与冷酷。等到她自己求人时，警视总监背过身去，发出奇怪的笑声敷衍了事，她却为对方的冷酷大怒不已。也许警视总监也有自己的理由，比如“双手从没拎过这么沉的行李”。不对，恐怕不会是这么简单的理由，这样还不至于背过身去，头也不回。

在我看来，这篇小说最栩栩如生的部分，不是警视总监的笑声，而是女主人公离去的背影。女主人公抛下一句“双手从没拎过这么沉的行李”，然后便一言不发，将患有佝偻病的外甥女丢在身后，头也不回地离去——整篇小说只有这一幕活了起来。这一幕所表现出的无情与冷酷，连作者本人也没有意识到，超越了作者的创作意图，因而充满了生命的活力与光辉，璀璨夺目。

人们处世常有两套标准，自己错了则毫无反应，别人错了便愤愤不平。这谈不上异常，反倒可以说是平凡、普通、随处可见的一种心态。说白了，就是任性，而不够机灵。女人——不对，人有的时候，任性显得嫣然不俗，机灵反而面目可憎。比如情人眼里出西施，一旦坠入爱河，娇蛮成了别具风情，愚鲁成了憨态可掬，不能以正常情况论处。小说虽然要严格公正，但也不至于否定这些。说到底，恋爱的单纯盲目与文学的严格公正，或许有着同等程度的偏执，同样不能以常理而论。

人们说文学要有文学的样子，而这个“样子”又由谁来决定？小说不是物理、数学，口味永远没有一个严格的尺度、公正的答案。泰西有谚曰：味与色，不可争。从这个角度来看，如果出现一个顽固、任性、冷酷无情却又敏感纤细的女杰①，文学界也不是不能给她腾出一席之地。

---

① 由起繁子（1900—1969），小说家。由起繁子 1949 年凭《书的故事》获芥川奖时，作为评审委员之一的安吾在评审意见中不吝赞美，认为日后若经打磨，将成为仅次于樋口一叶的天才女作家。

菅原通济①是堂堂男子汉，又是一个通达世故的行家，想必不会连这点儿宽容都没有。女人在任性之中，自有其百般思量。一名女子，即使泼辣任性、冷酷无情、敏感纤细、独断专行，却也总比圆滑周到、八面玲珑来得可爱。Toma 先生②似乎正是怀着这种想法，度过了充满爱恨情仇的一生。

所谓通达世故的行家，不过是自欺欺人。这一等人，太为人情所溺。人不够坏，心不够黑；任性妄为的时候倒是有，却不懂怎么运用到论战中去。真正怒火中烧的是女杰，而不是行家；且看两人的笔战继续打下去，胜出者定是由起繁子女士。女杰的怒火毅然决然，任性恣肆，凡得理处，绝不饶人。

此类行家往往很看重朋友；不为其他，单纯因为是朋友而已。人情世故要求如此。同样，他们憎恨与朋友为敌之人；不为其他，单纯因为与朋友为敌而已。不过世上也有一种说法，叫作冤家对头分外亲——搞不好，这才是那个朋友心底最隐秘的真实想法呢。当然，没有必要考虑得这么细；这类行家做事最为考虑不周。他们的思路受到人情世故的支配，早已漏洞

---

① 菅原通济（1894—1981），企业家，随笔作家。以镰仓市为中心，活跃于政治、经济、文化等多个领域。

② 户祭正直（1886—1949），电气工程师。留英归国后，寓居镰仓，与菅原通济等镰仓文人相善。昵称“Toma 先生”，由其姓氏“ToMatsuri”简化而来。

百出。

最为漏洞百出的还属《Toma 先生的一生》[1] 这篇小说。一读之下，令人捧腹。诸君且思：Toma 先生的小姨子是个痞气十足的女学生，她写了一封荒诞不经的密信，Toma 先生读后鬼迷心窍，竟与爱妻离了婚。如此看来，Toma 先生岂非幼稚得过头？还不如那个“Oh，mistake”的山际君成熟。然后故事继续下去，荒诞不经的女学生得了芥川奖，成了女作家，于是擅自发表了一篇痞气十足的小说，叫作《警视总监的笑》；而这篇小说，就是杀害 Toma 先生的凶器。

“Oh，mistake”大师手持一把折叠刀坐上车，令三个大男人束手就擒，轻松抢走了近二百万。看来战败后的大男人萎靡不振，已经不成体统。三人面对一把折叠刀，未作抵抗便束手就擒，这幅败走图着实令人眼前一亮；而惨遭流氓小说暗杀的 Toma 先生却更胜一筹，走在了战后派的最前端，甚至有些神韵悠远、捉摸不定之感。

我平时也写侦探小说，为了方便剧情需要，杀人方法及凶器曾自创过不少。不过我却从没想过，荒诞不经的小说也可以充当凶器。如果把这件凶器写进侦探小说里，读者怕是不会买

---

①《Toma 先生的一生》，即《芥川奖杀人》，又题《户祭正直的一生》。

账吧。

《Toma 先生的一生》写得随心所欲，尽抒胸中不平，从头到脚处处是漏洞。如此考虑不周的小说实属罕见。

不过，所谓杰作，看起来都有考虑不周的特点。一件周全详备的工具，会给生活带来许多便利；一部面面俱到的作品，却无法成为艺术的杰作。无论男女，一旦坠入情网都会变得盲目而考虑不周；而人之一生，最为芬芳四溢的也正是这一时刻。况且，艺术的存在意义不是家具，无法给人们冷静理智的那一面提供无微不至的舒适生活；它只是一件魔术道具，给人们考虑不周的那一面提供梦想与安慰而已。

比如近松①与莎士比亚的作品，往往就不会面面俱到。杀人没有必要，死亡没有必要，甚至爱情也没有必要。如果有人拿这番话进行生活咨询，咨询师一定会以为他要自杀，然后狠狠教育他一番。总而言之，不备不至、考虑不周之处，难以尽数。但是它们与《Toma 先生的一生》却略有不同之处。略有——只是略有。

无论是近松还是莎士比亚，都对作品中的主人公怀有极大的同情；这一点与《Toma 先生的一生》相同。略有不同之处

---

① 近松门左卫门（1653—1725），江户时代剧作家，以净琉璃与歌舞伎作品闻名。

在于：这种同情从何而来。虽然他们都将笔下的角色视作自己一体同心的挚友，但菅原行家此举，是出于 Toma 先生与自己在现实中的友情；而近松、莎士比亚此举，则是出于对全人类的爱与肯定。现实中与 Toma 先生情谊甚笃，作品里就与 Toma 先生同仇敌忾，这完全说不过去。文学史上的诸多杰作，虽然与《Toma 先生的一生》同样考虑不周，但它们并不是被现实中的友情蒙蔽了双眼，而是通过创作技法去突出主干，无视成百上千的旁支末流。

当然，现实世界充满混沌，繁复多姿，想来也不至于严格公正、斤斤计较到规定只有大文豪才配写作。充分表现世俗人情，拿仇恨做卖点，这也算一种创作路线。靠着世俗人情来写小说也是一种与生俱来的本领，而人生的多姿多彩恐怕不能看作是坏事。咱是个性情乖僻之徒，找个角落，一碟小菜，一杯小酒，日子就舒坦得很。世上存在乖僻之徒不是件坏事，清浊共生、黑白并存，才是自然常态。

行家老兄乐此不疲，人情小说信手拈来，此事亦无不可；然而那个荒诞不经的女杰本非敌人，行家却将其视为眼中钉肉中刺，有失成熟。或则所谓世故之行家，原本便是极不成熟的一类人，总爱鸡蛋里面挑骨头。俗语称某些人“读《论语》

不知《论语》”[1]，此等人或许可说是“闻道理不晓道理”了。行家们动辄火冒三丈，或许也算是稚嫩可爱？此次论战中，无论是须眉还是巾帼，在不明事理这一点上，难分伯仲。不过，巾帼的字里行间暴露出冷酷无情的本性，令人眼前一亮；而须眉只是暴露出自己火冒三丈而已。荒诞不经的女杰唯一的问题是锋芒太露，总体仍然生机勃勃，熠熠生辉。如果把这场“杀人案”闹上法庭，行家老兄怎么也不会有胜算。

据由起繁子女士讲，她的丈夫（不知是否已离婚）I 画伯[2]曾向人表示：芥川奖她能拿下，老子就不可能拿不下。于是为了证明自己，也开始着手创作小说，而且写的就是她的故事。

我感觉这事儿挺有意思，于是问道：

“如果真能写出芥川奖水平的小说，那可是一段佳话哪。您觉得能写出来吗?”

“他这个人特别聪明伶俐，无论做什么，总是比我出色，小说肯定也是一样。既然我能拿下芥川奖，他一定也能拿下。”

她如此回答道，表情没有开玩笑的意思。于是我迅速联系

① 朱熹《论语序说》引程颐语：“读《论语》，有读了全然无事者。”

② 伊原宇三郎（1894—1976），画家，1924 年与由起繁子结婚，自 1945 年起处于分居状态。画伯，对画家的敬称。

了某杂志的编辑，煽风点火道：

“你去联系下I先生吧，跟他约一下稿，弄不好能拿到很有意思的稿子。”

编辑也表现出极大的兴趣，当时应该联系过I先生，不过后来便石沉大海，再无音信。假如是I先生觉得自己不成熟，主动放弃了，那可诚为憾事。这桩公案由芥川奖而起，还提到了“杀人”，也算是民事案件；其中自私任性者何人、不明事理者何人，若由I先生大挥健笔，将其内外款曲娓娓道来，日本之文运无疑亦将由此一振。画伯、才女、行家，交织混杂，虚实相生，好不壮观；且又极富格调，绝无读者颦眉之虞，不良少年少女的“Oh，mistake”手记又岂足与之并论。

至于“Toma先生”，其一生之轨迹与绝大多数日本人不同，算得上是稀有的素材，使人想要借来创作一篇小说。当然，Toma先生的早年经历，学生时代的由起繁子也无从得知，只能靠想象弥补；当初两人只在巴黎的某个晚上见过短短一面，无法了解Toma先生的为人究竟如何。

《Toma先生的一生》将由起繁子打造成纯粹的反面角色；与此相似，由起繁子的小说中，姐姐、姐夫都是一等一的正面角色，而对唱白脸的Toma先生，她毫不掩饰自己的憎恨，有些鲜血淋漓的感觉。

两部作品对Toma先生的描述中，只有一点共通之处，双方都称：Toma先生做出离婚的决定并非出自本人意愿，而是听从了他母亲及姐姐的意思。由起繁子是否相信这个说法并不重要，重要的是她死去的姐姐似乎相信——或者是在Toma先生的“诱导”下相信。也很难说菅原行家就没有受到过Toma先生的“诱导”。人这一辈子进棺材时，谁都会多少带着点儿谎言。这种“诱导”在谎言中算是可爱的那一类，除了当事人谁都不该为此发火。

一个男子风流如Toma先生，却由于家人的反对，不情愿地与爱妻诀别，其后一生闷闷不乐，始终难忘妻子的倩影——这种故事，一个字儿我都不信。这是个天真的故事，或许Toma先生自已很喜欢，把它看作一座虚构的城堡，躲进去不愿出来。不过人是复杂的动物，自欺欺人的同时，必然也有实事求是的一面。Toma先生所幻想的那种天真之人绝不存在。

假设Toma先生所言属实，那么本次芥川奖谋杀应该如此结案：Toma先生的亲人无视本人意愿强迫Toma先生离婚，是为主犯；Toma先生本人同意了亲人的主张，是为从犯，恐怕也难免同罪论处。从法文学的角度来看（既然存在“法医学”，在此不妨假定也存在一门“法文学”），原告的诉状讲了一台大戏：曾经荒诞不经的女学生，今日获了芥川奖，摇身一变成为流行女作家，靠着一支笔将敌人斩尽杀绝，报仇雪恨。我作为一介看客，不管内心再怎么希望，也很难相信那是事实。

不过，鄙人绝非认为菅原行家的诉状荒唐无稽。至于由起繁子呢，对人对己两套标准，警视总监或是其他人也有“两手提不动行李”之类的理由，她却浑然不顾，只知自己宣泄怒火——我也没认为这就错了。人们尽管常常摆出一副相互理解的脸孔，骨子里还是不明事理、自私任性。闹他个天翻地覆才好。行李到底提得动还是提不动，争论下去呀。都加把劲，别输掉了。

像Toma先生这样选择自杀，其实就是输掉了。失败者随便埋掉也就是了，守夜的老兄们却不罢休。他们醉醺醺地围绕在故人床前，发奋报仇，或许也是一种天真的战斗精神。泉岳寺的四十七士①，追根究底与此也是一路。今日之镰仓，亦出现了一批四十七士，可谓时代之庆事。不过他们的敌人却凶悍

① 指元禄赤穗事件中的四十七名武士。元禄十五年十二月十四日（1703年1月30日），以大石良雄为首的四十七名原赤穗藩武士，杀死幕府官员吉良义央为主报仇。由于菅原通济等为户祭“报仇”、声讨由起繁子之人，多属镰仓文人群体，故安吾以“镰仓四十七士”揶揄之。下文“吉良那样躲进堆房”“山鹿流阵太鼓”及“大石假戏真做，沉浸在一力茶屋”等，皆出自赤穗事件史实。

得多——不再是吉良之辈，而是女人。你打了她，她会连抓带咬；你杀掉她，她会化作厉鬼。更兼善使一手好薙刀，头缠巾带英姿飒爽。她若听到山鹿流阵太鼓，可不会像吉良那样躲进堆房，反倒会一脚踢破大门，提刀冲入街市之中。软脚虾如镰仓四十七士之流，只怕是小命难保。

不过 Toma 老兄估计输而无悔。泰西伦敦，有美一人，乃是位伯爵夫人。Toma 老兄曾轻拥柳腰，共沿古城徐徐而行，忧心如酲。

结庐古城下，
时登古城上。
古城不畴昔，
今人自来往。①

后来岁月更迭，年华渐逝的 Toma 先生独自结庐于古都之地，或曾追缅往昔、耽于沉思、借酒浇愁；然 Toma 先生毕竟曾于泰西之土，拥城主夫人之柳腰步于古城之侧，此生又有何憾。

① 裴迪《辋川集二十首·孟城坳》。

且 Toma 先生之脑海中，“深爱之弃妻”面影始终萦绕不去，虽获伯爵夫人倾心，众人艳羡，却仍日日怀忧，未有竟时，只得铁下心肠，诀别恋人，飘然而去，重成天涯孤客之身。好不凄美哪，Toma 先生！

不过，依我之见，这类东西还是不要按字面意思理解为好。凡是风流男子，总爱弄出这么一段甜美伤感的传说，躲进里面不愿出来。比如亨利·贝尔的玛蒂尔德夫人①，比如某某安吾的某某姑娘，比如某某某某的某某某某。他们时常把这些故事挂在嘴边，为之如痴如醉，笑逐颜开；但其实他们本人并不相信。他们的目的，只是在死后继续欺骗世人罢了。单凭在世时的种种故事，似乎人们还无法满足。至于“深爱之弃妻”这话，读起来虽然顺口，仔细想想，却充满复杂奇怪的矛盾，足以使一个老实的总理大臣大惊失色②。当然，我并不是说现实中不存在此等程度的复杂怪奇。比如另一个日本首相曾因希

① 亨利·贝尔，法国作家司汤达的本名。此处的“玛蒂尔德夫人”指玛蒂尔德·邓波夫斯基，一位女革命者。1818 年，司汤达于米兰结识玛蒂尔德，苦苦追求，但未被接受。这份苦涩的恋情催生了《论爱情》一书，亦是《红与黑》中侯爵小姐玛蒂尔德名字的来源。

② 指平沼骐一郎（1867—1952），1939 年任内阁总理大臣（首相）。同年 8 月，德国无视日本的作战计划，擅自与苏联签署《苏德互不侵犯条约》。平沼对此深感震惊，发表声明称“欧洲天地复杂怪奇”，率内阁总辞职。

特勒与斯大林而大惊失色①，我记得都是现实中发生过的事情。国际条约从来都不会被严格遵守，同样地，想要百战不殆，就要在看到这一面的同时，去相信看不到的那一面。既然一脚踏入了小说这行，可万万不能再像那个首相一样头脑单纯。

镰仓四十七士对“义”有些过于奋勇，这让我感到畏惧。“义”这种东西，元禄时期或许还真正存在过，如今早已随着战败烟消云散；看透这一点的人，才算得上明白事理。当然，我也不是在吹毛求疵，说什么今天的大石假戏真做，沉浸在一力茶屋无法自拔。战争期间的司令、参谋也曾沉溺于花天酒地，却并没有忘了打仗。

不过，自杀之人无论多么天真，我们最好还是将其看作自欺欺人、亦以欺世。Toma 先生死前喝光了一整瓶威士忌，从这一点看来，他是在深思熟虑之后赴死，而非如马拉一般出其不意地死在女子的匕首之下。

我很喜欢死去的 Toma 先生。面对他悲情的一生，我洒下的热泪绝不比他人少。只是自杀是个败笔。无论是通过自杀为

---

① 指东条英机（1884—1948）。希特勒于 1941 年突袭苏联，被日本视为背叛行为；斯大林于战争末期撕毁《苏日中立条约》，向日本宣战。

人生谢幕，还是安安静静地告别世间，Toma 先生的一生永远都充满悲情，又岂会有一丝损益？

Toma 先生正是达拉斯贡的达达兰①，身体内又住了一头情欲之鬼，不受自我控制，变幻多端，充满不确定性。恋情如何？真耶伪耶，影耶梦耶？他了如指掌，又一无所知。既难断执念，又达观旷然。真正的自己究竟何在，Toma 先生并不清楚。为什么死去，Toma 先生也不明白。活着的时候拼尽全力，充满不确定性；死时却显得尤为简单、纯洁。镰仓四十七士奋勇仗义，又有什么仇可报呢。

何况报仇的对象还只是一介女流。新宪法颁布以来，自由都市镰仓似乎弥漫着男子的杀气。

“可恶的女人……绝对……”

镰仓群山的森林中，无数男子的诅咒化作一道妖云，腾空而起。

“不可轻饶!”

不过，各位去圆觉寺参禅也是白费功夫，女人已经化身为龙了。女人原本就气魄凶猛，又精通武艺，练得一手杀人剑；天性嗜血好斗，随时摆出架势，近身者格杀勿论。男子之剑

---

① 达达兰，法国作家都德（1840—1897）同名小说中的主人公，性格开朗善良的冒险家，有些爱吹牛的毛病。

术，不过就是挥刀劈向敌人脑袋，只须关心脑袋便是；女子之剑术却与此不同。看似挥刀劈向脑袋，实则或许攻其下盘。非也，乃是挥刀同时，一脚踢向各位的睾丸；嘴里吐出针来，向各位的眼球扎去。镰仓四十七士之流，毫无招架之力。诸士此番丧失理智之举，既不清楚敌人实力，同时又没有秉行大义。

诸士如果想要告慰朋友在天之灵，应该大摆宴席，邀请由起繁子前往镰仓，按禅僧拜祖师之礼对其顶礼膜拜。当然，她一腔怒气，多半不会应邀；但诸士切不可由此而失敬拜之念，须日遣一人，邀其赴宴，虽每每徒劳，然不可中断，直至她去世。如果诸士一代不及完成大业，子孙当承其志，直至她去世为止。那时诸士想必会意识到：当年在圆觉寺枯坐数日也于事无补，今日总算要化龙了。这同样意味着 Toma 先生也已成功化龙。至于她嘛，人家本来就是龙，那没办法。

Toma 先生是位一生充满不确定性的勇士，如果他有敌人，那么真正的他应该就居住在那敌人的体内。他所肯定之事物，同时也使他绝望；他不断流浪，却永远没能发现自己存在的地方。现实自始至终都在离他而去。

有一件事，吹牛大王①或堂吉诃德也无法做到。那就是憎

① 吹牛大王，指德国童话故事《吹牛大王历险记》中的闵希豪森男爵（Baron Münchhausen）。

恨。他会将风车看作敌人、看作恶魔，纵身上前作战，直至丧身殒命；但那不是出于憎恨，而是他在敌人与恶魔之中发现了自己的生命。

风车夺走了堂吉诃德的生命。爱着堂吉诃德的人，是否会憎恨风车？我持否定意见，甚至认为他们会爱着那架风车。勇士的肉体早已死去，而他的灵魂仍然在怒吼、在战斗、在哭泣，在那架风车里虽死犹生。夺去勇士生命的东西，不是他的仇敌，而是他最大的纪念碑。

不过，夺走 Toma 先生生命的“风车”究竟是不是由起繁子，我对此深感怀疑。因为 Toma 先生自白的那些烦恼，我不会从字面上去相信。

八、安吾风流谈

谷川岳[①]又死人了。在各式各样死人的新闻中，谷川岳算是一抹清凉，能使人感到生活的平和。

凡是人类惹出来的事情，无论红事白事，莫名地有一种阴郁的感觉。人情味这个玩意儿，不管何时何地都牵挂在你身边，如影随形，怎么也摆脱不掉。不过，如果是自然惹出来的事情，那反倒会有些神性显现在人类身上。

---

① 谷川岳，日本名山，位于群马县与新潟县交界，海拔 1977 米。谷川岳是日本登山遇难人数最多的山峰，有“魔山”之称。

我几乎没爬过什么像样的山，倒是有一次差点死在山里。说起来真是丢人。叫它是一座山，那是抬举它，其实就是一座随处可见的小山丘，村里人都懒得给它取名字。而且我差点死掉的地方，还是在山脚的入口处。

有个姓伴的同乡前辈，是个律师。他似乎从小就向往梦幻般的生活。从青梅内侧的日阴和田①向山上出发，渡过一条小溪，到达半山腰；记得那里有一处一町步②见方的草地，四周被小山丘环绕，阳光十分充足。那里既没乔木也没灌木，只有杂草四处丛生；也有可能是树木全被伴氏砍掉了。

或许他打算在那里放放牛，过上一种返璞归真的生活。他曾把自己的梦想写成文章，投给了二十多年前的《改造》。那段时间，人们最爱读的书是梭罗的《瓦尔登湖》，文学上则出现了新感觉派。共产主义与浪漫主义一道崭露头角，齐头并进。

他并不是仅仅向往梦想，还曾将梦想付诸实践，在那个半山腰建了一座小屋，住在里面。小屋完全是纯手工打造，建得很不错。周围的山上杉树很多，他就砍来做建筑材料；屋顶虽

---

① 日阴和田，地名，又称“日影和田”，与“日向和田”并处东京都青梅市多摩川两侧。1967 年改称“和田町”。

② 日本旧面积单位。1 町步约等于 0.9917 公顷。

然是用杉树皮葺的，却从未漏过雨。小屋只有一室，十二叠①左右；不过屋外还有个土间，没有墙壁但是有房顶。土间有个做饭的地方，中间挖了一个洞，可以生火，放上个简单的小锅。据说他习惯一边煮饭一边读书，土间里摆了个书架，上面有二百多本书。这些书虽然在土间里，但是靠着小屋那侧的壁板，所以没有被风雨打湿的痕迹。其实这都是些颇有价值的书，但是山里面似乎没有窃贼；我在那座小屋借住时，屋主已经离开一年多了，里面的书、锅、被子、蚊帐仍然一如原样。屋内同样堆满了书籍。

他曾对我讲，建造小屋其实还好，从谷间溪流引水才最煞费苦心。他弄了一个露天浴池，为了随时得到溪流的水，挖了一条小引水渠，从溪流上游穿过林子，七弯八拐地连到他的浴池里。不过我去借住的时候，由于长时间无人打理，水渠已经堆满了落叶，连接溪流的导水口部分又被风雨破坏掉了，已经无法继续使用。露天浴池积了雨水，还有青蛙住在里面，我煮饭时只能自己去小溪来回打水，很不方便。那一带蜘蛛非常多，我踏着蜘蛛窝好不容易到达小溪，打了水往回走时，蜘蛛已经把窝修好了。来回都像走在蜘蛛窝的海洋里。

---

① 日本面积单位。1叠约等于1.6562平方米，但不同地区略有差别。

他在这所小屋过了几年返璞归真的日子，我不太清楚。他靠山中的野生动植物为食，凭着一时意气过上了一段神仙生活，结果却生下了一个先天软骨病的孩子。看来所谓返璞归真，对人类而言并不是健全的生活方式。黄昏时，小屋附近有飞鼠出没，据说他会引弓搭箭将它们射下来，煮了吃掉。我在小屋借住时，见到了那张弓，是一张手工制造的竹弓，原封不动地保存着。但是我不吃飞鼠，天生不吃任何奇怪的东西。飞鼠本名叫“鼯”，长了猫的四蹄与蝙蝠的翅膀，怪异得很。黄昏时出没这一点与蝙蝠一样，另外似乎还有在树枝间飞来飞去捕食的习性。

我二十岁那年，在东京近郊的一所乡村小学做教师。是一名代用教员①。那地方现在是东京都内的繁华街区了，当时却纯粹是武藏野，村子里到处是田园与天然林木。伴氏离开返璞归真的山中生活后，就住在这个村子里，常常戴着土耳其帽四处闲逛。有一次，我领着一群小孩子往树林那边走，打算让他们画画；结果就遇到了他，戴着一顶土耳其帽。在那个村子居住期间，我俩开始了短暂的交游；后来我在他的山中小屋借住了一个夏天。

---

① 日本旧制，无教师资格证的教师称“代用教员”。

做小学老师，最麻烦的一点就是学生家长的袭击。家长盲目地认为自家的孩子与众不同，叽叽喳喳向我说个不停，却对我做出的公平判断充耳不闻。家长充满主观臆断，丝毫没有听我讲话的谦虚态度。我曾坦白告诉伴氏，小学老师挺有意思，只有家长最难办。于是他微笑着说道：

“这个嘛……您看这一招怎么样。跟那些家长说话的时候，一开始先把声音放低，故意让对方听不清楚。然后对方就会‘唉’一声，仔细听到底说了什么，对吧。这个时候再慢慢提高声音，对方自然就会听下去了。”

虽然从他那里学到了高招，但我实在不会跟家长打交道，所以最终好像也没能起到什么作用；反倒是后来留下了负面影响。我与人讲话时，每当意识到自己声音不大，虽然并不是有意压低声音，仍会想起他传授的高招时，感到十分不舒服。好像自己在做坏事、搞诈术一样，心里很不愉快。不过对他本人，我只觉得好笑，以及有些怀念，并没有不愉快的感觉。

记得是小田岳夫与海音寺潮五郎获芥川奖的①那次，颁奖

① 小田岳夫（1900—1979），小说家，作品多涉及中国题材。海音寺潮五郎（1901—1977），小说家，作品以历史小说为主。小田于1936年获第三届芥川奖；海音寺潮王郎并未获芥川奖，而是获得了同年的第三届直木奖。

仪式在彩虹①举行，许多文人应邀前往。席间每个人要自我介绍，轮到我时，我站起来自报姓名，对面的菊池宽就朝我喊道：

“你，声音大点儿。”

此前我与他毫无交集。他只说了这么一句，我却不知道当时脸红成了什么样子。每当想起伴氏传授的高招时，这一次的经历最让人浑身不痛快。

那个村子里还住着伴氏的一个好友，是个姓藤田的画家。我对他的画不了解，据说是画了一辈子的鲇鱼。印象中他好像自号“鲇鱼”二字。此人为人天真乐观，或许是个有恒产者，不过看起来很贫穷。他天生手脚都只有三根指头，但我对此毫不在意。前些日子我看了一场吞吐异物的杂耍表演，旁边有个手脚各三根指头的男人，也在供人参观；对此，我却产生了强烈的不适感。因为同样都是三根指头，藤田画伯不仅没有任何异状，还是个极其健康的乐天主义者。

藤田画伯生性超脱；至于伴氏，我感觉恰恰相反。特地跑到山里搭建小屋、引溪取水，生性超脱之人估计只会嫌麻烦；

① 饭店名，全名“RainbowGrill”。其时文艺春秋社迁至大阪市内幸町的大阪大厦，该饭店位于大厦的地下楼层。

反倒是天性鄙俗之人，才会刻意为之。不过伴氏毕竟没有滞于空想，在付诸实践这点上，无论是他的梦想还是伐木的水平，都不可等闲视之。战争期间，他变得极为癫狂，在家乡的报纸上发表了一篇癫狂的论说文。我读过后产生了一种感觉：如此狗屁不通、毫无逻辑的狂人之论，恐怕天下少有。我甚至有时会想，那些军人、政客、打手、农夫，表面上动辄气血上涌、满口狂言，背地里是否也都是些精打细算、工于心计之徒——比如讲话时先细声细气，让对方听不清楚。每当想到那所山中小屋的主人已经变得如此癫狂时，我都会感到一阵凄凉。也许那所小屋，就是他一生的最高成就了。

我决定去他的山中小屋借住一夏时，曾产生过一个念头：假如住得舒服，我就辞掉代用教员的差事，到山里过一段蛰居读书的生活。

出发的那天有暴风雨的气象警报。由于不是普通的旅行，多少算是出家遁世了，所以尘世的警报我没有放在心上。我离开家门的时候还没有下雨，但是还有些山中生活需要注意的细节要问，所以中途绕道去了一趟他家，耽误了一些时间（我到他家时，他不在，等他回来这才耽误了时间）；从青梅站下车时，已经下起了倾盆大雨。雨中的多摩川水量已经涨了起来，混浊的河水冲击着大坝，我走过青梅的万年桥时，甚至有些发慌，害怕桥体会随时坍塌。过了万年桥，就是青梅町的尽头了(现在是不是，我不清楚)；那里有一家卖食品百货的店，也是这条街道的最后一家。我想尽量轻装上阵，所以像米呀、味增呀这些，就没从东京背来，而是向伴氏打听到最后一家商店的位置，打算在这里采购。从家里带出来的只有书、衣服和罐头。

一口气买够一个夏天的食材，实在是沉得要命。买的东西有大米、味增、酱油、两贯红豆、砂糖、盐、土豆、南瓜、卷心菜，等等。这么多东西没法全放进背包里，于是我在背包两侧吊了两个麻袋，把蔬菜类的食物全放了进去。

两贯红豆做什么用呢？我对食物兴趣不大，尽量不想在做饭上花时间。只要能果腹，饿不死，不管好不好吃，越省事越好。我天性就是这么懒散。如果要煮米，肯定就要配上小菜；主食加上小菜，得分开煮两三锅，实在麻烦。而红豆这玩意儿，既是主食，又是小菜；做一锅煮红豆，撒上砂糖，这就是一餐了，简单方便。我当时的构想是：吃一天米、吃一天红豆，这样交替着来，既不会饿死，吃红豆的那天又能省去做饭的麻烦。

我并不爱吃南瓜，但是店员告诉我南瓜不容易坏，我就买了。爱不爱吃不重要，重要的是保存起来不麻烦。不过到最后，这些南瓜我也一口没吃。这也难怪，毕竟不爱吃嘛。

离开店里时，我的身上背了大约十贯重的行李。雨下得越来越凶，这一天山里的降水量足足有四五百毫米。在暴雨与行李的鬼使神差下，我险些横死山中，又好歹捡回一命。

我走到日阴和田，那里有条溪流。据说那一带有个供奉狸猫的祠堂，从祠堂出发沿着山谷拐进山中，就能到达目的地。我一边走，一边到处向村民打听狸猫祠堂，村民都用奇怪的眼神打量我。最后甚至来了一个骑自行车的警察，冒着暴雨追了上来。警察询问了我的来意后，答应把我带到狸猫祠堂；但他推着自行车健步如飞，我却身负重荷，步履维艰地跟在他身后，到达狸猫祠堂时，感觉自己已经筋疲力尽了。

从祠堂出发，终于算是进了山里。按照计划，沿着山谷前行，渡过一座圆木桥，往山上走，就能到达他的小屋。只是我当时还没有意识到，那座圆木桥已经被暴雨冲走了。

我沿着山谷登上了一条山路，却发现山路与山谷已不再有区别。这些所谓的山路其实就是岩石，大量降水从山上流下，将岩石冲落到谷底，哪是山路哪是山谷完全分不清了。还没缓过神来，山路已经被彻底冲没了。无奈之下，我只能回到刚才的分岔口，去走另一条山路，然而结果也是一样，最终全部被大雨冲成了山谷。

按理来说，条条道路就算不都通罗马，至少也该通向村庄，通向人烟所在；然而山路却不在此例。绝大多数山路只有樵夫会走，不通向任何地方，延伸到山里面就自然消失了。我走了好几条山路，发现都是通向山里的死路，连圆木桥的影子都没见到，这时我才恍然大悟：桥已经被大雨冲走了。于是我又想到，对岸肯定也有通往小屋的小路，只要涉水到对岸，找到那条小路就行。然而那是一条伴氏专用的小路，连樵夫也不知道；伴氏一年半没有回来过，小路已经看不见了。黄昏渐近，我也精疲力竭；突然心下一凛，脚底一滑，跌入了深深的谷底。

坠入谷底的瞬间，我的头脑中只闪过一个念头：啊——我也迎来死期了，死亡原来是这种感觉。然后又想：死也没什么特别的嘛。当时确实没什么特别的感觉，只是疲劳困惫之至，身体失去了一切力量后，自然而然地坠入谷底而已。

然而我却没死；不仅没死，身上连一点伤也没有。救命的是那十贯重的登山背包。摔落的地方明明是岩石，最终却像是从登山包上摔下来。我踩滑的地方是个斜面，所谓坠落其实是以极慢的速度滚入谷底。如果我还有一点力气，滚落的途中随时都能自己停下；但我当时却没有一丝抵抗的意志。滚落到最后，我又在想：这次一定会死了，死亡真没什么特别的嘛。于是又往下滚了一丈远，最终坠入了溪流当中。

我正好落在两块岩石的夹缝中间。

又捡回一命。如果位置偏了一尺，我就必死无疑。掉进水里的位置巧得很，登山包正好卡在两块岩石之间，只有鼻子露出在水面之上。我当时完全是坐以待毙的状态，假如鼻子没露出水面，我也没有坐起来的力气，甚至意识不到自己应该坐起来。突然回过神来，我才发现自己还在呼吸着，只有鼻子在水面之上。这时我才反应过来：哎呀呀，没死成呢。

我在水中发了一会儿呆，渐渐恢复了意识，随之感到一阵尿意。此时我的身体和四肢还泡在水里，于是就直接在水里解开裤扣，正准备小便时，却发生了出乎意料之事。我用手摸来摸去，怎么也摸不到那根排尿用的玩意儿；睾丸和阴茎统统不见了，变成了平坦的一片。

据说人在疲惫至极点时，那些玩意儿都会缩进肚子里；我当时泡在水里，这种情况似乎就更加严重一些。但当时的我哪里知道这些，只觉得如五雷轰顶，震惊得无法形容。我挣扎着想站起来，结果一使劲儿，发现没那么容易；体力还没恢复到那个程度。坠入谷底，直面死亡之时，我都没有一丝慌张；那玩意儿突然没了，却使我惊慌失措，阵脚大乱。

我开始认定自己的身体发生了某种恐怖的异变。把手从水里伸出来，放到眼前一看，整只手连着指甲全部变成了暗紫色，像是一只被切下来的恶鬼之手，完全无法想象是人类皮肤的颜色。我没来得及多想，当场陷入悲伤之中：自己已经不是男人了，现在连皮肤都没了正常颜色。正在我独自伤悲时，小腹处流出了一股温暖的尿水，这才好歹让我找回一丝勇气与希望。我开始意识到，或许这些都是极端疲惫产生的暂时现象。

我在水中又泡了一会儿，黄昏逐渐笼罩山谷，力气终于恢复了过来。我之前因为怎么也没力气往山上爬，已经放弃了生还的希望；随着力气恢复，那点儿尘世的智慧也找了回来。我当即做出判断：虽然山路是没劲儿爬了，但溪流本身就是一条最清楚的路；山路可能走着走着就变成死胡同，溪流却必然会通向人烟所在，可谓是最佳选择。而且还可以涉水过溪，边走边睁大眼睛观察对岸的情况，搞不好还能找到当初架设圆木桥的地方。于是，我奋力从两块岩石中间坐起身来，最终在彻底天黑之前，费尽辛苦到达了山中小屋。第二天早晨一觉醒来，发现浑身上下鼓起了大包，几乎一动不敢动。砂糖、盐和味增打湿了原形，变成一摊糊状物，但我总觉得它们很可敬、很可怜，毕竟它们救了我一命。我连续一两天起不了身，只能舔着那摊糊状物度日，像穴居蝙蝠一样眼巴巴地盼望着太阳东升西落、斗转星移。

但我最终没能在小屋久居下去。由于暴雨的缘故，屋后的悬崖部分有些断裂，小屋本身虽没有异样，厕所却坏掉了。另外还有一条蛇，不知是不是由于巢穴被毁了，每晚都缠在我的屋梁上。白天找不到它，一到傍晚，就在梁上出现。仔细观察，似乎像是蝮蛇。我害怕半夜被蝮蛇袭击，睡觉时只能挂起蚊帐，再搬来百十本书，把蚊帐脚密不透风地压住。通过这些事情，我也明白了山中生活并不是那么快活，最终放弃隐居，回归了尘世。

后来有个姓山添的共产党人，也是我的老乡，出狱后听说在那所小屋住了下来；似乎一住就是好几年，也许更久。据说他的妻子最终被蝮蛇咬了，所幸没有性命之忧。

谷川岳美极了。我的家乡就在它的另一侧，每次往返时从车窗看出去，一年四季总不变妩媚多姿，使我看得如痴如醉。冬天的谷川岳格外美，或许所有的山都是冬天更美一些。尽管我常常仰望，却从未亲自攀登过。

我早早就在青梅附近的无名小山入口处，体验过安乐平静的死亡经历。也许是此事的印象太过鲜明而令人怀念，每当我听到有人死于山中时，心里总是莫名的一阵清凉，完全感受不到死亡的阴郁气息。

不过这次山难有些不同。据一个女性生还者讲，之所以会发生遇难事件，是因为有人把标示方向的路标弄反了。如此一来，事态就严重了。

我对犯罪问题很感兴趣。对人类怀有的兴趣，自然而然会延伸到犯罪问题上。很多情况下，当事人是感到自己被逼到了死角，走投无路，才走上犯罪道路；因此有时你会感到他们并没有那么无药可救、面目可憎。当然，从旁人的角度看，体会不到走投无路的感觉，难免会认为除了犯罪之外还有其他化解手段。但是当事人在事发当时，往往无法冷静地进行全方位思考。无论多么理性的人，也无法单凭理性来解开复杂的感情纠葛。

犯罪之人深深为悔恨所苦之时，就已经从罪恶中得到了拯救。恶人也长了一颗会悲伤的心。然而当下还有一种善人之犯罪，而且善人本人丝毫没有犯罪意识。有一些人，满嘴家国天下，豪言壮语，做的却是暗杀高官的勾当，不仅不知悔改，还暗自以救国英雄自居——这伙人无须多论；单看某些教师、领导、父亲，对学生、仆人、孩子抬手便打，张口便骂，可知善人之犯罪委实不在少数。

自古以来，人们就将违逆主人、反抗父母看作大逆不道之举。仆人和孩子的心里，也有他们自己充满凄凉的道理；而居高位者只知凭着特权盛气凌人，对他们的道理嗤之以鼻。于是，他们的感情日益郁结，心理渐趋压抑，最终发展为弑主、弑亲事件，往往是最有不得不动手的苦衷。有些人不顾他们的道理，认为凡是弑主、弑亲，统统罪加一等；此等人已经被封建残余观念遮蔽了双眼，失去了判断能力。一项法律从制定开始就在偏袒主人、父母，它就不配继续存在于文明开化的社会，只不过是牛鬼蛇神的余孽而已。可悲的是，日本的法律仍然处于被牛鬼蛇神盘踞的状态。

丈夫从战争中归来，带回一个外国女子；原配妻子与这个外国女子之间，就出现了一个严肃的去留问题。这时有一名女议员，她曾经历过与这个妻子相似的处境，并且选择了与丈夫离婚；于是，她便找上这个原配妻子，苦口婆心地劝道：我当初的情况和你一样，你还是快快放手吧。女议员此举虽出自热心与善意，却没有意识到自己的罪过，可悲可怜。自己与他人是两回事儿。两个不同的人，从人际关系到生活环境，一切都各不相同，因此你永远也找不出一个公式，来解答人与人之间应该如何相处。各走各的阳关道，这是最好的办法。如果不明白这个道理，只是自顾自地讲“咱们情况一样，所以你也得这么办”，这种善良实在是无药可救。善人之罪，就是如此可悲可怜。

单纯幼稚也是同罪。比如调换路标的方向，只是个恶作剧，却能够导致可怕的后果。想不到这一点，属于愚蠢；虽然没有恶意，但愚蠢本身已经是罪恶。这种情况仅仅是没有恶意而已，无药可救的事实仍然没变。

我本以为，此次谷川岳路标事件的真相，怕是永远无法水落石出了；没想到现实却像一本严丝合缝的侦探小说，谜团一个接一个解开，最终伴着一抹清凉感，带给我一个与谷川岳之美相得益彰的结局。

这个结局中的罪恶，虽然同样是生于愚蠢，却更有几分悲凄伤感的色彩。

其实是法师温泉的老板，在无意之中将路标写错了。那是个正反两面的箭头形路标。他先在箭头朝左的那面，写了“仙之仓平标”① 五个字；然后把路标翻过来，又同样写了“仙之仓平标”五个字。他将路标翻面的时候，没有竖着翻，而是横着翻——因为如果竖着翻，另一面的字就会头朝下。但是他只注意到竖着翻不行，却没有注意到横着翻也有一个大问题：如果正面写的是“仙之仓平标”，那么横着翻面之后，背面就必须写“标平仓之仙”；否则正面与背面就会指向相反的方向。他没有注意到这一点，两侧写的都是“仙之仓平标”，于是这

① “仙之仓”与“平标”是两个地名。箭头向左的牌子上写着“仙之仓平标”五个字，意即平标在右、仙之仓在左，欲从平标去往仙之仓则向左走。

块路标就变成了如下图所示的样子：

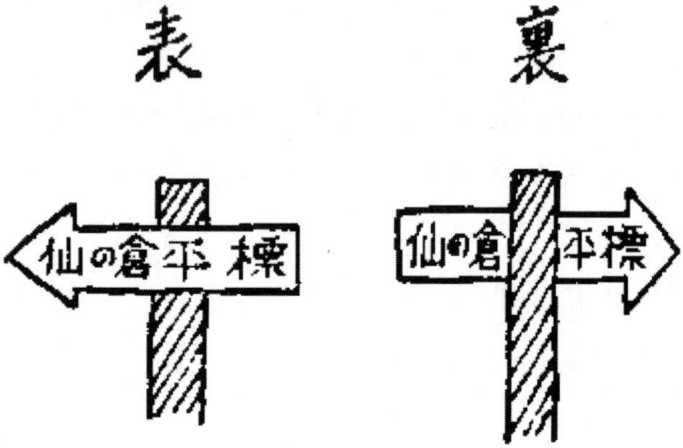

简单来说，就是正反两面的箭头完全指向了相反的方向。不是这块路标位置放错了的问题，这样一块正反面自相矛盾的路标，放在天底下任何地方都没有用。这想必不是法师温泉老板蓄意为之，他只是两面都写上了同样的文字，没有注意到正反面自相矛盾了而已。

得知这一可怕的真相时，我忽然想起了自己的姐夫。此人名叫村山红村①，是越后山区一家酿酒厂的老板，平时也爱吟诗弄对。他家是世家大户，在山里已有约六百年的历史了，他

① 村山真雄（1885—1959），号红村，《暗哉，东洋》中提到的自杀外甥女之父。下文称村山为“本人长姊之夫君”，实际上村山之妻是安吾第五姊，但在同母姊妹中排行最大。

本人同时也是个杂学大家。大抵乡下的世家大户，特别易出杂学大家。本以为不过是片乡下山区，没想到里面还有些留洋回来的学生，甚至还有人在西洋生活了十年之久。这些都是些闲人，也没别的什么事情好做，每日除了睡觉，便是邮购些杂志新刊来读，权当打发时间。我的姐夫（本人长姊之夫君）红村同样也是个闲人杂学家，以他的学识，假如去别人家做客，保持谈话不冷场倒是能够轻松胜任；但乡下的杂学大家有一个共同的毛病：思考问题抓不住中心。说理时最重要的是抓住"理"的中心，他就做不到。他的思维有多么脆弱呢？假如让他来写谷川岳的路标，他能注意到"竖着翻，字会头朝下"，头脑里也会提醒自己"不能头朝下，两边儿得保持一致"，但横着翻过来后，"两边的字不能完全相同"这一点，他就意识不到了。

所幸红村住在山里，还是一座深山，云深雾绕，大雪纷飞；周围也没有什么吸引都市人的名山。假如谷川岳在他家附近，当地的什么青年团呀、负责人呀，要立路标的时候，一定会请他挥毫泼墨。于是他全神贯注、满怀热情地写下一块牌子，或许你就会发现正反两面一面指南、一面指北，有一天终于害死了登山者。

红村来写那块牌子，很有可能犯下同样的错误。我虽曾庆幸那块牌子不是出自他手，但一想到这一点，仍然感到一阵悲凉与伤感。

假如换成我来写呢？恐怕不会犯这个错误。不过那只是单纯的程度问题。这块牌子虽然不会出错，但如果换作更加复杂一点的东西，或是存在盲点的事情，我也必然会出错。不单单是我，所有的人都有可能出错。不存在没有盲点的人。

这同样也是愚蠢之罪。不是小孩子恶作剧，把路标翻个面；当事人对此诚心诚意，丝毫没有恶作剧的念头，所以我才从中感到悲凉。自相矛盾的路标，夺走了整整五条生命。这是可怕的愚蠢之罪，同样又是所有的人难以避免的可悲之罪。假如有人说自己不会犯下这种罪过，那是不了解它的可怕；他非但不会知道自己将在何时何地犯罪，甚至还意识不到“犯罪”这一事实本身。

谷川岳已经死过许多人了，这样的山上，似乎没有什么针对山难的设施，令人匪夷所思。设置路标的责任，本应落在当地的县观光科，或是日本登山家协会等专门机构组织身上；他们对此不管不问，只交给当地的普通人来办就万事大吉，这是最大的疏忽。他们的疏忽，我们可以去问责；而写路标的普通人，他身上背负的可悲之罪，我却怎么也恨不起来。我只恨自身的笨拙，为自身感到悲哀与凄凉。人们无论怀着怎样的善意，都无法避免犯下这种可悲之罪。避免的唯一方法，只能是这一辈子什么都不做了。

自从人类发明了原子弹，不少观点认为我们的文明走到了尽头。其实原子弹只是把人杀死的道具而已，而杀人再简单不过了。人类从全未开化的半兽半人时期起，拿一根粗木棒把人打死就不算什么麻烦的事情。

然而换一个角度，从治病救人的医疗方面来考虑，我感觉所谓的人类文明，其实仍处在一个方兴未艾的阶段。我们甚至没有完全弄清楚人体的功能。世界上有许多哮喘病人，哮喘的原理却至今未明，也没有专门治疗哮喘的药物。肝脏究竟有什么功能？脑浆的功能又是怎样？这些都不清楚。消除贫困的方法呢？还是不清楚。我们的所谓文明，还有很远的路要走。就连今天的法律，还残留着“弑亲”这样一项特殊的罪名。

我有一段时间没回家乡了，与美丽的谷川岳也已阔别了许久，此次的事件让我回想起那秀丽的山容，频频涌起怀念之情。人类的笨拙、愚蠢与可悲之罪，如同那山的一抹清凉般，沁入人心；与遇难五人的在天之灵一道，使我心伤，不能自已。

杂志那边对我说，这期是新年第一期，希望我谈一谈与“风流”有关的话题。不知道我这篇算不算得上“风流谈”，实在惭愧之至。

文章结尾，在这里说一句：新年快乐。撒谎，今天都几号了？哦，管他几号呢，总之新年快乐咯。再会！

附录　坂口安吾文学年谱

1906 年（明治三十九年）/1 岁

10 月 20 日，出生于新潟县新潟市西大畑町 28 番户（现新潟市中央区西大畑町 579 号），在父亲仁一郎的十三个子女中排行第十二，上有四兄（二人早夭）七姊，下有一妹。由于出生于丙午年，又是第五子，故得名“炳五”。

1911 年（明治四十四年）/6 岁

进入西堀幼儿园就读，但厌恶刻板的幼儿园生活，时常逃学，漫无目的地闲逛于陌生的街道。是年起，母亲的歇斯底里症状加重。

1913 年（大正二年）/8 岁

进入新潟寻常高等小学就读，被称作正义感强烈的孩子王。通过读书，对猿飞佐助的忍术、马庭念流的剑术产生强烈兴趣，暗自研究忍术的修炼方法。

1917 年（大正六年）/12 岁

由于母亲爱吃蛤蜊，于暴风雨中下海捉蛤，没有获得任何感谢，反而遭到严厉训斥。

1919 年（大正八年）/14 岁

进入新潟县立新潟中学就读，在同学的推荐下开始阅读芥川龙之介、谷崎润一郎的作品。

1921 年（大正十年）/16 岁

近视加重，成绩下滑，频繁逃学，最终留级。同时对教师、高年级学生及学校的军事化管理表现出强烈的反抗态度。汉文教师对其极为不满，称：“你配不上‘炳五’这个名字，既然你看不清自己，以后就叫‘暗吾’吧。”同学中开始流传“Ango”的称呼。

1922年（大正十一年）/17岁

成功进入三年级，但逃学习性不改，终因成绩过差及打架事件等，被迫转入东京的丰山中学，与父亲、兄嫂等共同居住。在自传体小说《何处去》中，有一段逸话：“新潟中学三年级的夏天，我被开除了学籍。那时，我在课桌掀盖的背面刻下了一段装模作样的文字：余将成为伟大的落伍者，有朝一日重现于历史之中。”而在晚年的访谈中则改口称，刻下文字的位置是“柔道馆的板窗”。

在丰山中学就读期间，开始对宗教、哲学产生兴趣；喜读石川啄木、北原白秋的短歌，并尝试创作。逃学猖獗，依然如故。

1923年（大正十二年）/18岁

对佛教兴趣日益加深，并开始接触巴尔扎克等西方作家的作品。

初次尝试文学翻译。据自传体小说《风、光与二十岁的我》：“他（一名拳击手同学）让我翻译了一篇拳击题材的小说，以他的名义发表在《新青年》上，题目叫《人心收揽术》。那其实是我的译文。他本来说‘稿费一张三块钱，分你一半’，后来支支吾吾找借口，一个子儿也没给我。”

是年，父亲仁一郎病逝。

1924 年（大正十三年）/19 岁

尝试创作戏曲，未能完成。对文学怀有憧憬，但没有创作的自信。投身于田径等体育运动，获得优异成绩。

1925 年（大正十四年）/20 岁

自丰山中学毕业，成为荏原寻常高等小学下北泽分校的教员，教授五年级学生。进一步接触芥川龙之介、谷崎润一郎、正宗白鸟、佐藤春夫的作品，西方作家中尤喜契诃夫。

与同乡文学青年伴纯相熟，前往山中小屋，打算隐居一夏，旋因不堪条件艰苦而作罢。

1926 年（昭和元年）/21 岁

对佛教的向往日益强烈，辞去教员一职，进入东洋大学，专攻印度哲学。在学期间大量阅读佛教及哲学相关书籍，每日仅睡四个小时。

1927 年（昭和二年）/22 岁

由于长期睡眠不足，陷入神经衰弱。期末考试期间遭遇车祸，头部撞在水泥地上，头盖骨出现裂纹，此后开始出现抑郁症状。开始学习梵语、巴利语。

得知芥川龙之介自杀，深感震惊。

参与东洋大学罢课事件。

1928 年（昭和三年）/23 岁

进入 Athénée Français① 初等科就读，专攻法语。远离东洋大学罢课纷争。产生颓废派倾向。

这段时期初次尝试创作小说。据自传体小说《小山羊的记录》："我写下了第一篇小说。当时并不是希望成为小说家，只是读了契诃夫的某个短篇，情绪激动难以平息，于是自己也试着创作，用了一个晚上，写出那么一篇。现在情节都忘光了，只记得主人公是位老人。小说本身未必多好，当时带给我的只是一种快感：纵笔如飞，行云流水，一个晚上笔记本写得满满当当。"

① Athénée Français，日本著名语言学校，法国人 Joseph Cotte 于 1913 年创办，位于东京都千代田区。主要教授法语、拉丁语、希腊语等，许多知名文人曾在此学习。

1929 年（昭和四年）/24 岁

在 Athénée Français 升为中等科，嗜读法国作家莫里哀、伏尔泰、博马舍。产生前往法国留学的念头，终因担心精神不稳定而作罢。

1930 年（昭和五年）/25 岁

在 Athénée Français 升为高等科，东洋大学毕业。在报纸上看到某酒馆招聘经理，认为酒馆经理不需要强颜欢笑，不会因表情僵硬而被上司训斥，属于适合自己的工作，瞒着家人偷偷前往应聘；于面试中发现完全不能胜任，主动要回简历，狼狈离开。

与葛卷义敏（芥川龙之介外甥，于 Athénée Français 相识）、长岛萃等共同创办同人杂志《语言》，并于创刊号发表翻译文章《关于普鲁斯特的速写》。

1931 年（昭和六年）/26 岁

处女作《寒风中的酒窖》发表于《语言》第二号。葛卷义敏因整理芥川遗稿，与出版社岩波书店合作密切，在葛卷的努力下，《语言》改名《青马》，由岩波书店创刊。

《风博士》发表于《青马》创刊号，获小说家牧野信一高度评价，自此登上文坛，并与牧野保持密切来往。受牧野之邀，于杂志《文科》连载长篇小说《竹林之家》。

1932 年（昭和七年）/27 岁

二月，于《文艺春秋》发表《蝉》。

三月，于《青马》第五号发表《论 FARCE》。《青马》停刊。

对创作方向感到迷惘，决定走上“小说家”而非“诗人”的道路，从而与牧野产生意见分歧。

与酒吧“温莎”的女招待坂本睦子关系暧昧，以此为契机，与同样追求睦子的中原中也相识，结下深厚友谊。

于“温莎”结识女作家矢田津世子。

1933 年（昭和八年）/28 岁

二月，于《文艺春秋》杂志发表《小房间》。

三月，与矢田津世子关系急剧升温。与矢田一道受邀，加入半同人杂志《樱花》。

六月，由于经费问题，与矢田等共同退出《樱花》。

八月，与矢田等创立“陀思妥耶夫斯基研究会”，因成员反响冷淡，一个月后中止。

十一月，于《行动》发表《陀思妥耶夫斯基与巴尔扎克》。

1934 年（昭和九年）/29 岁

一月，因长岛萃病逝，深受打击。

二月，于《纪元》发表《长岛之死》，后改题为《关于长岛之死》。

四处旅行。与矢田关系若即若离。

染上淋病，经井伏鳟二传授“秘方”，治愈。

1935 年（昭和十年）/30 岁

春，通过在竹村书房担任编辑的中学同学大江勋，参与《司汤达选集》的策划工作。

五月，于《作品》发表评论《拒绝枯淡的风格》，批评德田秋声，收到德田之弟子尾崎士郎的斗酒挑战，喝至吐血乃止。自此与尾崎结下终生友谊。

六月，由竹村书房出版第一本单行本《黑谷村》。

八月，于《文艺春秋》发表《渴望逃避的心》。

九月，开始创作以矢田为女主人公的连载小说《狼园》。

1936年（昭和十一年）/31岁

一月，《狼园》于《文学界》正式发表。数年未见的矢田登门，两人正式表明恋情，急剧陷入爱河，但持续未及一个月，终以分手作结，自此再无来往。

三月，《狼园》连载至第三期，作罢。牧野信一自杀，闻讯后深受打击，前往小田原奔丧。

五月，于《作品》发表《牧野先生之死》。重新染上淋病。

六月，开始构思野心勃勃的长篇小说《吹雪物语》。

夏，受竹村书房邀请策划一套法国文学丛书，未成；与尾崎士郎计划创办同人杂志《大浪漫》，终因稿件不足而作罢。

秋，受记者北原武夫之邀，不时于《都新闻》发表匿名评论。

十一月，正式开始《吹雪物语》的创作。

1937年（昭和十二年）/32岁

二月，为潜心创作《吹雪物语》，前往京都嵯峨投奔朋友隐岐和一，受到隐岐热情招待。

四月，加入同人杂志《文学生活》，不久停刊。

因金钱紧张，多次向朋友借钱。

年底，《吹雪物语》初稿基本完成。

1938 年（昭和十三年）/33 岁

一月，于《文学界》发表《在女占卜师面前》。

六月，《吹雪物语》打磨完成，回到东京。外甥女村上喜久投河自杀。

七月，《吹雪物语》由竹村书房出版。亲自撰写宣传语，并在信中向出版社表示：“我相信，本作拿下一两个文学奖不成问题。”最终反响不大，销量平平，自此进入失意时期。

十一月，于《都新闻》发表《侦探之卷》。

1939 年（昭和十四年）/34 岁

二月，长兄献吉就任新潟报社董事。参加文人围棋会比赛，获胜，甚感自豪。

五月，为构思新的长篇小说，移居至茨城县取手町，在当地医院的一间屋子里生活。

八月，取手发生洪水，见义勇为，救助落水少年。

1940 年（昭和十五年）/35 岁

一月，受三好达治之邀，前往小田原市三好家别墅居住。

在三好的推荐下，对日本天主教历史产生兴趣。

七月，于《文学界》连载《不惜性命》，亦是历史小说创作的初次尝试。

十二月，加入《现代文学》同人杂志社。

1941 年（昭和十六年）/36 岁

与《现代文学》同人平野谦、荒正人等集会，阅读侦探小说，进行“猜犯人”游戏。《不连续杀人事件》的构思萌芽于此。

五月，为创作长篇历史小说《岛原之乱》，前往九州取材旅行。

七月，小田原市连日暴雨，早川决堤，三好家为洪水所淹；借居之别墅遭到损毁。

八月，因报社整合，成立新潟日报社，长兄献吉任董事兼副社长。得知小田原洪水消息，写信请求将铺盖及书籍寄回，惹怒因洪水而焦头烂额的三好。

十月，于《现代文学》发表《岛原之乱杂记》。

1942 年（昭和十七年）/37 岁

二月，母亲去世。

三月，于《现代文学》发表代表作《日本文化之我见》。

五月，完成《天草四郎》，约四万字，因不够满意，终未发表。

夏，在研究“岛原之乱”的过程中，对宫本武藏产生兴趣，准备撰写相关历史小说。

十一月，因“一县一纸”报社整合，成立新潟日报社，献吉任专务董事。

十一月至十二月，于《文学界》连载《青春论》；由于《青春论》后半部分主要围绕宫本武藏展开，故放弃撰写相关小说，重新回到《岛原之乱》的创作中。

1943 年（昭和十八年）/38 岁

一月，于《现代文学》发表《五月的诗》。

三月，于《现代文学》发表《讲谈先生》。

七月，于《现代文学》发表《卷首随笔》。

九月，于《现代文学》发表《二十一》。

十月，短篇作品集《珍珠》由大观堂出版，由于部分表现与军国主义精神不合，被勒令禁止再版。

《岛原之乱》写作不顺，转而创作历史小说《黑田如水》。

1944 年（昭和十九年）/39 岁

一月，因战时出版规制，《现代文学》停刊；于终刊号发表《黑田如水》，并以该作为原型，开始创作中篇小说《二流之人》。

三月，矢田津世子病逝。

为逃避劳力征用，成为日本映画社的非正式员工。接受日映委托，至次年前后共创作三部剧本——《大东亚铁路》《阿图岛》《黄河》，皆未拍摄。

九月，献吉就任新潟日报社社长。

1945 年（昭和二十年）/40 岁

一月，应《新文学》所托撰写随笔一篇，杂志方面惧怕审查，拒绝发表。

四月，空袭愈演愈烈。献吉提议回乡避难，拒而不从。

八月，日本投降。

十一月，与尾崎士郎商议创办同人杂志《风报》。GHQ 大幅追查战犯，献吉因惧怕而辞去新潟日报社社长一职。

十二月，尾崎士郎被 GHQ 战犯事务所调查，为尾崎辩护。

1946 年（昭和二十一年）/41 岁

四月，于《新潮》发表《堕落论》，一跃成为流行作家。

五月，因意见未能统一，退出《风报》创刊。

六月，于《新潮》发表《白痴》。

十月，于《新生》发表《战争与一个女人》，经 GHQ 审阅，删减大部分内容。于《新潮》发表《颓废文学论》。

十一月，参加座谈会“现代小说畅谈”，太宰治、织田作之助与会，是为“无赖派”三位代表作家首次会面。

十二月，出席江户川乱步主办的推理作家 & 爱好者定期集会“周六会”，讲述自己的侦探小说观。

1947 年（昭和二十二年）/42 岁

一月，织田作之助病逝。因过度悲痛，未能出席葬礼。于《新时代》发表《家康》。于《近代文学》发表《戏作者文学论》。

二月，于《东京新闻》连载《花妖》，持续四个月后遭到腰斩。

三月初，于酒吧“千岁”结识二十四岁的梶三千代，雇用三千代为秘书，每周上门，不久进入半同居状态。

四月，三千代盲肠炎引发腹膜炎，住院。

六月，加入同人杂志《文学界》。三千代出院，两人正式同居。应母校东洋大学之邀，进行约一小时长的演讲。于《新潮》发表《教主的文学》。于《肉体》发表《盛开的樱花林下》。

七月，于《光》发表《玩具盒》。于《妇人文库》发表《恶妻论》。

八月，于《日本小说》连载《不连续杀人事件》，附有“猜犯人悬赏”，引起广泛关注。

十月，于《爱与美》发表《替青鬼洗兜裆布的女子》。

1948年（昭和二十三年）/43岁

一月，于《风报》发表《献给天皇陛下的话》。思索社出版《二流之人》。

三月，针对一月发生的帝国银行抢劫案，于《中央公论》发表《论帝银事件》。

四月，上书首相芦田均，为被GHQ开除公职的尾崎士郎辩白，未果。

六月，太宰治殉情自杀，为躲避蜂拥上门的媒体记者，前往热海小住。招待《不连续杀人事件》责编渡边彰饮酒，因酒质粗劣导致渡边肺病复发，为表歉意，将连载所得全部赠予渡边。

七月，三千代发表《安吾先生的一天》，其中提到安吾写给自己的遗书。观战本因坊—吴清源十番棋，于《读卖新闻》发表《本因坊—吴清源十番棋观战记》。于《新潮》发表《不良少年与基督》。进行题为《欧洲式性格，日本式性格》的演讲。

八月，于《ALL读物》发表《太宰治情死考》。于《季刊作品》发表《织田信长》。抑郁症加重，开始大量服用Adorm。

十月，出现幻视幻听，开始创作长篇小说《火》。于《人间喜剧》发表《战争论》。

十二月，晚星社出版单行本《不连续杀人事件》。

1949年（昭和二十四年）/44岁

一月，于《宝石》发表《评〈刺青杀人事件〉》。

二月，《不连续杀人事件》获侦探俱乐部奖。产生Adorm依赖症，不时出现疯狂之举。前往东京大学附属医院神经科住院。

三月，接受持续睡眠疗法，病情逐渐恢复。

四月，遭蒲田税务局认定税金滞纳，因住院暂缓执行。向税务局提出异议申请。出院。

六月，作为评委出席第 21 届芥川奖评选，获奖者为由起繁子、小谷刚二人。对由起繁子的作品尤加赞赏。

八月，Adorm 依赖症复发，遭池上警察署拘留。接受医生建议，前往伊东疗养地居住。

十月，于《作品》发表《小山羊的记录》。

十一月，于《文艺春秋》发表《战后新人论》。于《近代文学》发表《体育 · 文学 · 政治》。

1950 年（昭和二十五年）/45 岁

一月，于《文学界》发表《肝脏先生》。于《文艺春秋》连载《安吾巷谈》。参加第 22 届芥川奖评选。

二月，前往小田原观看竞轮，采访选手取材。

三月，三千代怀孕，后堕胎。于《文学界》发表《由起繁子，做个利己主义者》。

四月，于《新潮》发表《推理小说论》。于《讲谈俱乐部》发表《投手杀人事件》。

五月，于《新潮》连载《我的人生观》。

八月，参加第 23 届芥川奖评选。

十月，于《小说新潮》连载《明治开化安吾捕物帖》。

1951 年（昭和二十六年）/46 岁

二月，《安吾巷谈》获文艺春秋读者奖。于《新潮》发表《战后合格者》。

三月，于《新潮》发表《人生三大愉悦》。于《文艺春秋》连载《安吾新日本地理》。

四月，于《ALL 读物》连载《安吾人生谈》。

五月，旁听“查泰莱公审”。旅行取材期间，家中藏书被税务局查封。

六月，前往东京国税局，吊销藏书查封处分。

八月，于《新潮》发表《孤立杀人事件》。

九月，观看竞轮比赛时，认为存在作弊现象而进行告发，因证据照片不够清晰，遭到驳回。于《新潮》发表《战后文章论》。

十一月，大量服用 Adorm，出现幻觉。

1952 年（昭和二十七年）/47 岁

一月，旁听“查泰莱公审”判决，作《查泰莱旁听记》。于《新潮》连载《安吾行状日记》，于《ALL 读物》连载《安吾史谈》。

六月，于《新潮》发表《夜长姬与耳男》。

九月，于《新潮》发表《输血》。

十月，于《新大阪》连载长篇历史小说《信长》。于《文学界》发表《军备已无用》。

1953 年（昭和二十八年）/48 岁

一月，于《西日本新闻》连载《明日天晴》。

三月，因《新大阪》擅自转载连载中的《明日天晴》，怒而拒绝继续连载《信长》。于《小说新潮》发表《都会中的孤岛》。

四月，于《文艺春秋》发表《牛》。

六月，于《文艺春秋》发表《枭雄》。于《小说新潮》发表《选举杀人事件》。

七月，参加第 29 届芥川奖评选。

八月，长子纲男出生，与三千代正式办理结婚手续。于《讲谈俱乐部》发表《山神杀人》。

十二月，于《King》发表《小镇二天才》。

1954 年（昭和二十九年）/49 岁

一月，参加第 30 届芥川奖评选。于《讲谈俱乐部》发表《年糕作祟》。

二月，《不连续杀人事件》由春阳堂书店再版。

五月，于《小说新潮》发表《女剑士》。

七月，于《小说新潮》连载《左近之怒》。

八月，于《知性》连载《真书太阁记》，未完。

十月，于《别册小说新潮》发表《灵异杀人事件》。

各地取材旅行。

1955 年（昭和三十年）/50 岁（未满）

二月十一日，前往高知取材旅行。十五日，回到东京。

十七日晨，突发脑溢血，骤然离世。

二十一日，于东京青山殡仪馆举行了无宗教仪式的葬礼。

五月，百日法事，文坛相关人员到场约一百五十人。

图书在版编目（CIP）数据

安吾人生谈 /（日）坂口安吾著；梁国玉译. —杭州：浙江文艺出版社，2019.7（2020.5 重印）

ISBN 978-7-5339-5642-4

Ⅰ. ①安… Ⅱ. ①坂… ②梁… Ⅲ. ①文学评论—日本—文集 Ⅳ. ①I313.06-53

中国版本图书馆 CIP 数据核字（2019）第 055719 号

策　　划：邵　劼
责任编辑：邵　劼
营销编辑：张恩惠
封面设计：人马艺术设计·储平
责任印制：吴春娟

安吾人生谈

［日］坂口安吾　著
梁国玉　译

浙江文艺出版社　出版发行

地址：杭州市体育场路 347 号　邮编：310006
网址：www.zjwycbs.cn
经销：浙江省新华书店集团有限公司
印刷：浙江新华数码印务有限公司
开本：850 毫米×1168 毫米　1/32
字数：218 千字
印张：11.875
插页：6
版次：2019 年 7 月第 1 版　2020 年 5 月第 3 次印刷
书号：ISBN 978-7-5339-5642-4
定价：54.00 元